CONTENTS

八男って、それはないでしょう！㉔

第一話　結婚式とハグレ魔族　006
第二話　山小屋の経営はやり方次第　042
第三話　助っ人任務　094
第四話　とある貴族の生存戦略　114
第五話　絶対零度（？）のアモス　175
第六話　紛争の終わらせ方　202
第七話　ホールミア辺境伯家騒乱　257

第一話　結婚式とハグレ魔族

「ゴクリ……」

「……なあ、ヴェル……」

「（エル、静かに！）」

「（はいはい、静かにな。わかってますよ）」

「さあ、フリードリヒ。お父さんはこっちだよぉ」

「あう――」

「おおっ！　フリードリヒが立ったぞ！　さあ、記念すべき第一歩を！」

「うぁ？」

「歩いたぁ――！　エル！　フリードリヒが歩いたぞぉ――！」

「いや、見ればわかるから……」

「ははは！　次のバウマイスター辺境伯家の当主になるフリードリヒが立って歩いたぞ！　この喜びを、バウマイスター辺境伯領の記念日として永遠に祝うことにしよう」

「ヴェル、お前なぁ……。そんなことでいちいち記念日を増やしていたら、一年が何日あっても足りなくなるじゃないか。他にも子供が沢山いるんだから」

「エルには、この感動が理解できないのか……」

「俺も父親だから理解はできるが、それと、バウマイスター辺境伯領の記念日制定は別の話じゃないか」

「確かにそう言われると……でも、一日くらいなら？」

「駄目に決まっているだろうが！」


無事にフリードリヒが立って歩いたので、この日をバウマイスター辺境伯領の記念日として永遠に祝おうと思ったのに、エルに阻止されてしまった。

「お館《やかた》様。お気持ちはわかりますが、これからも同じような理由で記念日を増やされたら、領民たちが堪《たま》ったものではありません」

すぐさま、ローデリヒからも反対されてしまった。

せっかく俺の可愛《かわい》いフリードリヒが、立ち上がって歩くようになったというのに……。

「ローデリヒさんの言うとおりだよ。将来、バウマイスター辺境伯領の領民たちに、『今日はなんの記念日だっけ？』、『確か、フリードリヒ様が文字を書けるようになった記念日だったはず……。この領地って、そういう記念日が多いよなぁ……』とか言われ批判されちまうぞ」

「そういうわけですので、記念日を増やすにしてももう少し熟慮していただければと」

「わかったよ……」

確かに、そう簡単に記念日を増やしたら、毎日が記念日になってしまうからな。

フリードリヒが立ち上がった感動は俺の胸に仕舞って、時おり思い出して噛みしめることにしよう。

「で、エルとローデリヒはなんの用事だ？」

「魔王様とライラさんが、魔道具と魔導飛行船を持ってきたけど」

「自分で持ってきてくれたのか。魔王様、学校はいいのかな？」

「お休みだって」

「お休みが多い学校でいいよなぁ……」

「冒険者予備校みたいだな」

冒険者予備校は働きながら学ぶために休みが多かったのだけど、魔族の学校はただ単に早く卒業させたくないだけだ。

全然違うと思う。

「それにしても、随分と大量に魔道具と魔導飛行船を買い込むじゃないか」

「あれば便利だし、領内の開発も促進される。なにより、もはや奪い合いになっているからな。在庫は確保しておくべきだろう」

北の大陸での騒動から一年。

いまだ、魔族の国とヘルムート王国およびアーカート神聖帝国両国との外交交渉は纏《まと》まっていなかった。

当然、貿易に関するルールも纏まっておらず、それ故の抜け道、魔族との貿易が罪になるわけではない事実にみんなが気づくまで、それほど時間はかからなかった。

魔族の国では粗大ゴミ、型落ち品として叩《たた》き売られていた魔道具は、目敏《めざと》い魔族と人間により一気にリンガイア大陸に流入した。

ところがそんな事態になっても、魔族と両国の交渉担当者たちは交渉を纏められない。

お役人というのは、世界が変わっても、種族が違っても、似たような行動を取る生き物というわけだ。

そんな最中に俺は、魔族の中で一番初めに中古の魔道具と魔導飛行船の取引を始めたライラさんから、『あるだけ買う！』と言って、これらの品を大量に仕入れていた。

さらに彼女は俺の紹介で、ペーターとヴァルド殿下が作ったダミー商会とも取引を始めている。

要するに、この二人にある程度魔族との私貿易をコントロールしてもらわないと、両国とも貴族たちの暴走を止められないのだ。

領地を持つ貴族ってのは、自分が小国の主みたいなものである。

魔族から大量に魔道具を手に入れた結果、自分は大きな力を持ったと勘違いし、『王国から独立してやるぜ！』みたいな、井の中の蛙《かわず》が出かねないからだ。

ただ、さすがの魔族も、最新型の魔道具、新しい魔導飛行船や兵器の類《たぐい》はリンガイア大陸に流出させていなかった。

それらのものを国外に持ち出すのはタブーという、暗黙の了解が守られているそうだ。

もし流出させてしまうと、今は私貿易を黙認しているゾヌターク共和国政府が動くかもしれないというのもある。

なにより、数が多い人間に対する恐怖みたいなものが、魔族の心の根底にあるのかもしれない。

「こうも早く、魔族の国の魔道具がリンガイア大陸中に広がるとはな」

粗大ゴミ扱いだった魔道具や、僻地《へきち》に捨てられていた魔導飛行船を修理して売るだけで大金が手に入るのだ。

最初にこの商売を始めたライラさんと魔王様は、今やゾヌターク共和国ではかなりの富豪にまで成り上がったと聞く。

善悪は別として、商売というのは最初に始めた人が有利であるという証拠であろう。

「フリードリヒ様、お館様はお客様の対応というお仕事があるので、おねんねしましょうね」

「あう」

「あ――――っ！　フリードリヒぃ――――！」

せっかくフリードリヒが歩くところを見ていたのに、エルの嫁のレーアが屋敷の中に連れ去ってしまった！

「フリードリヒは昼寝の時間だろう？　ほら行くぞ」

「わかったよ……」

俺とエルは、バウルブルク郊外にある魔導飛行船の港へと『飛翔《ひしょう》』で向かった。

そこには、ライラさんと魔王様が待っていてくれた。

「さすがにもうそろそろ、古い魔導飛行船はネタ切れです」

「お金になるってわかった人たちが、みんな回収してしまったわけか……」

「私たちは先行して、粗大ゴミとして不法投棄されていた魔導飛行船を拾いまくったので大儲《おおもう》けさせていただきましたが」

「ライラのおかげで、魔族の王国が復活する日も近い」

この一年と少しで、リンガイア大陸で運用されるようになった魔導飛行船の数は激増していた。

ライラさんと魔王様が古い魔導飛行船で大儲けしていることを知った他の魔族たちが、続々と人間との取引に参入するようになったからだ。

魔導飛行船のみならず、魔族の国には不法投棄されている古い魔道具が大量にある。

あまりに多いので社会問題化しているとのことだったが、これを無料で回収し修理すれば、人間が高額で買い取ってくれるのだ。

このゴールドラッシュに乗っかる魔族は多かった。

特に職がない若者たちが、こぞって魔道具回収に参加しているそうだ。

「すでに放棄され、魔物の巣となっている場所にまで魔導飛行船や魔道具を拾いに行き、そこで命を落とす者まで現れての。少し社会問題化しておる」

「魔族が、魔物に倒されるんですか……」

エルが腑に落ちないという表情で言う。

「今の魔族は、戦い慣れておらぬからの」

そんな同朋を、魔王様は不甲斐《ふがい》ないと思っているようだ。

少し不機嫌そうな表情をしている。

エルからすると、全員が魔法使いである魔族が魔物相手に不覚を取ることが不思議で堪《たま》らないのであろう。

だが、体が鈍った中級魔法使いが、魔物の領域の奥地にろくな準備もしないで入ればどうなるのか、と説明したら納得してくれた。

「一攫千金《いっかくせんきん》を夢見て、命を落としてしまったのか……」

「粗大ゴミ拾いは潮時というわけです。潰《つぶ》れかけた造船所が、古いタイプの魔導飛行船の建造を計画していますが、こちらは貿易交渉が纏まらなければ輸出は難しいでしょう」

「いくら型が古くても、新品はなぁ……。誤魔化しようがないよな」

魔族の国で、ライラさんたちの商売を批判する声もあると聞いている。

だが彼女は、『不法投棄されたゴミを、人間の国で処分してもらっているだけ』と言い、開き直ったそうだ。

なぜゴミの処分を頼んだライラさんの方が儲かっているのかという点については、『ゴミの中で使える素材や部品を買い取ってもらえたからです』と言い張ったらしい。

それに、古くて捨てられていた魔導飛行船では、ゾヌターク共和国の最新型魔導飛行船に歯が立たないのだから、これに乗って人間が攻めてくるなど、まずあり得ないのだ。

なにより、『環境破壊の原因となっていた不法投棄されたゴミを、片づけてくれた人たちに文句を言うのはどうだろう？』という意見が大半だそうだ。

「古い魔道具はまだ沢山あるので、私たち以外にも多くの魔族たちが、積極的にリンガイア大陸に持ち込んでいるはずです」

「だよねぇ……」

だからこそ、貿易交渉の行方を待てずにペーターとヴァルド殿下はダミー商会を設立して魔導飛行船と魔道具の確保に動いたのだから。

「人間も魔族も、為政者《いせいしゃ》たちの予想を超える動きを見せたわけだ。これより時代が動くぞ！　余が真の王となる日も近いかもしれない」

「そうなった時の準備は怠らないようにしています」

前世で言うところの、世界のグローバル化ってやつかな？

「ところでバウマイスター辺境伯。来週の結婚式だが、とても楽しみにしておるぞ。余は、初めて結婚式というものに出るのだ」

「そうだったんですか」

「陛下には、親戚がいらっしゃらないので……」

実は来週、アグネス、シンディ、ベッティ、フィリーネと結婚式を挙げる予定となっていた。

アグネスはもう十六歳になっており、ちょっと焦っていた――現代日本なら焦る必要ないんだろうけど――のと、彼女と結婚式を挙げるのであれば、シンディとベッティも一緒に結婚式をやってしまおうという話になったわけだ。

フィリーネは……魔族の件もあり、ブライヒレーダー辺境伯家とバウマイスター辺境伯家の結束を世間に誇示しておこうという狙いなのだと、ブライヒレーダー辺境伯が言っていた。

優秀な貴族らしい言い分だが、実は俺は知っている。

俺とフィリーネとの結婚式が決まってからというもの、彼が毎日泣いているという事実を。

この前、彼の奥さんから聞いて、みんな呆《あき》れていた。

どういうわけかブランタークさんだけは、『わかる、わかる』って言っているらしいけど。

もしかしたら、自分の娘が嫁《とつ》ぐ時のことを考えたのかもしれない。

「余たちは、貴族や王族の結婚式の作法を失伝してしまったのでな。参考にさせてもらおうと思っておる」

「なるほど」

とはいえ、言うほど特別なことはしないと思うけど。

「しかし、この一年で魔道具が大分普及したよな」

「そうだな。おかげで、魔道具ギルドがあたふたしているようだけど」

性能が良くて、燃費のいい魔族製の魔道具が一気に流入したことにより、魔道具ギルドが作った魔道具が売れなくなってしまったからだ。

プライドを傷つけられた彼らは、ますます貿易交渉の妨害に力を入れるようになっていた。

魔導ギルドのベッケンバウアー氏は、そんな魔道具ギルドの連中を心の底からバカにしていたけど。

『まずは、魔族が作る魔道具には敵《かな》わないという事実を認め、少しでも追いつき追い越そうと研究をすればいいのだ。これまでに荒稼ぎして予算はあるのだから。だから魔道具ギルドは駄目なんだ』

魔導ギルドは、ベッケンバウアー氏を中心に魔道具の研究を活発化させた。

この期に及んで、まだ魔道具ギルドが魔道具研究に力を入れないからだ。

王国政府も魔道具ギルドに予算を出しているので、貿易交渉の邪魔ばかりすることに相当腹を立てているのであろう。

「既得権益を失わないよう、必死なのですね」

ライラさんは、『ああ、魔族にもよくある話です』といったニュアンスで自分の意見を述べた。

「財政的にはそんなに困ってないから、余計に意固地になっているのさ」

元々魔道具ギルドは大金持ちであり、魔道具輸入阻止に使うロビー活動費には事欠かなかった。

「それに、修理の仕事は増えているって聞くな」

「古い魔道具ばかりで、長年野ざらしにされていたせいか、当たり外れがありますからね」

しっかりと修理されて販売された魔道具もあったが、いい加減な修理のみで販売され、すぐに壊れてしまう魔道具も多かった。

「魔道具ギルドも、簡単な修理くらいはできるはずだからな」

魔族が作った魔道具の修理で、魔道具ギルドは大忙しだったのだ。

技術力の差が大きくて直せないものも多かったけど、魔道具ギルドの若手職人たちは、修理を通して技術力を上げていた。

「悪くない話だと思うんだよなぁ」

魔族が作った魔道具を修理する過程で技術力が上がっているなら、その経験を生かして、是非新しい魔道具造りに頑張ってほしいところだ。

「今は、魔族と人間との間には大きな技術格差が存在するけど、これは徐々に埋まっていくはずだ」

「確実にそうなると思います」

こういう流れも、どこの世界にもある話だ。

ただ、数年、数十年でどうこうなる話ではないと思うけど。

「とにかく、魔導飛行船が増えてよかった」

バウマイスター辺境伯領は広いので、小型魔導飛行船による交通網の整備を進めていたが、ライラさんから供給されるまでは、とにかく船が足りなかった。

それが大分改善したので、これからは領地の開発も大いに進むはずだ。

「来週の結婚式を楽しみにしております」

「楽しみよのう、どんなウェディングドレスかの」

「そういえば、モールたちの結婚式には参加しなかったのですか？」

実は、アーネストの教え子である魔族の青年モールたちは、職場の同僚と結婚していた。

ほんの一年ほど前までは無職だったのに、人というか魔族の人生とは、なにがあるかわからないものだ。

彼らは魔王様のところで働いているので、結婚式には招待したものと思っていたのだが……。

「バウマイスター辺境伯は知らぬのか？　近年、結婚式を挙げない魔族が増えておるのだ」

「それは知りませんでした。でもどうしてです？」

「若い魔族たちの非婚率が上がっているから、結婚自体が減った。若者たちの収入が減る一方なので、結婚式を挙げる余裕がない。そんなお金があったら、結婚後の生活に必要なものの費用に回す。親戚や会社の上司を呼ぶと、気ばかり使って疲れるから。等々、色々な理由があってのことらしい。ゆえに、余は結婚式を楽しみにしておるのだ」

「（……日本みたい……）ライラさん、モールたちは結婚式を挙げなかったのですか？」

「就職したばかりでお金がないのと、子供ができたようでして、結婚式よりもそちらにお金を使いたいと言っていました」

「なるほど……」

常日頃モールたちは『魔王様は尊い』とかよく言っているが、現実には上司兼雇い主だし、以前、定期的にライラさんを口説いていた身としては、結婚式を挙げたとしても呼びにくいのかもしれない。

さらに、『でき婚』……『授かり婚』とくれば、結婚式を挙げる余裕がなかったのであろう。

「というわけで、余は結婚式を楽しみにしているのだ」

「なるほど」

そして翌週。

結婚式当日となった。

「おおっ！　ウェディングドレスだ！　それも四人も！　綺麗《きれい》だな、ライラ」

「そうですね。いつ見てもいいものですね」

俺に招待された魔王様とライラさんは、結婚式の常識に則《のっと》って、シックな色調のドレスを着ていたが、その美しさと愛らしさは相変わらずであった。

花嫁さんよりも、派手なドレスを着ない。

魔族にも、そういうマナーが存在するようだ。

商売が上手《うま》くいっているので、今日に備えて新調したものと思われる。

いい素材を使ってあって高そうだが、必要なものなので経費で購入したのであろう。

と、思ったら……。

「余はすぐに大きくなってしまうので、ドレスはレンタルだぞ。新しい時代の魔王は、極力無駄遣いは避けなければな」

……魔王様は成長期なので、ドレスはレンタルしてきたそうだ。

王国にも帝国にもドレスのレンタルはない――少なくとも、俺の知る限りでは聞いたことがなかった――ので、やはり魔族の国は現代日本に似ているよな。

「魔族では若者たちを中心に、物の所有に拘《こだわ》らないという考えが流行しているのです。ドレスをいちいち購入していたら、色々なドレスが着られませんからね。私もドレスをレンタルしてきました」

「へえ、魔族って効率的な考え方をするんだね」

「でも、魔王様がそれでいいのかしら？　平民なら問題ないと思うけど……」

ルイーゼはレンタルドレスという商売に好意的であったが、イーナは魔王様ならドレスは購入した方が……という考え方のようだ。

確かに、王国と帝国の大貴族が同じことをしたら、貧乏臭いとか言われそうだな。

「余たちが無駄遣いをすることで下々にもお金が回る、という考えは理解できるのだが、余たちにはまだ余裕がないのでな」

「というわけです」

中古魔導飛行船と中古魔道具の販売で大分儲けたはずだが、将来に備えて無駄遣いはしない方針のようだ。

「あれ？　耳？」

ルイーゼが、魔王様とライラさんの耳に気がついたようだ。

「今日の結婚式には、多くの人間たちが参加するとか。余たちはまだ堂々とこの大陸を闊歩《かっぽ》していい存在ではないのでな」

「アーネスト先生から、変装用の魔道具をお借りしました」

「耳が、人間みたいで面白いな」

二人は、アーネストから長く尖《とが》った耳を隠す魔道具を借りたのだという。

あいつ、意外と面倒見がいいんだよなぁ。

今は……結婚式が始まるまで、その辺でブラブラしていると思うけど。

人間と魔族の外見的な差は耳が長く尖っているかどうかぐらいしかないので、言われるまで気がつかなかった。

「ところで、アグネスたちの準備は終わったのか？」

「もう終わっていると思いますけど、花婿は控え室に見に行けないのですよ」

「式本番でのお楽しみというやつだな。ライラ、余たちは早速ドレス姿を見に行こう」

「そうですね。バウマイスター辺境伯様、よろしいでしょうか？」

「勿論《もちろん》ですとも。ルイーゼ、イーナ。案内してあげてくれ」

「了解」

「さあ、陛下、ライラさん。アグネスたちの控え室に行きましょうか」

ルイーゼとイーナが、二人を花嫁用の控え室まで連れていってくれることになった。

「俺はもう、結婚式本番を待つのみだ」

こういう時、花婿の扱いは適当というのが相場だ。

なんといっても、結婚式は花嫁が主役なのだから。

＊＊＊

「フィリィ――ネエ――！」

「アグネスゥ――！」

「シンディ――！」

「天国の父さん、母さん。ベッティが……ベッティがぁ――！」

「ライラ。結婚式とはめでたいものなのに、どうしてあそこの男性たちは、みんな泣いておるのだ？」

「……陛下、娘を嫁に出す父親とは、ああいうものらしいです」

「そうなのか。もしパパが生きていたら余が結婚する時に、このように泣き叫ぶのか」

「寂しさから涙くらいは流すと思われますが、彼らは少し度が過ぎているような……」


そうよねぇ……。

ウェディングドレスを着終わったフィリーネ、アグネス、シンディ、ベッティを見たいという魔王様とライラさんを花嫁用の控え室に案内したら、ブライヒレーダー辺境伯、アグネスとシンディのお父さん、そしてベッティのお兄さんが大泣きしているのだから。

いい年をした大人が四人も揃《そろ》って、娘や妹が嫁ぐからといって泣き叫ぶのはどうかと思う。

私とルイーゼの父は、そもそも泣いてすらいなかったのを思い出したわ。

むしろ、私がヴェルに嫁げてとても喜んでいたのだから。

「はあ……」

特にブライヒレーダー辺境伯様は、フィリーネを異常なまでに可愛がっていたからそんな予感はしていたけれど、アグネスたちもかぁ……。

ベッティのお兄さんは、すでにご両親を亡くされているから親代わりとして――その割にはこの人、ヴェルにお店を立て直してもらうまでは、妹さんに無料で食材の提供を受けていたようだけど――いやむしろ、お兄さんの方が被保護者だったような……。

「困ったものです」

ブライヒレーダー辺境伯様の奥様はもう慣れっ子とはいえ、関係者以外の人たちが見ている前で大貴族が号泣しているので、みっともないと思っているみたい。

「まあまあ、たった一人の娘さんだから余計に情が深いのよ」

「それはわかるのですが……」

「孫が生まれたら、そんな悲しみなんてすぐに忘れてしまうから」

「そうかもしれませんね」

そんな奥様に対し、適切にブライヒレーダー辺境伯の擁護をするキャンディーさん。

彼……彼女は、招待客兼、着付けのお仕事で控え室にいたのだけど、いつの間にか奥様と仲良くなっていて、私は彼女の人脈構築力にあらためて驚いた。

ヴェルが羨《うらや》ましがるわけね。

「あら、イーナさんとルイーゼさん。そして……西からのお客様ですね」

奥様は、魔族であるライラさんのことをすでに知っていた。

何度か商売で顔を合わせたことがあるからだ。

魔王様とは初対面だけど、その正体をすでに察しているに決まっている。

他の事情を知らない招待客たちの手前、それは決して口にしないのだけど。

「旦那様、西からのお客様もいらっしゃったのですから」

「……ようこそ、いらっしゃいました」

「さすがは大貴族。切り替えが早いの。これは余も見習わなければ」

魔王様とライラさんを視認したブライヒレーダー辺境伯様は、すぐにいつもの表情に戻って挨拶を始めた。

ブライヒレーダー辺境伯家としても、領地発展の鍵を握る魔道具を融通できる彼女たちとの関係は重要だと思っている。

でも露骨に接触すると、王国政府はともかく、魔道具ギルドがいい顔をしないはず。

いまだ両国の交渉は途中なので、魔王様たちだって変装してこの結婚式に参加しているくらいだから。

もっとも、変装で耳が短くなっただけで他はまったく変わっていないのだけれど。

そういえば、十歳になった魔王様は少し背が伸びたみたいね。

「余は、アグネスたちのウェディングドレス姿を見にきたのだ。しかし、綺麗よのぉ」

「アグネスさん、シンディさん、ベッティさん、フィリーネさん。ご結婚おめでとうございます」

「「「ありがとうございます」」」

魔王様とライラさんがようやく四人に挨拶をしたところで時間となり、私たちは結婚式が行われる大聖堂へと移動する。

指定された席に座って待っていると、タキシード姿のヴェルが先に神宮様の前に立ち、次いでブライヒレーダー辺境伯様がフィリーネの手を引いてバージンロードから現れた。

続いてお父さんに手を引かれたアグネス、シンディ、お兄さんに手を引かれたベッティがバージンロードを歩いてヴェルの横に立つ。

いよいよ結婚式の始まりね。

＊＊＊

イーナが、ちゃんと魔王様たちを案内してくれたようだな。

さて今回の結婚式だが、さすがに前回のように総司祭ではなく、高位の神官が取り仕切っていた。

聖餐台《せいさん》の前に俺も含めて五人で並ぶのは、エリーゼたちとの結婚式以来か。

結婚式にはもう慣れただろと問われれば、言うほど多く経験しているわけではないのでなんとも、としか言えない。

「汝《なんじ》、ヴェンデリン・フォン・ベンノ・バウマイスターは、フィリーネ・フォン・ブライヒレーダー、アグネス・フュルスト、シンディ、ベッティを妻とし、これを終生愛することを誓いますか？」

「誓います」

今回は、平民なので苗字《みょうじ》がない二人と、フルネームが短いアグネスのおかげで、神官の息が続くかどうか心配する必要がなくてよかった。

若い……とはいっても五十代の神官だが、さすがにこのくらいで息切れするわけがないか。

でも神官ってお年寄りばかりだから、たまに窒息しないか心配に……いやいや、普通の結婚式なら花嫁さんは一人だから俺らのケースがレアすぎるんだった。

「汝、フィリーネ・フォン・ブライヒレーダーは、ヴェンデリン・フォン・ベンノ・バウマイスターを夫とし、これを終生愛することを誓いますか？」

「誓います」

最初にフィリーネ、そのあとアグネスたちにも神官が同じことを質問したが、全員『誓います』と答えた。

「グスッ、グスッ、フィリーネェ――――」

「アグネスが……」

「シンディ……」

「天国の父さん、母さん……ベッティが……ううっ……」

ブライヒレーダー辺境伯以下、花嫁の父親たちがえらく盛大に泣き始めてしまったが、参列者たちはみんな大人なので、全員見て見ぬフリをした。

「次に、誓いの口づけを……」

「フィリーネには、まだ早くないですか？　早いと思うんですよ……もっとあとで……」

「ええいっ！　しつこい！」

いよいよ誓いの口づけとなった時ブライヒレーダー辺境伯が邪魔をしたものだから、隣にいた奥さんが非常の手段で沈黙させた。

なお、参列者たちはみんな大人なので、彼女の一撃を見て見ぬフリをしたようだ。

それにしても、よほど愛娘《まなむすめ》を嫁に出したくないんだな。

「(すみません、お父様が……)」

そして、フィリーネの方が大人だった。

軽く誓いの口づけをしたあと、小声で俺に謝ってきた。

「(気持ちはよくわかるし、お父さんはフィリーネのことが心配なんだよ)」

「(心配をかけないように、私幸せになりますね)」

俺の娘たちが嫁ぐ時、同じことをしないという保証がないので、あまり彼を責められないという
か……。

それにしても、フィリーネはいい子だな。

この一年でさらに美しくなり、身長も……胸も……ルイーゼとは……。

「(先生、私ようやく先生の奥さんになれるんですね。嬉《うれ》しいです)」

「(私もこの日を心待ちにしていました)」

「(これで、私も先生の奥さんになるんですね。嬉しい)」

アグネスたちも、最初は可愛い弟子としか見ていなかったのだけど、ここまで好かれているのな
ら、必ず幸せにしなければ。

それこそ、バウマイスター辺境伯の沽券《こけん》に関わるというものだ。

順番に、誓いの口づけをしていく。

「次は、指輪の交換を……」

「フィリーネェ――！」

「またですか……もう！」

またもブライヒレーダー辺境伯が邪魔をしてきたので、奥さんが先ほどと同じ手段で沈黙させた。

参列者たちはみんな大人なので、また見て見ぬフリをしている。

それよりも指輪だ。

エリーゼたちの時と同じく、家紋入りの白金製の指輪をそれぞれ指に填《は》めてあげた。

「以上をもちまして、神への報告が終わりました。新しい夫婦の門出に神もお喜びになるでしょう」

ここも前回と同じだな。

そして、次は女性たちによる熱き戦いが行われる。

結婚式の最後に行われるブーケトスで、誰がフィリーネたちの投げるブーケを手に入れるのか？

前回と同じく、教会に入れなかった未婚の女性たち――未婚の貴族令嬢たちは自分でブーケを拾うなんてことはしないので、メイドたちに運命を託し――が大勢集まっていた。

「（キャンディーさんは、ブーケトスに参加していないのか……）」

そういえば、エルとレーアの結婚式の時にしっかりゲットしていたから、今回は遠慮したのであろう。

なお、彼女が近いうちに結婚できるかどうかは、まさに神のみぞ知るである。

「……」

「(フィリーネ、どうかしたの?)」

アグネスたちが次々とブーケを投げ、運よくブーケを手に入れた女性たちがはしゃぐ中、フィリーネだけがブーケを持ったままだった。

どうしたのかと思って彼女の視線を追うと……。

一人の若いメイドの姿が視界に入った。

「(確か、あのメイド服は……)」

ブライヒレーダー辺境伯家に仕えるメイドたちが着ているものだったはず。

つまり彼女は、ブライヒレーダー辺境伯家の女性のためにブーケを狙っていることになる。

そして、ブライヒレーダー辺境伯家には女性が少ない。

その中でも未婚女性は、今日フィリーネが結婚してしまったので非常に限られてしまう。

「(アニータ様か!)」

「(はい……)」

しかし今日の結婚式に、ブライヒレーダー辺境伯の叔母、アニータ様は出席していないはずだ。

出席はしていないけど……もしかしてあのメイドは……。

「(ブーケを手に入れるため、ブライヒレーダー辺境伯たちと一緒に来たの?)」

「(はい……もしあの人がブーケを手に入れられないと……)」

アニータ様に叱《しか》られるわけか。

そしてもしそうなったら、あのメイドが可哀想《かわいそう》だとフィリーネは思っている。

やっぱり、いい子だな。

「(あのメイドに向けて投げてくれ。確実に彼女がブーケを手に入れられるようにするから)」

「(わかりました)」

フィリーネがブーケを投げると、俺は『念力』でブーケをコントロールし、アニータ様付きのメイドの手元に落としてあげた。

「よかったぁ……」

ブーケを手に入れたメイドが心から安堵《あんど》しているということは、ブーケを手に入れられなかったら本当に叱られたのであろう。

「(ヴェンデリン様、ありがとうございます)」

フィリーネも安心したようでよかった。

一部波乱含みだったブーケトスも無事終わり、これにて俺とフィリーネ、アグネス、シンディ、ベッティとの結婚式が予定どおり終了したのであった。

＊＊＊

「辺境伯様、どうして結婚式で『念力』なんて使ったんだ？」

「やっぱり、ブランタークさんは気がつきましたか」

「大分威力は抑え、必要最低限しか使っていなかったが、俺が気がつかないわけないだろう」

「それもそうですね。ええと、あのメイドさんは……」

「ああ、そういうことか。みなまで言うな。理解できた」

結婚式が終わり、その後披露パーティーが行われ、さらに近しい人たちだけで行われた二次会にて、俺はブランタークさんからブーケトスの際に魔法を使った件を尋ねられた。

理由を説明したら、すぐに納得してくれたけど。

「アニータ様関連かよ。フィリーネ様にまで気を使わせてなにを考えているんだか……。このところ、あちこちの結婚式にメイドを派遣して、ブーケを集めてるって噂《うわさ》を聞いていたけどよぉ……」

「……ブーケなんて集めてどうするんですか？」

「ジンクスに縋《すが》るってことは、もう半ば神様頼りなんじゃないの？　フィリーネ様の結婚式が近づくにつれて、機嫌悪かったからなぁ……」

この世界でも、結婚式で花嫁さんが投げるブーケを手に入れると、次に結婚できるというジンクスがあった。

だが、いくら魔法があるこの世界でも、ジンクスはあくまでもジンクスだ。

エリーゼたちとの結婚式以降、メイドたちを派遣していくつものブーケを手に入れたアニータ様がいまだに独身なので……まあそういうことだ。

「自分自身でブーケを手に入れないからじゃないのかな？」

俺もジンクスはあくまでもジンクスだと思っているが、よくよく考えてみたら、高貴な身分の未婚女性がメイドや使用人にブーケを取りにいかせるのはおかしいと思う。

なぜなら、実際にブーケを手にするのはメイドや使用人だからだ。

次に結婚できるのは、彼女たちということになってしまう。

「そう言われると確かに、アニータ様の代理でブーケを手に入れたメイドって、すぐに嫁ぐな」

「元々メイドって、花嫁修行の一環で働いているのですから、すぐに結婚してしまって当然なんですけどね」

「ブーケのおかげじゃないってか」

ジンクスは、あくまでもジンクスってわけだ。

それよりも、アニータ様は結婚相談所にでも通った方が……。

この世界にあったらだけど。

「別に、叔母上に婚姻話がないわけではありませんよ」

「そうなんですか？」

二次会にはブライヒレーダー辺境伯と奥さんも参加しており、俺とブランタークさんの話に加わってきた。

アニータ様のことが色々と気になっているというか、これから彼女がどうなるのか心配なのだと思う。

「叔母上が絶対に結婚したいと言うから、私はいくつも見合い話を探してきたのです。それなのに、贅沢《ぜいたく》ばかり言って困ります」

「贅沢ですか？」

「ええ……」

すでに四捨五入すると五十歳になるアニータ様のお見合い相手は、正妻を亡くした老貴族や年老いた重臣というパターンが多いはず。

それでも仕方がないのではと思う俺だったのだが……。

「イケメンで、伯爵以上で、年下で、大金持ちで、お小遣いに制限がない人がいいそうです……」

「う――ん」

そんな人、いないと思うけど……。

「そもそもそういう貴族男性は、アニータ様を選ばないと思いますけどね……」

ブランタークさんの意見は正論だけど、本人の前では言えないな。

「まあ、それが真実なんですけど。とにかく、せっかくお見合い話を持っていっても断ってしまうのに、ブーケなんて集めてどうするんでしょうね？」

「「……」」

ブライヒレーダー辺境伯の問いに、俺とブランタークさんは答えられなかった。

前世でも、年下で年収一千万円以上の男性と結婚したいと言っていた女性を知っているけど、そういう人ってどこの世界にもいるんだな。

「とにかく、フィリーネを幸せにしてあげてください」

「お任せください」

「バウマイスター辺境伯を信じることにします」

娘が嫁ぐと、俺もブライヒレーダー辺境伯みたいに色々と心配してしまうのかな。

「そういえば、フィリーネ様は？」

「花嫁同士で仲良くしているようで、よかったです」

ブライヒレーダー辺境伯の視線の先では、ウェディングドレスのフィリーネたちがエリーゼたちや、魔王様、ライラさんと楽しそうに話をしていた。

俺たちもそこに加わるが、魔王様は目を輝かせながら、フィリーネたちのウェディングドレスを眺めている。

その様子はまるで絵に描いたような、ウェディングドレスに憧れる美少女そのものといった感じだ。

「ライラ、綺麗だな」

「ええ、そうですね」

心なしか、ライラさんが落ち込んでいるような気もしたが、モールたちからのアプローチを無視した結果、彼らがすぐに他の女性たちと結婚してしまった、その件を後悔しているのであろうか？

結婚し損ねたみたいな。

彼らの先輩である新聞記者ルミも同じような感じで、結婚する人が減っている魔族だからこそ、結婚願望が強いのかもしれない。

「今日、こんなに近くで初めてウェディングドレスを見たが、余も早く大きくなってこれを着てみたいものだ。早く花嫁さんになりたいの」

「「「「「「「えっ！」」」」」」」

魔王様はまだ子供なので、結婚は大分先のはず。

『花嫁さんになりたい』の発言は、小さい女の子なら誰でも言いそうな将来の夢のように思えるが、なぜかみんな『ギョッ！』と目を見開いてしまった。

「陛下、まだ随分と先のお話だと思います」

「とは思うが、今のうちに心構えぐらいはしておかないと、結婚できぬかもしれないのでな」

そういえば、魔族は晩婚化が進んでいるのだった。

だからこそ、魔王様は警戒しているのであろう。

「魔族繁栄のため、余は早く結婚して子供を沢山産んだ方がいいと思うのだ。なるべく早く結婚するつもりだぞ」

「そうなんですか……」

「若くに結婚した方が、子供を沢山産めるからな」

魔族の王国復興を目指している魔王様からすれば、早く結婚して子供を沢山産むことが必要というわけか。

問題は、魔王様と価値観が合う魔族の男性がいるかどうかだけど。

今の魔族って現代日本人の価値観に近いわけで、そういう古臭い考え方に馴染《なじ》まない人が多いような気が……。

「唯一の懸念は、余に白竜に乗った王子様が現れるかどうかよな」

「白竜ですか？」

「そうだ。魔族の国で人気の童話だぞ。主人公のお姫様を、白竜に乗った王子様が迎えに来るラストが感動的なのだ」

人間だと白馬に乗った王子様だけど、魔族では白竜に乗った王子様なのか。

一つ勉強になったな。

しかし、今日は置いてこなければいけなかった属性竜の子、シュークリームと白竜が喧嘩《けんか》しないといいけど。

「しかしながら、今の魔族の世では、陛下がお婿さんを迎えに行くパターンもあり得るのでは？　シュークリームに乗って」

「むむむっ、新しい魔王はそうなるやもしれぬな。ただ、シュークリームが大きくなるまで待っていたら、余は百年以上結婚できぬではないか」

魔王様が僕《しもべ》にしたシュークリームは、この前卵から孵《かえ》ったばかりだ。

彼女を背中に乗せられるようになるには大分時間がかかるだろうし、それまでに結婚できていなかったら、ライラさんやルミの比ではないほど焦りそうだ。

「陛下、早く結婚したければ、しっかりと勉強して大人の女性にならなければなりません」

「確かにライラの言うとおりだ。余はこれからも、皆に愛される新しい魔王として精進しなければ」

ライラさんが、上手く誤魔化してくれてよかった。

男子とは違って、女の子はマセているよなぁ。

「ご挨拶が遅れました。私は、アマデウス・フライターク・フォン・ブライヒレーダーと申します。色々と魔道具を売っていただいて感謝しております」

「これはご丁寧に。余は、エリザベート・ホワイル・ゾヌターク九百九十九世である。以後もよしなに」

このパーティーは内輪の人間しか参加していないので、ブライヒレーダー辺境伯と魔王様は正式に――非公式か――挨拶を交わした。

いまだ外交交渉が終わっていないため、魔族が大手を振ってリンガイア大陸を歩き回るのはよくないので、俺たちの結婚式を利用して顔合わせをしたわけだ。

「せっかくのバウマイスター辺境伯の結婚式ですが、急ぎ聞きたいことがありまして……」

つい先ほどまで、フィリーネのウェディングドレス姿を見て泣きに泣いていたというのに、さすがは大貴族というか。

パーティーはこのまま続けることにして、俺、エリーゼ、ブライヒレーダー辺境伯、ブランタークさん、導師、ライラさん、魔王様はパーティー会場の端で内緒の話を始めた。

一方、エル、ハルカ、ルイーゼ、イーナ、ヴィルマ、カチヤなどが、会場の外で聞き耳を立てている人間がいないか、見張りを始めた。

一応、念のためというやつだ。

「ブライヒレーダー辺境伯殿、魔導飛行船と魔道具をもっと売ってほしいというお話でしょうか？」

宰相であるライラさんが、単刀直入に尋ねた。

聞かれる可能性が一番高い質問だと思ったのであろう。

「勿論売ってほしいですが、今日はその話ではないのです。実は現在、王国でも帝国でも問題になっている件がありまして、『ハグレ魔族』と呼ばれている者たちの存在です」

「その単語を聞くだけで、おおよそどういう人たちか理解できました。ゾヌターク共和国では、『国外逃亡者』扱いの人たちですね」

「第一号は、アーネストだな」

「我が輩がなにか？」

実はちゃっかりと変装して結婚式に参加しており、パーティー会場で料理を楽しんでいたアーネストがこちらに声をかけてきた。

こいつ、意外と地獄耳だな。

「国外逃亡者ですか……」

「ええ……このままゾヌターク共和国にいても職がないという理由で、リンガイア大陸に密入国した魔族たちがいるのです」

「どのくらいの人数ですか？」

「今はまだ百名くらいだと思います。ただ、ゾヌターク共和国のある遥《はる》か西の大陸から、このリンガイア大陸までは遠い。魔力量が多いアーネスト先生だからこそ、単独での渡航に成功したともいえます。遭難した可能性が高い者たちも多いようですが、集団で渡航するなどして、半分以上は無事到着したはずです」

「半分として、五十名ほどですか……。そのくらいはいても不思議ではありませんね」

「ブライヒレーダー辺境伯、もしかして？」

「ええ、実はそうやってリンガイア大陸にやってきた魔族を雇い入れた貴族がいるのです。ただ、王都の法衣貴族や大貴族からはそういった話は聞こえてきません。実は密《ひそ》かに雇い入れており、我々が気がついていないだけかもしれませんが……」

ブライヒレーダー辺境伯によると、主に地方の貴族たちがハグレ魔族を雇い入れているそうだ。

「地方の貴族たちは、魔法使いをなかなか雇えませんから」

リンガイア大陸において、魔法使いは引く手数多《あまた》の存在だ。

貴族に雇われるにしても条件のいいところに集中する傾向があるから、お金のない地方の貴族たちは、なかなか魔法使いを雇えなかった。

「魔法が使えるのなら、魔族でも構わないって考えですね」

地方の貴族たちが魔族を雇い入れたところで、中央や他の貴族たちに気づかれにくいというのもある。

「要は、魔法で領地開発をしてくれるのなら誰でもいいから、高給を出しますよってことですか？」

「中には、その領地の女性と結婚してしまった魔族もいるそうで……」

ハグレ魔族の大半が男性で、すでに領民や領主の娘と結婚してしまった者もいるのだと、ブライヒレーダー辺境伯が説明を続けた。

「なるほど……。彼らの大半は、ゾヌターク共和国では無職か、暗黒企業勤めだったそうです。環境を変えたことで、成功を収めたとも言えます」

魔族は全員が中級以上の魔法使いの資質を持つが、ゾヌターク共和国では魔法が使えたからといって就職できる保証はなかった。

ところが、命がけでリンガイア大陸に辿《たど》り着いてみたら、貴族が魔法使いとして高給で雇ってくれたのだ。

しかも、望めば結婚もできるという。

「外交交渉の締結なんて、待っていられませんか」

「もしかしたら、お互いに渡航禁止という結果になるかもしれませんからね。今なら違法ではなく脱法行為なので、処罰する根拠がありません」

だからこそ、俺も、ブライヒレーダー辺境伯も、他の目端の利く貴族たちも、ペーターやヴァルド殿下はダミー商会を用いてまでも、中古の魔導飛行船と魔道具を買い漁《あさ》っているのだ。

のん気に外交交渉の締結まで待っていたら、自分の領地だけ出遅れていた、なんてことになりかねないのだから。

「ハグレ魔族ですが、彼らの密入国を完全に阻止するなんて、まず不可能じゃないですか？」

多分今こうしている間にも、職がなかったり、今の労働条件に我慢できない魔族たちが、続々とリンガイア大陸を目指しているであろうからだ。

リンガイア大陸の西側、魔族の国との国境線のすべてを漏れなく監視して、魔族たちの密入国を防ぐなんて、物理的に不可能なのだから。

それこそ、いくら人手があっても足りないだろう。

「ゾヌターク共和国政府に働きかけても……無駄っぽい？」

「バウマイスター辺境伯殿の仰《おっしゃ》るとおりです。警告ぐらいはすると思いますが、強行に密出国を謀る魔族を止めるのは難しいかと」

現代地球でも、密入国、密出国の類を完全に防ぐなんてできないからなぁ。

「魔法使い不足を補っているのだから、別によくないですか？」

「領内の開発で用いるだけならいいんですけど、一つ大きな問題がありまして……。ハグレ魔族ながら魔法使いを手に入れてしまったため気が大きくなった領主たちが、紛争を引き起こすケースが数件……」

「あちゃぁ……」

代々自分の家が抱えている諸問題を、ようやく手に入れた魔法使いを用いて、自分たちに有利な条件で終わらせようとしているのか。

「争う両家の片方だけに魔法使いがいたら、そちらの圧倒的な勝利で終わるでしょうね、きっと」

「ですが、一時的に力技で解決しても、紛争は酷《ひど》くなる一方なので……」

当然、魔法使いがいないせいで紛争に敗れた側の貴族としては、自分もハグレ魔族を雇ってリベンジを果たそうとするはずだ。

「とはいえ、この問題を解決する特効薬もなく、王国政府のみならず帝国もかなり困っているはずです。内乱が終わったばかりですからね」

内乱後、帝国では大きな領地の変動があった。

それに不満を感じている貴族たちが、ハグレ魔族を雇って反乱を起こすかもしれないとペーターも頭を抱えているかもしれないな。

「まずは、現時点でどのくらいのハグレ魔族が存在するのか。両国政府としては、それを調べるところからスタートでしょうね。で……ブランターク」

「お館様、俺がなにか？」

「実は小領主混合領域で、紛争を起こした貴族がいます。しかもその貴族は、これまで雇い入れていなかった魔法使いを連れているそうで」

「つまり、ハグレ魔族であろう、そいつを大人しくさせろと？」

「ええ。実はこの任務、王国政府との共同作戦でして、導師も同行する予定です」

「というわけなのである！」

これまで静かにしていた導師が、ご機嫌な表情でブランタークさんに声をかけた。

魔族と戦えるかもしれないと、楽しみにしているんだろうなぁ。

適材適所ともいえるのだけど。

「わかりました」

「バウマイスター辺境伯はこれから新婚旅行に出かけますし、バウマイスター辺境伯領は重点開発地域なので、カタリーナさんたちを動員するのはヴァルド殿下も嫌がっています。申し訳ないですけど……」

「わかりました。魔族には未熟な魔法使いが多いから、導師がいればなんとかなるでしょう」

「頼みますよ、ブランターク。それと導師も」

「任されたなのである！」


無事に、アグネス、シンディ、ベッティ、フィリーネとの結婚式が終わったばかりなのに、新たにハグレ魔族の問題が浮上してしまった。

ただ、そう簡単に解決できる問題でもなく、深く悩んでも仕方がないので、俺たちは予定どおり新婚旅行に出かけることにしよう。

第二話　山小屋の経営はやり方次第

「ここならまず、俺たちを知っている人間はいないだろう。新婚旅行の行き先としては不似合いかもしれないけれど……」

「いいえ、先生。こういう新婚旅行があってもいいと思いますよ」

「山頂の一軒家で、別荘というよりは店舗ですよね？　でも誰も利用しているように見えないし……ベッティちゃん、ここってお兄さんの所有なんだよね？」

「シンディちゃん、そうなのよ。お兄さんが勝手に購入して、お義姉《ねえ》さんにもの凄《すご》く怒られたという、曰《いわ》く付きの物件ね。それはお義姉さんも怒るわよ」

「こんな山の上にあるお店、お客さんが来るんですか？」

「それなのよ、フィリーネちゃん。お店が付いているからなにかしらの目的に利用できるだろうと、お兄さんが深く考えないで勝手に購入してしまって……。しかも、相場よりも大分高くね。維持費や、お店を任せる人手の問題、水や食料をどうやってこの山頂まで運び込むのかとか、全然考えていないんだもの」

「それは、ベッティさんのお義姉さんも怒りますよね」

「お兄さんは、料理だけ作っていればいいのに……」

「まあまあ、おかげで静かな新婚旅行ができるんだから」

結婚式のあと、俺、アグネス、シンディ、ベッティ、フィリーネは新婚旅行に出かけた。

とはいっても、ここは観光地というわけではない。

俺はアグネスたちに対し、新婚旅行に行きたいところを尋ねたのだけど、『普段色々と出かけているので、五人だけでゆっくり過ごせるところがいいです』と言われ、候補地を探していたら、王都から少し離れた山の頂上にあるこの山小屋の情報が入ってきた。

なんでも、この山小屋の持ち主はベッティのお兄さんであり、彼は店舗も付いているこの山頂の山小屋を、相場よりも大分高く購入してしまったそうだ。

『登山客を相手に飲食店を開いたら、とても儲《もう》かりますよ。独占状態ですから』と、王都の胡散《うさん》臭い不動産業者に騙《だま》されたのだと、ベッティが呆《あき》れていた。

当然だが、ベッティのお兄さんの奥さんであり、彼女の義姉ローザさんにも散々叱《しか》られたそうだが。

以前、『あなたは料理だけして、他の仕事は一切しない方がいい』などと言われ酷《ひど》い言われようだと思ったが、確かにそのとおりだった。

最初に出会った時からそうだったが、ベッティのお兄さんは仕事に関することで即断すると、調理以外はすべて間違うという、とても困った人なのだ。

調理以外のことは奥さんに任せればいいものを、今回も勝手に新しいお店を、それも山頂にある物件なんて購入してしまって……。

それは、奥さんにも妹にも怒られて当然というか……。

なお、ベッティのお兄さんが騙された不動産業者は、リネンハイム不動産ではなかった。

彼は胡散臭いが、顧客に損はさせないからだ。

というか、ツテがあるリネンハイム不動産に相談すればよかったものを、勝手に他の不動産業者から物件を購入し、しかも騙されてしまって……。

擁護できる点が一つもない。

「でも、そのおかげで五人でゆっくりできますから」

そんな不良債権である山頂の店舗付き山小屋だが、新婚旅行でゆっくりするのにはちょうどよかった。

ベッティから情報を掴《つか》んだ俺は、すぐに彼女の義姉さんに相談し——この手の相談をベッティのお兄さんにしても無駄、とまでは言わないが、真の権力者である奥さんにした方が話が早いからだ——無事に借りることができた。

しかも、無料でいいという。

その代わり、購入してからなにも手を加えていないという。

店舗付きの山頂の山小屋をオープンさせるとなると、相応の時間と資金と人材と労力が必要であり、しかもベッティのお義姉さんはそこまでしたところで、このお店で利益は出ないと計算したようだ。

儲かる王都の各店舗に労力を集中したいだろうし、結果、山頂の店舗付き山小屋は購入してからそのまま放置されていた。

自分たちで宿泊できるようにすれば、何日でも無料で使っていいそうだ。

そこで、この誰も来ないであろう山小屋で新婚旅行を堪能することにしたわけだ。

「フィリーネには少し悪いかもしれないけど」

彼女はブライヒレーダー辺境伯の娘なので、本当はちゃんとした新婚旅行にした方がいいような気もしたが、アグネスたちの『夫婦だけで過ごしたいです』という希望に全面的に賛成してくれた。

「いいえ、こういう方が私も落ち着けていいです。私は元々平民なので……」

そういえばフィリーネは、帝国の農村に一人で暮らしていたのだった。

「お父様も、お義母《かあ》様も、お兄様たちもよくしてくれましたけど、私はこういう生活の方が好きです」

フィリーネは平民として暮らしていた期間の方が長いから、貴族らしい新婚旅行よりも、こういう場所の方が落ち着くというわけか。

「ヴェンデリン様、まずはお掃除ですね」

「そうだな。多分、長年そのまま放置されていたと思うから……」

みんなで山小屋に入ると、中はかなり埃《ほこり》っぽかった。

据え置きの家具もあったが、やはり埃っぽくて古臭い。

「タンスやベッドは使えなくもないのかな？」

「ちゃんと拭き掃除をしてからの方がいいと思います」

フィリーネはブライヒレーダー辺境伯の娘だけど、一人暮らしが長かったせいか、俺たちの中で一番家事が得意だった。

テキパキと、室内の掃除を始める。

「先生、お店も併設だから、椅子とテーブル、調理場も付いていますね」

「アグネス、このお店の部分は使わないよね？」

「お義姉さんから無料で借りられたし、ついでだからお掃除してしまいましょう」

「そうだな。ここだけ埃っぽいと、隣の生活スペースに埃が入り込んできそうだから」

アグネスとベッティは、使わないと思うが小屋に併設されているお店の掃除を始め、俺とシンディは、フィリーネと共に生活スペースの掃除を始めた。

掃除は二時間ほどで終わり、もうそろそろお昼なので、昼食を作ることにする。

「お店の調理場ですけど、やっぱり掃除しておいてよかったですね」

今日の昼食のメニューは魔法の袋から取り出したパンとタップリ肉入りシチューがメインだが、夕食に備えて周辺でなにか採集したいところだな。

「この山で採れるものってなんだろう？」

「それが、お兄さんも知らなくて……」

「それなのに、この小屋を買ってしまったのかぁ……」

山頂にある小屋なので、水も食料も山の下から運び込まないといけない。

せめてこの山で採れるものを食材として利用できればいいのだけど、購入者がそれをまったく把握していないのは問題だと思う。

「先生、お昼を食べ終わったら探しに行きましょう。飾ると綺麗《きれい》なお花があるといいですね」

「花が飾ってあった方が心も落ち着くか」

「そうですよ」

「どんな獲物がいるのかわかりませんが、山菜とかキノコは採れるはずです」

「採れたてを調理するんですね。楽しそうです」

フィリーネは元々そういう生活の方が長かったので、午後からの狩猟と採集が楽しみなようだ。

「ブライヒレーダー辺境伯家で、山菜採りとかキノコ狩りはできないか」

「お父様が、そういうことは家臣と領民たちに任せなさいって。みんなの仕事を奪ってはいけませんよって」

「なるほどな」

ブライヒレーダー辺境伯の考え方は、大貴族として間違ってはいない。

貴族がなんでも自分でしてしまうと、他の人たちの仕事がなくなってしまうからだ。

ただ、趣味の範囲ならいいと思うんだけどなぁ。

「じゃあ、久しぶりの山菜採りとキノコ狩りというわけだ」

「楽しみです」

昼食が終わると、俺たちは小屋の周囲を探索し始めた。

「普通の山だな」

「そうですね。先生、あっ、キノコがありますよ」

「ええと……このキノコは……」

この世界において、キノコを食べることは完全に自己責任である。

キノコ関連の書籍も多数あるのだが、写真ではなくて絵なので、毒キノコを間違えて食べて死んでしまう人が一定数いるのだ。

地方だと、食べられるキノコの判別は親から子へと引き継ぐか、村の年寄りから教えてもらうものであった。

　ごく一部だが、結構なお金になるキノコがあり、冒険者もキノコについて勉強している人は多いが、その実力はピンキリであった。

　野営の際に食費を浮かせようと、その辺で採集したキノコを食べて中毒になったり、死んでしまう冒険者の情報は定期的に流れてくる。

　冒険者予備校でも散々注意され、キノコについての講義もあるのだが、なにしろキノコは種類が多い。

　初めて見たキノコを、『派手なキノコじゃないから大丈夫』、『あのキノコに似ているから近種だろう』などと自己流で判断し、トラブルに見舞われる冒険者は少なくなかった。

「これは……毒はないな」

「先生、じゃあ食べられますね」

「食べられるけど……」

　俺や一部の魔法使いたちは、そのキノコに毒があるかないか『探知』ですぐに探れる。

　ただこれは、見たことがないキノコであり、美味《おい》しいかどうかはわからない。

　地球では、毒があるキノコは全体の一割ほどだと聞いたことがある。

　そして、食べて美味しいキノコも全体の一割ほど。

　では残りの八割はというと、問題なく食べられるけど、食べても美味しくないのだそうだ。

「このキノコ、不味《まず》いんですか？」

「食べてみないとわからないな、これは」

「不味いと嫌ですね」

すぐに小屋に飾る花を採集したのと比べると、シンディはキノコには詳しくないようだ。

俺も、食べて美味しいキノコの種類をあまり知らなかった。

教会で炊き出しをする時に使うため、エリーゼは山菜やキノコに詳しかったが、今はいないので自分で判断するしかない。

「焼いて、醬油《しょうゆ》を垂らして試食してみるかな？」

「先生、このキノコは食用にされていますよ」

「アグネスは、キノコに詳しいんだな」

「ひと通り、勉強しましたから」

さすがはアグネス。

このキノコは周囲にも生えているので、いい夕食の食材になるだろう。

「先生、採集したキノコをどうやって食べるんですか？」

「そうだなぁ……ベッティはキノコをどう調理する？」

「炒め物ですかね？」

もしくは、生は危険なので、網で焼いて醬油か味噌《みそ》をつけて食べるか。

ベッティの意見を採用して、バウマイスター辺境伯領産のバターでソテーするのもいいか。

天ぷら、煮物、佃煮《つくだに》……さて、どうしたものか。

「フィリーネの故郷だと、キノコはどうやって食べていたんだ？」

「そうですね。お肉や野菜と一緒に汁物にしていました。大鍋で作って、村中に配るんです」

「汁物かぁ……俺は味噌を持っているから味噌汁……いや、待てよ！」

せっかく、採れたてのキノコが大量に手に入ったのだ。

新鮮な素材のよさを生かして調理するのに最適な料理は……。

「山菜キノコ汁を作ろう！」

山にいるのだから、どうせならそこで食べるのに相応《ふさわ》しい料理を作った方が、外から持ち込んだ食材よりも美味しいはずだ。

「ようし！　アグネスに聞いて、美味しいキノコと……山菜も大丈夫かな？」

「任せてください、先生」

「みんなで、キノコと山菜をメインに採集しましょう」

この山は王都に近いからなのか、狩りが盛んだからなのか、獣の類《たぐい》が少なく肉が手に入りづらい。ただ、キノコと山菜は豊富にあるので、今回に限ってはまるで問題なかった。

俺が判別できるキノコの種類は少なかったが、アグネスが大活躍してくれたので、美味しいキノコと山菜を沢山採ることができた。

「先生、これだけあれば十分ですね」

「そうだな、アグネス。山小屋に戻って調理しよう」

キノコと山菜の採集を終えた俺たちは、夕食の準備をするために山小屋へと戻ったのであった。

「早速、山菜キノコ汁を作ろう」

「あれ？　先生、出汁《だし》は取らないんですか？」

料理人の妹なので料理に詳しいベッティが、山菜キノコ汁を作っている俺に出汁は取らないのかと尋ねてきた。

「出汁は、キノコから出るから大丈夫」

「なるほど。キノコの出汁のみで勝負するんですね」

その代わり、キノコは多めに入れる。

山菜もケチってはいけない。

「採ったキノコとアク抜きした山菜を、なんとか獲《と》れたウサギの肉と一緒に煮込み、最後に味噌で味付けをする。これとオニギリが基本だ。オニギリは、味噌を塗って焼いたものと、具に梅干しを入れたやつだ」

せっかくの山頂での調理なので、ここは地元の山の幸を食べようということになり、鍋で山菜キノコ汁を作り、米を炊いてオニギリを作った。

これが基本であり、あとは魔法の袋から取り出した肉や魚を焼いたり、デザートを食べる予定だ。

「ところで先生、こんな山頂のお店に、お客さんが来るのでしょうか？」

「山小屋で飲食物を提供していたから、調理場が併設されていたんだろうけど……」

それにしては、俺たち以外に山を登ってくる登山客がいないのが不思議だ。

ベッティのお兄さんは、なにを考えてこの小屋を購入したのだろう？

「山菜とキノコは採れるけど、獲物は少ないし、お兄さんはこのお店でなにをしたかったんだろう？」

「わからない……」

彼らしいといえばそれまでだが、せっかく商売が上手《うま》くいっているのだから、調理にだけ専念してあとは奥さんに任せておけばいいのに。

「まあ、まずはできたての山菜キノコ汁をどうぞ」

俺は煮え立った鍋から、みんなに山菜キノコ汁をよそっていく。

ウサギ肉も入っているが量が少ないので、実質、山菜キノコ汁でいいだろう。

出汁は、沢山入れたキノコから。

あとは味噌の旨味《うまみ》任せで、いかにも山小屋料理といったメニューだ。

「たまには、こういう料理もいいですね」

「山菜とキノコが沢山入っていて、自然の味って感じです」

「美味しい」

「懐かしい料理ですけど、ミソが入っていると断然美味しいです。焼きミソオニギリも香ばしい」

「梅干しも疲れを取るんだよ」

俺たちは魔法で飛んできたけど、登山者なら、温かい山菜キノコ汁とオニギリの組み合わせは最強かもしれない。

とはいえ、ここに登山客なんて来ないはず……。

そう思っていたのに、突然小屋のドアがノックされた。

「ヴェンデリン様、こんな山頂にお客さんですか？」

「これまで姿を見せなかった登山客が突然？」

まさか不審者？

警戒しながらドアを開けると、そこには薄汚れた格好の軍人たちが立っていた。

こんな山の上でフル装備とは……体力は大丈夫なのか？

「すまない。軍で訓練をしていたら、負傷者が出て動けなくなってしまったのだ。なにか温かいものを頂けると嬉《うれ》しいのだが…………え、バウマイスター辺境伯殿!?」

「……よく似ていると言われます」

「その言い訳は、とても苦しくはないですか？」

「プライベートな時間なのに……」

「すみません……」

まさか見捨てるわけにもいかず、俺たちは彼らを小屋の中に収容したのであった。


「小隊ごとの行軍訓練の最中、このヴァント兵長が足を滑らせて怪我《けが》してしまってな。どうしたものかと思っていたら、普段は無人のこの小屋に人の気配を感じたのだ。まさか、バウマイスター辺境伯殿が新婚旅行中とは……。随分と変わった新婚旅行だな」

「人がいない場所で過ごしたかったので。行軍で山の頂上を通るのですか？」

「今回の行軍ルートが、ちょうどこの山を突っ切るコースだったのだ。いやあ、助かった。ヴァント兵長の怪我も治してもらえたから、訓練に復帰できそうだ」

まさか、こんなところで王国軍の小隊が行軍訓練をしているとは。

山の頂上を通るコースは厳しいだろうから、彼らは精鋭なのかな？

とりあえず、足を滑らせて怪我をしたヴァント兵長は俺が治療し、みんなお腹が減っているというので、鍋に作った山菜キノコ汁をオニギリと共に提供した。

「煮込んだキノコと山菜を、今王都で流行しているミソで味付けしたものか。それだけなのに、こんなに美味しいなんて……」

「ルフル隊長、このオニギリというものも美味しいですよ」

「表面に塗ってあるミソが香ばしいし、一日中山を登って汗をかいたから、ミソのしょっぱさが堪《たま》らない」

「この、酸っぱいウメボシという食べ物もいいな」

「美味《うめ》ぇ！」

「ヴェンデリン様、大人気ですね。山菜キノコ汁とオニギリだけなのに」

ここは山頂だからな。

汗だくになりながら山道を登り、頂上に近づくにつれ標高差ゆえの寒さと汗冷えに襲われる。

そんな時に、温かい山菜キノコ汁と塩分を摂《と》れる焼き味噌と梅干しのオニギリは最強だと思う。

お米の糖質は、すぐにエネルギーになってくれるからな。

「オニギリも大きめにしてあるから、体力も回復するのさ」

普段なら決してご馳走《ちそう》とはいえないが、この山頂では山菜キノコ汁とオニギリは立派なご馳走というわけだ。

「これまで、何度訓練で通っても、この小屋は閉まっていたんだよ。本当に助かった」

「ここに、山菜キノコ汁とオニギリを出すお店があったら嬉しいですよね、隊長」

「まったくだ」

「今回は非常事態のようだけど、通常の訓練でお店で食事をしていたら訓練にならないのでは？」

「それはそうなんだが、普段のもっと緩い訓練なら、ここで食事がとれると嬉しいのは確かだ」

「でも、いつ訓練でここを通るかわからない軍人さん頼りでは、お店の経営はできないと思います。お兄さん、なにも考えないでこの小屋を買ってしまって……」

ベッティが呆れるのも理解できる。

訓練をしている軍人さん相手だけでは、採算を取るのは難しいだろう。

そもそもベッティのお兄さんは、この山で軍人たちが訓練をしている情報すら知らなそうだ。

「登山客がいれば商売になるんじゃないのか？」

「その登山客が全然いないですからね、この山」

「それはそうだ。山道が途中で分断されているからな。少し前に、大規模な崖崩れがあったんだよ。我々は道がなくても訓練だから登るが、一般の登山客には厳しそうだな」

俺たちは魔法で飛んできたから気がつかなかったけど、山道が崖崩れで分断されているのか……。

「山道を補修すれば、登山客は来るってことですか？」

「補修すればな。ただ、この山は個人の所有だからな。持ち主が直さない限り、永遠に補修されないだろう」

「この山の持ち主って、個人なんですか？」

「この小屋と所有者は同じだよ」

あれ？　それってつまり……。

ベッティのお兄さんの前の持ち主は、崖崩れで塞《ふさ》がれた山道を補修するお金がなかったので、山小屋を山ごと売却してしまい、怪しげな不動産業者がそのまま売り抜けてしまったわけか。

「で、ベッティのお兄さんは購入した山になにもしていないから……」

「先生、お客さんが来なくて当然ですよね」

アグネスは、山を買いっ放しで放置しているベッティのお兄さんに呆れていた。

ただのお金の無駄遣いだものな。

「ベッティちゃん、お兄さんはどうしてこの山を購入したの？」

「さあ？」

シンディ、それをベッティに聞いてもわからないと思うぞ。

多分、その場の勢いで購入したのはいいけれど、実情を知ってしまい、面倒だから放置することを決めたんだろうな。

それは、奥さんに叱られるわ。

「じゃあ、ヴェンデリン様が山道を補修すれば、この山小屋に登山客が訪れるようになりますね」

「それはそうなんだが……」

フィリーネの言うとおりなんだが、俺たちはここに新婚旅行に来ているのであって、閉鎖した山小屋の再開じゃないと思うんだよなぁ。

「でも、なんか楽しそうですよ」

「王国軍としても、いざという時の休憩場所が欲しいかなって」

ルフル隊長たちにも頼まれてしまい、俺たちはなぜか閉鎖された山小屋の再開に着手することになってしまった。

なんか変な新婚旅行になってしまったな。

＊＊＊

「山頂にある山小屋なので、やはり水の確保は難しいんだよなぁ。お冷やも有料にしないと、採算が取れないな」

「メニューも、メインは山菜キノコ汁とオニギリがいいと思います。お米もミソも保存が利くので」

「先生、アグネスちゃん。デザートにドライフルーツなんてどうかな？」

「これも保存が利いて、糖分が摂れるから採用ってことで。さあて、俺は山道の補修に行くかな」

「ヴェンデリン様、山菜キノコ汁とオニギリを作っておきますね」

「私は、フィリーネさんを手伝います」

「頼むよ。シンディ、フィリーネ」

「私は、先生を手伝います」


翌朝。

怪我人の治療が終わり、体力が回復したルフル隊長たちは、一旦《いったん》王都に戻ると言って山を下っていった。

俺たちはそれぞれに作業を分担し、山小屋再開の準備を始める。

アグネスは、山菜とキノコ採りに。

シンディとフィリーネは、山菜キノコ汁を作る鍋に湯を沸かし、釜で大量のお米を炊き始めた。

俺とベッティは、『飛翔《ひしょう》』で崖崩れの現場へと飛んでいく。

「これはまた……」

「随分と大規模ですね」

前の持ち主が、山小屋の再開を諦めても無理はないというか……。

かなりの広範囲に渡って、崩れた土砂が山道を塞いでいた。

「お兄さん、現場の確認くらいしてから買えばよかったのに……」

「俺もそう思う」

この山道を復旧させるには、かなりの期間、多くの人を雇って工事しないと駄目だろう。

その費用と、これから山小屋で出る利益を計算した結果、前の持ち主は山小屋の再開を諦めて不動産業者に売却してしまった。

そして不動産業者は、このところ商売が繁盛しているベッティのお兄さんを誑《たぶら》かして山小屋を売り抜けた。

というのが、ほぼ真相だろうな。

「まずは、山道を覆う大量の土砂を魔法の袋に回収だな」

土砂は、バウマイスター辺境伯領でいくらでも使い道がある。

全部回収してしまおう。

「ベッティ、この魔法の袋に頼む」

「わかりました」

まずは、予備の魔法の袋に山道を塞ぐ大量の土砂を仕舞った。

「土砂で埋まっていた山道が見えるようになったが、崖崩れのせいで壊れている場所が多いな」

「石などで舗装しますか？」

「バウマイスター辺境伯領の道ならそうするけど……」

山道だとその補修と管理が面倒というか、俺たちは新婚旅行期間が終わったら、この山を離れてしまう。

土の道のままでも、簡単に直せる道の方がいいはずだ。

「先ほど回収して、魔法の袋に入れておいた土で崩れた道を補修し、『念力』で浮かべた岩を落として地盤を固めていく。ベッティも手伝ってくれ」

「ええと……こうですね」

「そうだ、その調子だ」

俺とベッティは、山道を補修しながらそこを下りていった。

崖崩れの被害がない山道も、岩を上から落として地盤を固め、一部崩れた場所も補修していく。

「やはり、すぐには終わらないか。ベッティ、お昼にしよう」

「先生、今日のお昼はなににしますか？」

お昼になったので、一旦作業を中止して昼食をとることにする。

魔法の袋から、フィリーネに作ってもらったオニギリ、山菜とキノコとウサギ肉の炒め物、魔の森産フルーツジュースを取り出して昼食をとる。

「先生、今日のオニギリの具はなんですか？」

「ちょっと変わりダネさ」

「変りダネですか……あっ、卵ですね。それも黄身がトロトロで美味しいです！」

現在日本とは違って卵の生食は危険だが、それを解決すべく、魔道具職人に調理用の魔道具を作らせたのだ。

これならば、六十五度で三十分加熱なんてこともでき、サルモネラ菌による食中毒にもかからない。

いわゆる魔道具版ヨーグルトメーカーでもあり、ヨーグルトの作成や、なんと納豆も作れてしまう優れものであった。

これで作った温泉卵を醤油ベースのツユに漬けたものを、オニギリの具にしたというわけだ。

「(コンビニで、卵かけご飯オニギリってあったからな。美味しくないはずがないんだ)美味《うま》い」

「美味しいですね。これ、お兄さんのお店で出せるかな？」

「卵の生食は危険だから、調理が難しいんだよ」

「そうですか、残念です」

なんだかんだ言ってもベッティはお兄さんが心配なようだ。

「山小屋で採算が取れることが確認できたら、経営は買った本人に任せればいいさ」

本当は、誰もいない山頂の山小屋で静かに新婚旅行を楽しむ予定だったんだけど、なんか面白くなってきたのでこれでいいか。

「さあ、夕方までに山道の整備を終わらせよう」

「はい」

昼食を終えた俺とベッティは、山道の補修を続けた。

ここはそんなに標高が高くない山だし、王都からもそんなに離れていない。

崖崩れで封鎖されていた山道が復旧し、山小屋で飲み食いできるようになれば、登山客が増えて採算が取れるようになるはずだ。

「(現代日本の感覚でいうと、高尾山みたいな山だな)」

「先生、山の麓《ふもと》が見えてきましたよ」

標高は、多分五百メートルほどだな。

崖崩れがなければ、登山するのに難易度が高い山というわけでもないようだ。

山道の入り口には看板があったが、その横に『崖崩れのため、山道は使えません!』と書いてあった。

比較的新しい看板なので、もしかしたら訓練に使っている王国軍が設置したのかもしれない。

登山禁止とは書かれていないが、山道が使えないとなると、一般の登山客は利用しないのであろう。

「山道の修復が終わったので、この看板は撤去しよう」

「これで、登山客が再び山小屋を訪れるようになるでしょうか?」

「その情報が周知されるまで、時間がかかるかもしれないな」

情報伝達が遅い世界なので、今日この看板を外したところで、明日から登山客たちが山小屋に押し寄せるということはないだろう。

俺たちが本格的な山小屋営業をする必要はないので、あとは山の上で夫婦水入らずの新婚生活を……と思っていたのだが、その思惑は外れてしまい、翌日から忙しい日々が始まってしまうのであった。

翌日の午後。

山菜とキノコ採集、調理などの家事をしながらみんなでノンビリ過ごしていると、山頂に数名の登山客たちが姿を見せた。

「すみません、なにか食べさせてください」

「山小屋、営業していますよね？」

「えっ？　もう登山してきたんですか？」

「だって、山道が使えないっていう看板がなくなっているから」

「他の山に登山に行く途中だったんだけど、この山が大丈夫なら、この山にするさ」

「日帰りできるからな」

昨日の夕方、山道は使えないと書いてあった看板を撤去したばかりなのに、もう来るとは……。

しかも彼らは、山小屋に俺たちがいることに気がつくと、なにか食べる物を売ってほしいと頼んできた。

ちょうど調理場でオヤツを作っていたので、お店が営業中だと思われたのかもしれない。

「ええと……まずは席にどうぞ」

掃除は終えていたので、登山客たちを店内にある席へと案内した。

「なにがあるのかな？」

「この山で採集したものを使った山菜キノコ汁と、オニギリが出せますよ」

「オニギリ……ミズホの食べ物だったか。王都にあるお店で購入したことがある。いくらだい？」

「十セントです」

「ええっ!?　高すぎ……うぐっ！」

「……店主、そのお嬢さんはどうかしたのかい？」

「いいえ、なんでもないですよ。じゃあ、急ぎ用意しますから」

俺は料理の値段に驚いたシンディの口を塞ぎ、そのまま引きずって調理場の奥へと引っ込んだ。

「先生、あれだけで十セントって高くないですか？」

「それが、そうでもないんだな」

なぜなら、掃除をしている時にこの山小屋の前のメニューを発見したのだが、なんとメニューは有料の水とパンのみ、しかもその価格は、俺たちが作った料理と同じ十セントだったからだ。

「ここは山の上だろう？　水源はあるけど、そこから水を汲《く》んでくるのは大変だ。山菜とキノコを除けば、他の食材はすべて山の麓から仕入れなければいけない。山頂に運び込むのも手間だ。料理を高くしないと、絶対に採算が取れないんだ」

「なるほど……」

前世で、海水浴場や山の頂上の食べ物が高かった理由と同じだ。

「俺たちは魔法で飛べるからいいけど、このあとベッティのお兄さんが山小屋を経営するとなると、大した料理じゃなくても、このぐらいの値段にしなければ採算が取れないから」

「私たちが安く売って、いきなり値上げなんてしたら文句が出ますね」

「そういうこと」

「ヴェンデリン様、完成しました」

「ありがとう、フィリーネ。早速お客さんに持っていってくれ」

「私も手伝いますね」

アグネスとフィリーネは、完成した料理をトレーにのせて登山客たちへと持っていった。

メニューは、昨日多めに作っておいた山菜キノコ汁、大きめの焼き味噌オニギリと、梅干し入りオニギリ。

あとは、この山に自生していたノビルをピクルスにしたものをオマケした。

「前よりも、ご馳走じゃないか」

「ああ、前は硬くて大きなパンと水だけしかなくてな」

「それでも、なにもないよりはマシだと思って食べていたが……」

「これは美味しい」

登山客たちは、フィリーネとアグネスが運んできた料理を美味しそうに食べていた。

この山小屋の前の持ち主は、『ここは山の頂上だから、水と食べ物が出るだけマシだろう？』的な考えの人物だったようだ。

実際問題、山頂で煮炊きをするだけでも大変なのは事実であった。

日本の山小屋だって、出している料理の種類は非常に少なく、その価格も高いところが多かった。

「山菜とキノコかぁ。健康によさそうでいいな」

「塩気があるのもいい」

それほど標高は高くない山だが、登れば大量に汗をかく。

塩分の補給は必須なので、山菜キノコ汁もオニギリも塩分濃度を高めにしておいた。

登山は肉体労働だから、町で出す料理よりも塩分濃度を高くする必要があるのだ。

「この酸っぱい果物も、疲れが取れていいな」

「癖になる酸っぱさだな」

梅干しに含まれるクエン酸には疲労回復効果があり、なにより味噌と同じく保存しやすいのがよかった。

仕入れる時も、樽《たる》ごと山頂に運び上げればいいので、山小屋で出しやすい食材というわけだ。

「いやあ、美味しかったよ。ご馳走さん」

「前は、いつ焼いたのかわからない硬いパンと水だけだったからなぁ」

「デザートもありますよ。ドライフルーツですけど」

「それもくれ」

「俺も」

デザートの注文を受けたので、登山客たちにドライフルーツを出した。

高価な魔の森産フルーツではなく、王都のお店で買った安い品だが、これも一人前十セントだ。

「ドライフルーツの甘さも、体の疲れを取ってくれていいな」

「前は、デザートなんて頼めなかったからな」

デザートを食べ、山頂の景色を楽しみながらしばらく休憩した登山客たちは、そのまま下山し始めた。

今からなら、日が沈む前に王都へ戻れるからだ。

「先生、食事とデザートで二十セントって、やっぱり高いような気がします」

商売人の娘とはいえ、アグネスも経験がない山小屋についてはよく知らないようだ。

確かに、安くはないよな。

「実はこれ、この山の管理経費も入っているからさ」

ベッティのお兄さんはろくに契約書も見ないで山小屋を購入したようだが、実は山小屋だけでなく、この山の所有権も込みだった。

「山も買えたのなら、得だったような気がします」

「それも一理あるけど、この山を所有しているということは、なにかトラブルがあって山道が使えなくなってしまった場合、自分で補修しないといけないんだ」

山頂の山小屋で食事とデザートを売って得た利益を、いざという時のために積み立てておかなければならない。

それをしなかった前の所有者は、泣く泣く山小屋を手放す羽目になったのだから。

魔法がなければ、それなりの人数を雇って山道を補修しなければいけないのだが、それにはお金がかかる。

作業者たちも、みんな山で仕事なんてしたくないだろうから、日当を割り増すなどしなければ集まりが悪い。

特に今は、王国中が好景気で日当が上がっているから、ますますこの山道の補修に応募してくれないだろう。

「だからさっきの登山客たちは、食事もデザートも高いとは言わなかっただろう？」

王国のみならず、帝国やミズホ公爵領でも、山小屋の飲食物は高いと相場が決まっているからだ。

「安くすると、最初はみんな喜ぶかもしれないけど、もしあとでなにかトラブルがあっても、対策するお金がなくて、登山禁止になったり、山小屋がなくなってしまうのだから」

「先生って、そういうことにもの凄く詳しいですね」

「大人の意見です」

「お兄さんに、先生の十分の一でもいいから、その手の知識があれば……飲食店経営なのに……」

「ヴェンデリン様、山小屋の経営って楽しいですね」

「あまり客がこないしね」

山小屋の料理やサービスが高い理由の一つに、客数が限られるというのもあった。

その限られた客から得られる利益で、山小屋の運営は勿論、山の保全や山道の補修等をやりくりしなければならないため、どうしても高くなる。

「というわけで、明日からもそれほど忙しくはないと思うけど」

たまに来る登山客たちを相手に商売しながら、静かな山頂でノンビリと過ごす。

あまりに暇すぎると時間を持て余してしまうので、これくらいでいいと思う。

「そうだ！　早めにベッティのお兄さんに連絡を……じゃなかった！　ローザさんに連絡を取ってお店を引き継げるようにしないと」

悪いけど、ベッティのお兄さんにこの手の話をしても時間の無駄というか……料理だけに集中してもらった方がいいので、彼には話を持っていかない方がいい。

「確かに、お兄さんには話すだけ無駄ですね」

「だろう？」

別にベッテイは、お兄さんが嫌いではない。

ただ、この手の話をしても無駄どころか、害悪だと思っているだけだ。

みんな、そこを勘違いしないでほしいと思う。

＊＊＊

日帰り登山ができる山として王都では有名な、シトレイス山の山小屋が営業を再開した。

前の持ち主が、崖崩れで埋もれた山道を復旧させるお金がないといってしばらく放置していたため、王国軍が行軍訓練で使うのみとなっていたのだが、新しい持ち主が山道を復旧させ、山小屋の営業を再開したという。

知り合いの軍人からその情報を聞き、私は急ぎシトレイス山を登った。

シトレイス山の山小屋で出るものといえば、いつ焼いたのかもわからない、硬く焼き締めたパンと水のみ。

歯が欠けるのではないかと思うほど硬いパンを水（有料）と共に含み、口の中でふやかしてから食べる。

あえてそれを好む登山客もいたのだけれど、大半の登山客たちは、他に食べるものがないから仕方なく食べていただけであった。

ところが、新しい山小屋ではそれが大幅に改善した。

遥《はる》か北方に住むミズホ人たちが食べる、オニギリが提供されるようになったのだ。

お米を炊いたものを丸く固め、同じくミズホの調味料で、かのバウマイスター辺境伯が初めてヘルムート王国で製造を開始したミソを塗り、表面を炙《あぶ》ってある。

ミソの香ばしさが食欲をそそり、登山で疲れた体を癒《いや》してくれる。

オニギリは二つ提供され、もう一つは、その中にウメボシなる酸味の強い果物の塩漬けが入っていた。

ウメボシもミズホの産品だと聞くが、この酸っぱい果実を食べると、頑張って下山しようという気にさせてくれる。

料理を提供してくれた少女が言うには、ウメボシには疲労回復の効果もあるそうだ。

そして、この山で採れたキノコと山菜を具材にした汁がつく。

キノコから出る滋味あふれる旨味と、味付けに使っているミソの美味しさ。

具として入っている山菜のほのかな苦みも、味のアクセントとなっている。

キノコも色々な種類が入っており、味と歯ごたえの違いも堪能できた。

付け合わせにはノビルのピクルスもついており、これも大きなオニギリと山菜キノコ汁を食べる際に、いい仕事をしてくれる。

途中でこれを齧《かじ》ると味覚がリセットされ、また最初からオニギリと山菜キノコ汁が楽しめるのだ。

シンプルながらも山を愛する者たちの本能に訴えかけてくるかのようなこれらの絶品を、是非一度、頂上から我らが王都を一望しながら味わってもらいたいと思う次第である。

ビンセント・フォン・ノック

＊＊＊

「これを見て、山を登ってきました」

「オニギリと山菜キノコ汁をください」

「僕も！」

「楽しみだなぁ」


新婚旅行期間中、ノンビリと山小屋で過ごすはずだったのに、突然大勢の登山客たちが押し寄せてきた。

どうしてこんな急に？

初日みたいに、日に数名の客がせいぜいだろうと思っていたのに……。

と思っていたら、登山客の一人が一枚の瓦版《かわらばん》を見せてくれた。

「ビンセント・フォン・ノックの連載コラム？」

「ええ、自称役職のない暇な貴族様だそうですが、彼の書くコラムはとても人気があるのです。彼が褒めた飲食店は、すぐに大勢の客が押しかけますから」

「そうなんだ……。おっと、今はそんなことに感心している場合ではない！」

山小屋に入ってきた登山客たちは、オニギリと山菜キノコ汁を欲している。

幸いにして材料は沢山あるから、急ぎ調理をしなければ。

というわけで、俺たちは大鍋で山菜キノコ汁を作り始め、ご飯も大釜で大量に炊き始めた。

「先生、こんなに大きな鍋や釜や魔導コンロを持っていたんですね」

「アグネス、そこは『こんなこともあろうかと、用意しておきました』だよ」

「さすがです、先生」

実は、たまにエリーゼが参加している教会の炊き出しで使えると思って、バウルブルクの魔道具職人に作らせておいたものを、魔法の袋に入れていただけだ。

今のエリーゼは、子育てや家の中のことが忙しくて炊き出しに参加できない状態だから、死蔵していたともいえる。

「フィリーネ、シンディ。登山客たちに調理には時間がかかることを説明して、冷たい水かマテ茶か果汁水を提供しておいてくれないか」

「わかりました」

「うわぁ、お客さんが増えましたね」

登山客への対応は二人に任せ、ベッティは大鍋で山菜キノコ汁を作っている。

「材料を煮込んで、最後に味噌を入れるだけだから任せた」

「任されました！　先生、ローザさんに連絡を入れたので、明日からは応援の人たちが来ると思います」

「さすが……お兄さんは？」

「お兄さんは、全然あてにならないので！」

正しいがゆえに、ベッティのお兄さんは哀れだな。

料理の腕はいいんだけど、経営とかマネジメント的な仕事だとすぐに躓《つまず》いてしまうんだよな……。

奥さんのローザさんがいて助かった。

それと、お兄さんの嫁であるローザさんと小姑《こじゅうと》であるベッティの仲がいいのって、長い目で見たら、これほど素晴らしいことはないのではないかと。

「炊き上がったご飯を蒸らす時間がもどかしいです……」

「しかしだなアグネス、蒸らす時間を惜しむと、ご飯が美味しくならないから」

これでも、大火力の大型魔導コンロで直焚《じかだ》きしているので、時間は大分短縮できているのだけど。

「ご飯が熱いので、握るのが大変そうですね」

「明日からは、事前にお米を炊いておけばいいからここまでバタバタしないと思うけど、今日は魔法を用いる！」

『念力』を応用し、蒸らし終わったご飯を握るのだが、手で握らないと塩がつけられないとお嘆きのあなた、実はご飯を炊く時に、一合に対し塩二グラムを入れることで解決します。

オニギリに塩をつけるのは味付けのためだけでなく、ご飯を締めるためだからです。

塩の凝固作用によっておにぎりは形をキープしやすくなる一方で、口の中に入れると一転ほどけやすくなる、というわけです。

「魔法の修練だと思えばいい」

「はい、先生。頑張ります」

炊けたご飯が入っている大釜から、オニギリ一個分のご飯を『念力』で浮かび上がらせ、それを地面に落とさないよう、変形させた『魔法障壁』を用いてオニギリの形に成形していく。

細やかな魔法のコントロールが必要となるが、魔法の修練にはちょうどいい。

「握ったオニギリに味噌を塗り、これを網の上で炙っていく。梅干しオニギリは、ご飯を魔法で握る時、オニギリの中に梅干しを入れないといけないから、ご飯と梅干しと、一度に二つのものを『念力』で動かしつつ、『魔法障壁』を変形させてオニギリを握らないといけないのさ」

「ご飯の中心にウメボシを入れてから握るのが難しいです」

「やはりそうか……」

一度に、三つの魔法を同時に展開させる。

アグネスには、まだ早かったかな。

シンディとベッティも同じだろう。

「アグネスは、味噌オニギリのみを担当。ベッティ、味噌を塗ったオニギリを網の上で炙ってくれ」

「わかりました」

握られた味噌オニギリが網の上で焼かれ、味噌の香ばしい香りが辺りに漂っていく。

「美味そうな匂いだなぁ」

「お腹減ったなぁ……」

「よし！　完成！」

山菜キノコ汁、焼き味噌オニギリ、梅干しオニギリ、ノビルのピクルスのセットが次々と完成し、シンディとフィリーネがお客さんへと運んでいく。

デザートのドライフルーツも一緒に頼む人が大半だった。

なお、山小屋には食器がほとんど残されていなかった。

前の持ち主が引き揚げたのか、それとも最初からほとんどなかったのか。

判断が難しいところだ。

魔法の袋から取り出した食器があるので、特に問題はなかったのだけど。

「(メニューはこれだけにして、食材を山頂に運び込む手間を省く。八割の人がデザートも頼むので、一人頭の客単価が二十セント近い。これなら、利益率を確保できるだろう)」

俺たちは大儲けだけど、魔法使いじゃないベッティのお兄さんが山小屋を経営するようになれば、このくらいの価格じゃないと従業員たちの給料を支払えないはずだ。

山の上の勤務だし、まさか休みゼロというわけにはいかない。

経費がかかるので、こういう商売形態になるわけだ。

「先生、ご飯が足りないので炊きますね」

「頼む、アグネス。俺はオニギリを握る」

アグネスは、魔法によるオニギリの成形を一旦やめて大釜でご飯を炊き始めた。

俺は引き続き魔法を駆使して次々とオニギリを握っていく。

ベッティが、味噌オニギリを網の上で焼きながら大鍋の山菜キノコ汁をよそい、シンディとフィリーネが、押し寄せる登山客たちから注文を取って配膳してお金を貰《もら》う。

空いている時間に、下げた食器を洗う仕事もしてくれた。

「ビンセント・フォン・ノックかぁ……売れっ子なんだな」

「名前は知っていたんですけど、顔を見たことがなかったので、最初にやってきた登山客の一人だとは思いませんでした」

アグネスは、ビンセント・フォン・ノックという貴族が書くコラムが大人気だという事実を知っていた。

「貴族の格好をしてお店に取材に行くと公平な記事が書けないそうで、あの時も平民と同じ服装をしていたのだと思います」

「それはあるか」

お店に貴族が入ってきたら、普通のお店の経営者や店員は身構えてしまうからな。

それでは正当な味の評価はできないので、平民の格好で潜入取材をしていたわけか。

「俺たちも同じだから、お互い様かな」

「そうですね」

俺たちも新婚旅行中は、その正体がバレないように平民の格好をしている。

今はその上にエプロンをしている状態だ。

誰が見ても、山小屋の若い店員たちに見えるはず。

「『オニギリセット』、追加で五人前です！」

フィリーネとシンディからのオーダーが入るたび『大きいオニギリと山菜キノコ汁』といちいち言うのが面倒なので、さっき俺が『オニギリセット』と命名した。

「なかなか登山客が途切れないな」

「先生、ご飯が炊けました！」

「サンキュー、アグネス」

それにしても、世界は違えど人気コラムニストの記事の宣伝効果は大したものだ。

下山できなくなるので、登山客で賑《にぎ》わったのは夕方前まであったが、数百名がオニギリセットを注文し、八割がデザートであるドライフルーツを注文してくれた。

「ヴェンデリン様、売り上げが沢山です」

「みんな大忙しだったからな。フィリーネも、アグネス、シンディ、ベッティもご苦労様。俺が勝手に変なことを始めてしまって申し訳ない」

「いえ、普段こんなことできないから面白いです」

フィリーネは、ウェイトレスの仕事が面白かったようだ。

帝国の村で生活していた時には未経験だったのかな？

「今日は、いい魔法の修練にもなりましたから」

アグネスは、熱々のご飯で火傷《やけど》しないようにしつつ、急ぎオニギリを握るため、複数の魔法を同時に駆使することに慣れたようだ。

このまま続ければ、魔法の複数同時展開も容易《たやす》くできるようになるはずだ。

「私も楽しかったです。先生もいますから。明日は、私がオニギリを魔法で握ってみようかな？」

「本当はもっと早めにご飯を炊いた方が効率いいんだけど、魔法の訓練なら、熱々ご飯でいいのかな？」

効率よく仕事をするのは、俺たちの後任に任せればいいか。

ベッティのお兄さんは……あてにならないので、ローザさんが手配してくれるはずだ。

「こういう新婚旅行も、変わっていて面白いですよね。エリーゼ様たちにいいお土産話です。お金を数え終わりました」

「ありがとう、シンディ」

「オニギリセットとドライフルーツの両方を頼んだ人は、二百四十六人で四千九百二十セント。オニギリセットのみの人が六十二人で六百二十セント。合計で、五千五百四十セントです」

さすがは商売人の娘。

シンディは、お金を数えるのが早かった。

「山小屋って儲かるんですね」

「普通の人が経営するともっと利益は下がるけど、要はやり方だな」

というか、前の持ち主は変わってるな。

せっかく王都からの日帰り登山客が多数やってくる山と、山頂にある山小屋の所有権があったのに、崖崩れで埋まってしまった山道が復旧できないから、という安易な理由で売却してしまうなんて……。

「お金を借りてでも、山道を復旧すれば……いや無理か……」

無理というか、やはり山道の復旧費用を返済しきれないと踏んで、見切ったのか。

跡取りがいれば十分に返済可能……再び崖崩れで山道が使えなくなってしまう可能性を憂慮したのかも……。

「せめて、温かいものを出せばよかったのに……」

「煮炊きに必要な薪《まき》を山から集めるのも大変ですからね。だから、硬いパンと水しか出さなかったんだと思います」

山小屋に住んで、なるべく一度に大量のパンを焼いて薪を節約し、自分の分の食事を自炊するのが精一杯だったのかな。

パンの材料も麓から山頂に運び入れないといけないから、前の持ち主は崖崩れのせいで心が折れてしまったのかも。

しかしそのあとに、なにも考えていないベッティのお兄さんが購入してしまうとは……。

「ベッティさんのお兄さんって、ツイているのか、いないのか。よくわかりませんね」

フィリーネ、俺もそれは人生を賭けて確認しようと思うんだ……。

「お兄さんは、お義姉さんがいるからツイていると思う」

「あら、ありがとう」

「あっ、ローザさんだ」

「お久しぶりです。バウマイスター辺境伯様」

山小屋での商売の仕方の目処《めど》が立ったので、俺たちの新婚旅行後に引き継ぐ予定のベッティのお兄さん……じゃなくて、その奥さんであるローザさんに知らせておいてよかった。

彼女は、すぐに数名の従業員たちと山を登ってきてくれたのだ。

「山小屋は見違えるほど綺麗になったし、大型魔導コンロ、魔導冷蔵庫、大釜、大鍋、食器も揃《そろ》っていて、すぐにお店を開けるわ」

山小屋のお店にはほとんどなにもなかったけど、俺が魔法の袋から取り出して設置しておいたのだ。

掃除もしっかりしておいたし、これならすぐにローザさんが引き継げるはずだ。

「なるほど……だから、このお値段なのですか」

「ええ」

前の山小屋のように薪で煮炊きをすると、かなりの手間がかかってしまう。

それなら、燃料の魔石だけ運んでくればいい魔道具の方が、長い目で見たらコスト的には安いはずだ。

「従業員の生活用や、万が一魔道具が壊れた時のために薪を集めておくのはいいと思うけど、今の登山客の数だと、山がハゲ山になってしまうかもしれないので」

もしそうなったら登山客が減ってしまうので、山の環境は維持しなければ。

「山菜やキノコも、今のペースだと採り尽くしてしまうでしょう。必要なものを山頂へと運んでくる人も必要でしょうね」

山頂の山小屋なので沢山の従業員は置けず、食材の運搬は別に人を用意した方がいいだろう。

就業中の従業員たちは、この山小屋に泊まり込む必要があり、水や生活物資も必要なのだから。

「水は……手が空けば、川の源流から給水可能な手動ポンプを設置すれば……。あとは、雨水タンクを設置して、飲料用以外の水はなるべくそれを使うとか」

「それしか方法がないみたいですね。みんな、大丈夫よね？」

「なんとか大丈夫そうです」

ローザさんは、俺の提案をすぐに理解してくれた。

従業員たちにも、反対意見はないようだ。

「キノコと山菜は、この山の近辺でも沢山採れますよね？」

「ええ、特産品……というには珍しくないほどよ」

「じゃあ、ローザさんが仕入れて、数日に一度一気に山頂まで運び上げればいい。冷蔵庫もあるので、何日かは保《も》ちますよ」

「そのための冷蔵庫なのね。勉強になるわ。早速明日の営業に備えて準備をしてから、早めに就寝してしまいましょう。その前に夕食ね」

俺たちとローザさんは、明日の営業の準備をしてから就寝することにしたのだけど……。

「ところで、あの、お兄さんは？」

「うちの旦那？　ここにいてもなんの役にも立たないから、王都のお店で料理をちゃんと作りなさいと伝言して、お留守番をさせているわ」

「……それがいいのかも」

あの人がいても、調理ならともかく、山小屋を経営するためのマネジメント業務なんてできるわけがない。

かえっていない方がいいのか……。

「先生、お兄さんには無理ですよ」

実の妹すらそれは理解しており、ベッティのお兄さんは王都で留守番ということになってしまった。

なぜか、彼にはよく似合うというか……。

奥さんに頭が上がらないものなぁ、あの人。

＊＊＊

「手動ポンプの設置に成功。少し力を使うけど、このポンプを漕《こ》ぎ続ければ、飲料用に適している源流の水がこのタンクに入る仕組みだ」

「隣のタンクが、雨水用のタンクですね」

「飲料用以外で使う水は、なるべくこっちを使って水を節約するっていう寸法さ」

「お義姉さんたち、今日が初日なのに上手くやっていますね」

「それはプロだからな」


ローザさんたちがやってきた翌日。

俺たちは、源流の水を汲んで溜《た》める手動ポンプとパイプライン、飲料水タンクを設置してから、山中に山菜とキノコの採集に出かけた。

応援でやってきたローザさんと五名の従業員たちは、手際よくオニギリを握り、山菜キノコ汁を作って、今日も早朝から山頂に到着した登山客たちに振る舞っている。

向こうはプロだし、そんなに難しい料理ではないのですぐに慣れたようだ。

「足りなくなるかもしれない食材や、その他のものの仕入れはこれからローザさんがなんとかするだろう」

「お義姉さん、そういうのが得意だから。お兄さんにはできないけど」

「だよなぁ……あの人には一生理解できないと思う」

彼は、王都で経営しているいくつかのお店で、ちゃんと料理をしていてほしい。

そして、他のことには手を出さないでほしかった。

「先生、今のまま大勢の登山客たちが押し寄せると、この山で採れる山菜とキノコだけでは到底足りませんね」

「ゆえに、この山の周辺から同じものを仕入れる必要があるわけだ」

そこで暮らしている人たちからすれば、近くで採れる山菜やキノコなんて珍しくもなんともない。

ところが、この山の山頂で調理されると十セントになってしまうのだから。

「商売の不思議ですね」

不思議というか、それが商売ってものなんだが、仕入れるにしてもそれほど高くはないはずだ。

「さあてと。こんなものかな」

山菜とキノコの採集を終えて山小屋に戻ると、すでに大勢の登山客たちで賑わっていた。

ローザさんたちが手際よく働き、次々と料理が売れていく。

みんなオニギリを頬張《ほおば》り、山菜キノコ汁を啜《すす》り、デザートのドライフルーツを購入する人が大半だ。

「それにしても大盛況ですね。どうしてこんなに大勢……あ、ここにこのお店しかないから？」

「フィリーネは聡《さと》いな。単純だけどそこが一番の強みなんだ」

加えて前の山小屋の主《あるじ》が、粗末な料理しか出さなかったのもよかった。

あえて硬いパンと水を求めて山道を登ってくる登山客は極一部だろうが、苦労して登ってでも食べたいものがあるとなれば、山登りと無縁の人にも波紋は広がり、人が人を呼ぶ。

王都のお店なら商売にならないメニューも、この山の山頂なら十分勝負できるというわけだ。

「バウマイスター辺境伯様、山菜とキノコをありがとうございます。お手伝いは大丈夫ですよ」

「そう、じゃあ……」

俺たちは山小屋から少し離れたところで、お昼ご飯を作って食べることにした。

魔法の袋から取り出した油を鍋に入れて熱し、衣をつけて天ぷらを揚げる。

「今日はオニギリじゃなくて、団子を作ろう」

「オダンゴ、美味しそうですね」

「私も手伝います！」

「先生、お湯を沸かしておきますね」

「オダンゴなら、みたらしのタレを作りましょう」

アグネスが慣れた手つきで山菜とキノコの天ぷらを揚げ、ベッティが米粉《こめこ》をお湯で練って成形し、それをシンディがお湯で茹《ゆ》で、フィリーネが鍋でみたらしのタレを作っていく。

俺も味噌ダレを作ったり、そういえば、きな粉が魔法の袋の中にあったなと思い出し、砂糖と混ぜておく。

茹で上がった団子を串に刺し、完成したばかりのみたらしのタレをつけ、きな粉を塗《まぶ》し、味噌ダレはオニギリのものとレシピは同じなので、つけてから網の上で炙り始めた。

「材料は同じなのに、違う料理に見えますね」

オニギリも団子もお米が主原料だけど、確かにフィリーネの言うとおり、別の料理だな。

「山菜とキノコの天ぷら、みたらし、きな粉、焼き味噌団子に、あとは……」

魔法の袋から取り出したミズホのお餅を取り出し、網の上で焼き始める。

「先生、段々と膨らんできました！」

「お餅が焼けたら、これに砂糖醤油をつけて、同じくミズホ産の海苔《のり》を巻いて食べる」

「美味しいですね」

シンディは、磯辺焼きを気に入ったようだ。

「お餅と海苔は輸入品だから、山小屋では出せないけど。次は……」

魔法で作っておいた炭酸水を用意する。

空気中の二酸化炭素を『探知』し、魔法で水に閉じ込めて作るという非常に面倒臭い方法を取っているので、まず採算は取れない。

魔法の修練の一環と、自分で楽しむためのものだ。

炭酸泉自体はバウマイスター辺境伯領内にもあるはずなので、いつか炭酸水も見つかるといいな。

「魔法で作った炭酸水と氷と、搾っておいた果汁を入れると冷たい炭酸果汁水の完成だ。どうぞ」

「シュワシュワしていて美味しいです」

初めてだと炭酸が苦手な人もいるのだが、フィリーネは大丈夫だったようだ。

心から炭酸果汁水を楽しんでいた。

「先生と一緒に、こうしていると楽しいですね」

「変わった新婚旅行だけど、とても楽しいです」

「お兄さんが騙されて買ってしまった山小屋ですけど、先生のおかげで損害を出さずに済みました。ありがとうございます」

山の頂上でノンビリと作った料理を食べ、冷たい炭酸果汁水を飲む。

実にのどかな午後だ。

「あっ、ヴェンデリン様！　夕日が落ちていきます」

「本当だ、綺麗だなぁ」

「綺麗ですね」

いつの間にか日が落ちて、夕暮れになった。

フィリーネは感動しているようだ。

俺たちも綺麗な山の夕暮れを眺め、この変わった新婚旅行の思い出に浸りながら、日が沈むまでその景色を楽しむのであった。


「米粉とお餅は保存しやすいですね。このメニューも、山小屋で出しましょう。炭酸果汁水はコストと仕入れ的に難しいので、果汁水のみになりますね」

夜、山小屋に戻ると、どうやらローザさんは俺たちが調理していた団子や磯辺焼きをしっかりとチェックしていたようだ。

山小屋のメニューに取り入れると宣言した。

ローザさんがいないとベッティのお兄さんだけでは商売が成り立たないという現実に、俺たちはあらためて気づかされるのであった。

＊＊＊

「というわけで、ベッティのお兄さんの山小屋は、今多くの登山客で賑わっているぞ」

一週間の新婚旅行を終えて戻ってきた俺たちは、屋敷でエルたちとお土産を食べながら思い出話に花を咲かせていた。

お土産は、ローザさんが持たせてくれた焼き味噌団子だけど、かなり好評だ。

さすがはプロ。

俺が作った団子よりも見栄えもよく、その大きな団子を串に刺し店頭で焼く様子も山小屋の名物になっていると聞く。

ベッティのお兄さんと違って、ローザさんは商売の才能があるんだな。

俺たちが遊びで調理をしているとすぐにやってきて、即座に真似してしまうのだから。

団子の材料の米粉は長期保存ができ、山頂の山小屋でも商品にしやすい。

いい新メニューだと思ったのであろう。

「ヴェル様、素朴な味だけど美味しい」

ヴィルマは、焼き味噌団子を食べ続けていた。

沢山貰ったけど……追加で作るか？

「しかし、新婚旅行でそんなことをしていたとはな。ヴェルも、大概貧乏性というか……」

「新婚旅行くらい、ゆっくりすればいいのに」

「あっ、でもイーナさん、とても楽しかったですよ」

「普通に旅行するよりも、楽しかったです」

「お兄さんがなにも考えないで購入してしまった山と山小屋が黒字になったので、ローザさんも感謝していました。さすがは先生です」

アグネス、シンディ、ベッティは、本心からこの変わった新婚旅行を楽しんでくれたようでよかった。

「フィリーネは、ヴェルの道楽につき合わされて大変だったね」

「私はこういう生活の方が楽しいです。ブライヒレーダー辺境伯家では、お父様もお義母様たちも大変よくしてくれますけど……」

「ああ、そういう」

ルイーゼは、フィリーネの気持ちに気がついたようだ。

普通の村娘からブライヒレーダー辺境伯の娘になって生活はよくなったが、慣れない生活と覚えなければいけないことが多く、フィリーネはストレスを感じていたのかも。

「お料理したり、食器を洗ったり、お運びさんをしたり、山菜やキノコを採集したりと。ヴェンデリン様と一緒にいると楽しいです」

フィリーネからしたら、ずっと貴族らしく生活していかなければならずに済んでよかったと思っているのか。

バウマイスター辺境伯家は、表向きはともかく、内情は大分庶民的だからな。

「話を聞いていたら、ボクも山小屋で働いてみたくなった」

「ルイーゼさんがですか？」

「カタリーナ、それは偏見だよ。ボクだって、普通に働けるもの」

「ご経験はおありなのですか？」

「ないけど、大丈夫だって。カタリーナこそ、そういうの駄目そう」

「そっ、そんなことありませんわ」

どうだろう？

カタリーナが飲食店で働く……なんか色々と無理がありそう。

「ところで、ヴェンデリンよ。その山小屋の主が挨拶に来るのであろう？」

「ああ、山小屋が落ち着いたそうなので、ローザさんと挨拶に……まあ、俺が迎えに行くんだけど」

数分後、俺が『瞬間移動』で連れてきたベッティのお兄さんとローザさんは、俺たちにお礼を述べ始めた。

「せっかくの新婚旅行だったのに、本当に申し訳ありません。ですが、山小屋は大変上手くいっておりまして」

「私が購入した物件なんですけど、買ったあとどうしようかと、途方に暮れていたところでしたので……」

「楽しかったからいいですよ」

心の底から、山小屋の主として生活するのも悪くないと思ったほどだ……。

視線を感じたので見ると、ローデリヒが警戒心を露《あら》わにしていた。

さすがに、山小屋の主にはならないさ……多分。

「うちの旦那が、無謀な買い物をしてしまって困っていたんです。せっかく商売が上手くいってい
たと思ったのに……」

複数の飲食店を展開し、ようやく余裕ができたと思ったら、旦那がよくわからない山と山小屋を
勝手に購入してしまったのだ。

現代日本なら、下手をしたら離婚案件だからな。

「ローザさん、うちのお兄さんがおバカで申し訳ないです」

「ベッティちゃんは悪くないわよ。うちの旦那がなにもかも悪いんだから」

「ううっ……そこまで言わなくても……」

「いやあ、あたいでも怒ると思うな」

「勝手に買い物をして、それが山と山小屋って……。まったく擁護できません。私なら足を凍らせ
て、その辺に立たせます」

「がぁ――――ん！」

カチヤとリサにボロクソに言われ、ベッティのお兄さんはかなり落ち込んでしまった。

「あの、落ち込んでいるところ悪いけど、これをどうぞ」

「紙？　なんですか？　これ」

「見ればわかるよ」

「そうですか……請求書？　ええっ――――！　この金額は!?」

俺が、ベッティのお兄さんに渡したもの。

それは、あの山小屋を再オープンさせるのにかかった費用が書かれた請求書であった。

「大分オマケしているから、ちゃんと支払ってね」

「こんなにですか？」

「当然でしょう」

というか、請求の大半は、山小屋に設置した複数の魔導コンロと魔導冷蔵庫の代金である。

あとは、バウルブルクの職人たちが作ってくれた大釜、大鍋、食器、調理器具、食材と調味料の代金といったところかな。

「崖崩れで塞がれていた山道の復旧費用と、人件費はオマケで」

「ううっ……」

「今の売り上げなら、そう年月もかからず回収できるんだけどなぁ……」

あの物件は、山の所有権もついていた。

つまり、同業者たちがどう足掻《あが》いてもあの山にお店を作れないのだ。

ベッティのお兄さんが許可してしまう……さすがにそこまでバカじゃないはず。

登山客たちは、あの山小屋で飲食物を購入するか、しないかの二択しか選べない。

こんなに美味しい物件、そうはないのだから、請求額に焦る必要なんてあるのかね？

「バウマイスター辺境伯様、必ずお支払いしますから」

やはり、この手の判断はローザさんにしかできないのか……。

ベッティのお兄さんには、今後調理だけに専念してほしいものだ。

「これなら支払えますし、今月からあなたのお小遣いをナシにすれば、まったく問題ありません」

「ええっ！　お小遣いゼロ？　それは……」

「どうやらあなたは、お金があると余計なことをしてしまうようだから」

「そうだよ。お兄さんは、余分なお金は持たない方がいいって」

ローザさんの考えに、義妹であるベッティも両手《もろて》を挙げて賛成した。

ベッティのお兄さんは気の毒かもしれないけど、彼のおかげで奥さんと小姑の仲がいいんだ。

そう悪い話ではないと思う。

「ええっ――――！　お小遣いゼロは勘弁してくれ！　私だって、時に部下たちを食事に連れていったりしていて……」

「そういう経費は支払うから」

「ならいいじゃないですか」

「バウマイスター辺境伯様！」

「それなら、余計な買い物をしなければいいのに……」

あの山と山小屋は、俺たちが魔法で山道を復旧させたから黒字物件に化けたけど、それがなければいまだに王国軍が行軍訓練に使うくらいしか用途がなかったはず。

やらかしてしまったのだから、奥さんの言うとおりにした方が本人のためでもあるはずだ。

「ベッティ！　お小遣いゼロは辛《つら》いから、ローザに頼んでくれないか？」

「妹に頼むのか？　それは兄としてどうかと思うぞ」

「うっ！　頼むよぉ――――！」

テレーゼの指摘で大きなダメージを受けながらも、よほど小遣いゼロが嫌だったのであろう。

プライドをかなぐり捨てて、奥さんへの取りなしを妹に頼む兄……。

エルが、『ないわぁ……』といった顔をしていた。

「お兄さん」

「ベッティ」

「今回の件はお兄さんが全面的に悪いんだから、諦めるしかないよ。頑張って山小屋の利益を増やして、お小遣いゼロの期間を縮める方がいいと思う」

「……ベッティ――――！」

「正論ですね」

「ああ、正論だ」

「そんなぁ……」

俺とエリーゼの発言がトドメとなったようで、ベッティのお兄さんはその後数年間、山と山小屋の購入で出た損失を埋めるまで、お小遣いゼロ生活を受け入れることとなる。

ただ山小屋自体は、ローザさんが努力して取り扱う料理や商品を増やしたり、お土産なんかも充実させた結果、さらに登山客が増加。

王都の住民が日帰りで登れる山としてますます有名になり、大勢の登山客たちで賑わうようになるのであった。

第三話　助っ人任務

「導師、早速やってるぜ」

「であるな、ブランタークドの。これまで魔法使いなど雇ったこともない田舎貴族が、ハグレ魔族の力を得て気が大きくなり、数百年間争っていた紛争案件での完全勝利を目論《もくろ》む。実にわかりやすいのである！　人間の業は深いのである！」

「まっ、自分の代で、紛争相手から利権をすべて奪い取るような大勝利が得られれば、以後の統治は楽になるし、子孫たちから賞賛される。たとえそれが、領内のみという狭い範囲のことだとしてもだ」

「人間、誰しも他人から認められたいものである！　おかげでブライヒレーダー辺境伯も、悩みが尽きることがないのである！」

「小領主混合領域ってのは、ゴチャゴチャしている分、小さな諍《いさか》いが多いからな。ここの大半の貴族の寄親《よりおや》であるお館《やかた》様は、定期的に調停をしないといけないから大変だ」


お館様からの命を受け、俺と導師は小領主混合領域へと向かった。

そこに領地がある貴族たちが小さな争い――大半が紛争にも満たないものだが――を起こすことは定期的にあることで、その程度なら俺と導師がわざわざ赴くまでもない。

問題になったのは、争いを始めた貴族が魔法使い、それもハグレ魔族を雇った疑いがあることだ。

「これまで魔法使いなど雇えなかった貴族が、魔族とはいえ魔法使いを雇って気が大きくなったのである！　困りものである！」

「だよなぁ……」

これまでどおりなら、お互いに領民たちを集めて諸侯軍——ただ集めただけなので、軍勢というのもおこがましいかもしれないな——を引き連れた領主が、自分たちの権利を主張するくらいだった。

本格的に争うのはお互いに損だと理解しており、それでも強弁をするのは、家臣や領民たちに格好いいところを見せて、領内の統治に利用したいだけなのだ。

本格的な戦争になってもそう勝ち切れるものではないし、たとえ勝利してもわずかな土地や水利、森林の権利くらいしか得られないのなら、そんなことはしない方が損をしない。

でも、紛争相手には強気で主張する。

貴族もマフィアも、そんなに変わらないって言う辺境伯様は正しいのかもしれないな。

縄張りイコール領地を守るのに懸命であるという点においては。

ところが今回ばかりは、ハグレ魔族を雇えたばかりに長年の係争にケリをつけられると、気が大きくなってしまった……そうなる可能性が大だとお館様は判断し、陛下の意向もあって導師と共にここに来たというわけだ。

「リーバルト準男爵とゾファー準男爵。係争案件は、共有林の権利割合だったたな」

お館様の情報によると、権利は半々と決まっている共有林の割合を、六対四……できれば七対三にして、自分が優位に立ちたい、普段は双方がそう主張しているそうだ。

ところが突如ゾファー準男爵が、『共有林は、すべて自分たちのものだ！』と言い始め、双方が諸侯軍を——ただの領民たちだけどな——集め、共有林で睨《にら》み合いを始めた。

そこに俺たちが到着し、見つからないようにその様子を探っているところなのだ。

「ブランターク殿、いたのである！」

「深くフードを被《かぶ》った……若い男だな。あいつがそうか」

「ハグレ魔族である！」

やはりゾファー準男爵は、運よく魔族の国から密入国したハグレ魔族を雇うことに成功したわけだ。

だから魔法使いがいないリーバルト準男爵たちに対し強気になり、共有林をすべて寄越せなどと言い始めたのか。

「まったく、ゾファー準男爵は……」

確かにこのまま状況が推移すれば、魔法使いを確保したゾファー準男爵に有利な裁定が下るだろう。

だが、必ずリーバルト準男爵も魔法使い——ハグレ魔族である可能性が高い——を雇って仕返しをするはずだ。

「つまり、一時的に紛争で完全勝利しても意味がないんだよなぁ」

たとえ、リーバルト準男爵が魔法使いを確保できなくても、今後数百年、いや数千年、リーバルト準男爵家はこの恨みを忘れない。

結局、紛争案件がなくなることもなく、それならたまに人を集めて自分たちなりの主張を声高に叫んでガス抜きをしつつ、以前と変わらない条件で共有林を利用した方がいいはず。

共有林の完全所有に拘《こだわ》らない方が、双方共に余計なコストがかからないのだが……。

「貴族のプライドとは、とても厄介なのである！　さて、どうしたものかである！」

「両者に、ハグレ魔族を紛争に参加させないよう、約束させるしかないいな」

「言うことを聞くであろうか？」

「そこは、王国命令だとか言うしかないだろう」

この様子だと、リンガイア大陸の各地で同じようなことをやろうとする貴族たちが出てくるだろうから、とりあえず上から押さえつけるしか手がない。

紛争で勝利すべくハグレ魔族を雇い、紛争を激化させてしまうなんて……。

下手をしたら本格的な武力衝突に発展するやもしれず、王国、帝国の両政府にとっては頭の痛い問題になってしまうのだから。

「お互いに人を集めて、双方が主張するのは黙認。ただし、ハグレ魔族を使うのは駄目だという強い意志を、導師経由で伝えるしかないだろうな」

「王国の貴族全員にであるか……。時間がかかるのである！」

とっくに王国政府も、各地に俺たちのような人員を派遣しているだろうし、帝国政府も同じことをしているはず。

まったく……せっかくの魔法使いなんだから、もっと建設的なことに使えよ。

領内で土木工事ばかりしている、辺境伯様を見習えってんだ。

「ブランタークさん殿、いつ止めに入るのである？」

「ちょっと様子を見よう。あのフードの魔法使い、魔力量はまあまあだが、魔法使いとしてはかなり未熟なようだからな」

「某《それがし》たちが『探知』で探ってるのに、まったく気がつかないのである！　つまり素人なのである！」

「そうだな、未熟すぎるぜ」

それなりに修練をした魔法使いなら、共有林の真ん中で睨み合っている双方の諸侯軍を遠くからうかがう俺と導師に気がつくはずだ。

『探知』ができないってことは、魔法を習い始めて日が浅い証拠だろう。

ただ魔力量はそこそこあるから、放たれる魔法の威力はかなりのはず。

アーネストからの情報によると、大半の魔族はろくに魔法の修練なんてしないって話だが、遥《はる》か西方にある亜大陸から、ここまで魔法で飛んでくるだけの地力はあるので油断は禁物だ。

さて、どんな魔法を使うのかな？

「導師、始まったぜ」

俺たちは、諸侯軍の先頭に立つリーバルト準男爵とゾファー準男爵の会話に集中した。

「リーバルト準男爵。この共有林はその昔、ゾファー準男爵家のものだったのだ。それを卑怯《ひきょう》にも、卿の祖先がその権利を半分奪い取ってしまった。今日こそは、共有林のすべてを取り戻してやる」

「なにを言うか！　元々この共有林は、リーバルト準男爵家のものだったのだ！　それを、卑怯にも卿の先祖が半分権利を奪い取ってしまった。こちらこそ、共有林のすべてを取り戻してやる！」

売り言葉に買い言葉とは、まさにこのことだな。

そもそも、どっちの言い分が正しいのかわからん。

どちらも自分の方が悪いだなんて、口が裂けても言わないだろうからな。

「まあいい。リーバルト準男爵に忠告しておく。速やかに共有林の権利をすべてこちらに渡し、とっとと撤退した方がいいぞ」

「なにを言うのかと思えば、それはこちらのセリフよ。ゾファー準男爵こそ、我らに共有林の権利をすべて渡し、この場を立ち去るがいい」

「はてさて、リーバルト準男爵の強気がいつまで保《も》つことやら。出番ですぞ、先生！」

「任せてくれ」

双方の主張が終わると、嬉々《きき》とした表情を浮かべるゾファー準男爵が、後ろに控えているフード姿の魔法使いに声をかけた。

自分は魔法使いを雇えたので、今回の紛争は自分の大勝利に終わると確信しているものと思われる。

「リーバルト準男爵よ！ ゾファー準男爵家の魔法使いの実力をとくと味わうがいい！」

「なにが、ゾファー準男爵家の、だよ。臨時で雇っただけなのに」

けっ！ ホラを吹きやがって！

「そうなのであるか？」

「導師、ゾファー準男爵は『先生』って言ってただろう？ 家臣にしてたら先生はねえよ」

こんな狭い共有林の権利を数百年も争うような零細貴族に、いくら未熟とはいえ、あれだけの魔力量を持つ魔法使いを家臣にできるお金はない。

今回の紛争に合わせて、臨時の助っ人として雇い入れたのであろう。

ハグレ魔族を一時的に雇い入れるというこの行為も、リンガイア大陸を混乱させる原因だった。

せめて正式に家臣にしてくれれば……まだ管理が楽なのに……。

地方の零細貴族たちに、そんなお金はないか……。

「それでは、あのフードの男がこの地を去ったら、また元の木阿弥《もくあみ》である！」

「それなんだよなぁ……」

ゾファー準男爵も、もう少し先のことを考えて動いてほしかった。

今リーバルト準男爵家に大勝利しても、フードの男がいなくなったら、結局は同じことじゃないかと。

「気持ちはわからんでもないけどな」

たとえ一時的にでも、ゾファー準男爵がリーバルト準男爵家を圧倒すれば、領民や一族、家臣たちに対して確固たる地位を築くことができると考えたのか。

もしくは、長期的な視野でものを見られないのか……地方の田舎貴族だからなぁ。

滅多に領外に出ない人も多いから、自然と世間知らずになってしまうというのもあるか。

「敵がいるというのは、内部の支持を固めるのに便利である！　そして数百年争っている相手に勝利できたとなれば……」

「ゾファー準男爵の評価も大いに上がるというわけだ」

あくまでも、ゾファー準男爵領内のみでの評価だがな。

「まったく」

「ブランタークク殿、フードの男が……」

ゾファー準男爵から先生と呼ばれたフードの男は、前に出ると堂々とした声でこう言い放った。

「リーバルト準男爵とやらよ。この僕、『業炎のオスファイ』の華麗な火炎魔法で大火傷《おおやけど》などしたくないであろう？　共有林の権利を譲って、とっとと引き揚げるのだな」

そう言うのと同時に、人間の身長ほどの火柱があがった。

「魔法だ！」

「本物の魔法使いなのか！」

「「……」」

リーバルト準男爵の家臣の言葉に、俺と導師は苦笑いした。

たまにだが、地方のお金のない貴族が、魔法使いの格好をさせた普通の人を諸侯軍に参加させることがあるんだ。

脅し目的だが、引っかかる貴族も少しはいるから、この手を使う貴族がいなくならないという。

「お館様、こちらには魔法使いが一人もおりません。どうしましょうか？」

「ううっ……」

こういうことになってしまうんだよなぁ。

これまでなら、せいぜい農器具で武装した領民たち主体の諸侯軍が睨み合い、お互いに口上を述べて引き揚げるくらいで済んだ紛争が、たまたま運よく魔法使いを雇えた結果、必要以上にエキサイティングして将来に禍根を残す。

ハグレ魔族のせいでそういうケースが増えそうだから、両国の上層部は困っているのだ。

「リーバルト準男爵も対抗してハグレ魔族を雇ったら、不毛な長期戦になるからなぁ……。それは絶対にやめてほしい」

「それにしても困ったものである！」

これまでなら、人間の魔法使いは不足しているから、ゾファー準男爵に雇われる魔法使いなんて一人もいなかった。

これも、ハグレ魔族たちがリンガイア大陸に入り込んだせいだろう。

「しかしまぁ、よくゾファー準男爵になんて雇われたよなぁ……ハグレ魔族は」

こう言うと悪いが、いくら魔法使いとして未熟でも、あれだけの魔力量があるんだ。わざわざ雇用条件が良いとは思えない零細貴族に雇われんでも……と思ってしまうのだ。

間違いなく、ゾファー準男爵があのハグレ魔族に大金を出すわけが……彼の名誉のため、これ以上は言わないでおくか。

「辺境伯様から聞いたが、ハグレ魔族は向こうで無職だったり、低賃金で働いている若者が多いらしいから……」

世間知らずだから、騙《だま》されて安く扱《こ》き使われているのかもしれないな。

「ブランターク殿、で、『業炎のオスプレイ』をどうするのである？」

「導師、『業炎のオスファイ』だと思うぞ」

間違えるなよ。

いくらちょっとアレな二つ名でも、彼が可哀想《かわいそう》じゃないか。

「おおっ！　よく覚えていたのである！」

「導師がちゃんと覚えないだけだろうが。じゃあ行くか」

本当は、貴族同士の紛争に王国政府と寄親が余計な嘴《くちばし》を突っ込むのは危険なんだが、今回は致し方ない。

彼の魔法は確認したから、とっとと収めに行くか。

「双方、争いをやめるのである！」

こういう時、導師の大きな声は便利だな。

彼の大声に驚いた当事者たちが、一斉にこちらに視線を向けた。

「なっ、何者だ！　我らは大義があって紛争の最中である！　邪魔をすることは許さないぞ！」

「そうだ！　これは、リーバルト準男爵家とゾファー準男爵家との紛争なのだ。関係ない者たちは引っ込んでいてくれ」

「相変わらずの反応である！」

「仕方ねえよ……」

紛争内容は、リーバルト準男爵領とゾファー準男爵領の領地境にある共有林の権利なのだ。

つまり、第三者にはまったく権利がないはずなのに、余所者《よそ》に口を出されれば利権を奪われるのではないかと疑い、双方が過剰に反応してしまう。

えっ？　俺と導師が、たかが共有林の権利に興味なんてないだろうって？

それでも過剰に反応してしまうのが、在地貴族ってやつなのさ。

家臣や領民たちの手前もあるからな。

縄張りに侵入しようとすると、犬が吠《ほ》えるだろう？

それと同じような理屈さ。

「リーバルト準男爵様、ゾファー準男爵様。俺に見覚えがあるでしょう？」

「見覚え？　あっ――――！」

「ブライヒレーダー辺境伯殿のところのブランターク殿か！」

「某もいるのである！」

「『王宮筆頭魔導師、アームストロング導師か！』」

寄親の筆頭魔法使いなので、俺の顔と名前は覚えていてくれたようだな。

導師のことも知っているのは予想外だった。

地方の零細貴族くらいだと顔を合わせる機会がないので、知らない人も結構多いからな。

「して、ブライヒレーダー辺境伯殿のお抱え筆頭魔法使いと、王宮筆頭魔導師殿がどのような用件でここに来たのだ？」

「どのようなって……ゾファー準男爵がルール違反をしたから、本当は間《あいだ》に入るのがよくない両家の争いに介入しなければいけなくなったのさ」

「ルール違反だと？　ワシはそのようなことはしていないぞ！」

「紛争の慣習に違反した……と言えるかどうかはわからないが、これは拙《まず》いだろう」

軽く魔法で風を吹かせ俺と導師が登場したので、暇そうにしていたハグレ魔族のフードが吹き飛んだ。

するとその特徴的な長い耳が、みんなの目の前に晒《さら》されてしまう。

「耳が長い……」

「魔族なのか？」

「人間の魔法使いならともかく、魔族を雇うのは……」

「しかし、魔族を雇ってはいけないなんて法もないだろう」

双方の陣営が、ハグレ魔族を紛争に参加させたことの是非を議論し始めた。

元々紛争に正式なルールなんてないし、そもそも魔族を雇ってはいけないなんて法もない。

だが、これまで誰も魔族を雇うことを考える者がいなかったし、魔族自体も人間の前に一万年以上姿を見せていなかったのだ。

脱法と言えるかどうかも怪しいところだが、リーバルト準男爵や領民たちからすれば、不法行為に思えてしまうわけだ。

「ゾファー準男爵！　卑怯なり！」

「卑怯という言い方はおかしいだろう！　『魔族を雇ってはいけません』というルールでもあるのか？」

「それはないが、魔族は全員が優秀な魔法使いだと、文献にあったぞ」

「だからなんだ？　人間の魔法使いを雇うのとなにが違うというのだ？　リーバルト準男爵、ワシにわかるように説明してくれないか？」

「それは……人間の魔法使いを雇うならいいが、魔族は反則だろう！」

「「「そうだ！　お館様の言うとおりだ！」」」

「先に魔族を見つけ、雇い入れたワシの先見の明《めい》を批判するとは……。リーバルト準男爵が間抜けなだけだろう」

「「「「そうだ！　そうだ！」」」」

正体がバレてしまったハグレ魔族の扱いを巡り、言い争いを始めるリーバルト準男爵たちと、ゾファー準男爵たち。

どちらが正しいのか明確な回答がないので、誰が見ても不毛な争いにしか見えない。

そして、当事者なのに無視されてしまったハグレ魔族。

二つ名が『業炎のオスファイ』だから本名はオスファイなんだろうけど……魔力量が多いのに、存在感薄いよなぁ……。

魔族って、こういう奴が多いのかね？

「魔族を雇うなんて卑怯だぞ！」

「そんな決まりはない！」

上手《うま》く、紛争を口喧嘩《くちげんか》レベルに移行させることに成功したな。

ハグレ魔族は魔法使いとしては未熟だけど、力業で無力化するには手間がかかるからな。

こうやって雇い主の気を逸《そ》らし、今のうちに説得工作するのが賢いやり方だ。

俺は、両者の口喧嘩から仲間外れにされたハグレ魔族に声をかけた。

「なあ、『業炎のオスファイ』さんよ」

「なっ、なんだ？　その格好は魔法使いだな！　一人、疑わしいのがいるけど……」

すまないな『業炎のオスファイ』、導師はこう見えても魔法使いなんだ。

「それで僕になんの用だ？　僕と魔法勝負をしたいのか？」

「いやあ、それはやめた方がいいぞ」

「僕に勝てないから、そんなことを言うんだな！」

「違う。そんなことをしても銅貨一枚も得しないどころか、かえって損をするからだよ、魔族の国の住民よ」

ここに来る前、アーネストと辺境伯様に魔族に関するレクチャーを受けていたから、それに沿った方法で解決するとしよう。

どうしても魔族が戦闘を望むのなら仕方がないが、基本的に魔族は文明人であり、昔の文献に書かれているような、すぐに魔法を駆使して殺し合うなんてことはしない。

そんな魔族はとうにいなくなっており、むしろ話し合いで解決した方がいいと思う者が多いと。

しかし、アーネストはともかく辺境伯様が魔族の気質に詳しいのは不思議だよな。

「俺もそれなりに名の知れた魔法使いで、後ろの導師はこの国一番の魔法使いとしてヘルムート王国に仕えている。お前さんが負けるとは言わないが、このまま戦っても、双方が傷つくだけでいいことなんて一つもないぞ。大体お前さん、治癒魔法は使えるのか？　こんな異国の地で、怪我《けが》をするのはよくないと思わないか？」

「……確かに……」

俺と導師がこの魔族と戦って負けるとは思わないが、いちいちハグレ魔族を倒していたらキリがない。

ここは上手く説得して、ゾファー準男爵にいいように使われないようにするのが一番効率がいいってものだ。

それとこの魔族、他人と魔法を撃ち合った経験がないんだろうなぁ……。

俺たちが戦いを望まないことを伝えたら、あからさまに嬉《うれ》しそうな表情を浮かべやがった。

「大体お前さん、今回の助っ人仕事でいくら貰《もら》えるんだ？」

「あの貴族は、銀貨を五枚くれるって……」

「安っ！」

おいおい！

いくら余所者の魔族相手で、しかもなにも事情を知らない一時雇いだとしても、魔法使いを銀貨五枚で雇うなんて……。

ゾファー準男爵は悪辣《あくらつ》だな。

「家臣にしてもらえるわけじゃないんだろう？」

「もう空きがないって……」

給金が安いのなら、せめて家臣にしてもらえよ。

なんて知識も、このハグレ魔族にはないってことか……。

雇われ慣れていないんだろうな……。

「でも、一日で終わるからって……。一日なら、結構いい金額だから……」

魔族って、みんなそんなに安い報酬で働いているのかね？

俺ならそんな条件を出されたら、すぐに席を立つけどな。

「（なんか、可哀想になってきたのである。ブランターク殿、貴殿の収入を教えてやればいいのである！）」

「せっかく魔法が使えるんだから、もう少しいい条件で雇われろよ。それに、せっかくの魔法をこんな不毛な争いで使っても、いいことなんて一つもないだろうが」

こんな狭い共有林を独占したい零細貴族の言いなりになっても、なに一つ得なことなんてないというのに……。

「同じ魔法を使うにしてもだ。俺の知り合いには、農地を開拓したり、治水工事をしたり、住宅地を開発したり、樹木や石材などの材料を採集したりと、魔法を建設的なことに使って、みんなにありがたがられている人もいる。お前さんも、火魔法で人を脅す仕事なんて嫌だろう？」

「確かに……僕には合わないかなって……」

「(ブランターク殿、確かに彼には、全然合わないと思うのである！)」

「(だよなぁ)」

というわけで、このハグレ魔族をどうするのかといえば、まっとうなところで雇用してもらい、紛争の助っ人じゃなく、もっと建設的な仕事に従事させるわけだ。

「(下手に戦って倒してしまうと、これもまたあとで問題になるんだとよ)」

「(バウマイスター辺境伯の意見であるか)」

「(ああ)」

いくらハグレ魔族が密出国者でも、他国で殺されたら魔族の国が問題にする可能性が高い。

下手をしたら、報復のために戦争になってしまうかもしれないと。

辺境伯様がそう言っていたので、ここは上手く誘導して……。

「ちなみにな。俺のお館様に雇われると、年にこれくらいは出るぞ。あとは、住居も貸してくれるし、メイドもつくぞ」

「本当ですか？」

このハグレ魔族と同じ中級魔法使いの標準的な待遇を教えてあげたら、彼は俺たちの勧誘に興味を持ってくれたようだ。

「仕事内容も、魔法で他人を脅かすなんて野蛮なものではなく、領内の開発だからみんなに感謝されるしな。なあに若いんだ。そういう魔法もすぐに覚えられるさ。いい条件だろう？」

「そうですね！　僕はあなたの雇用主にお世話に……」

「待て！」

ここで、リーバルト準男爵と不毛な言い争いを続けていたはずのゾファー準男爵が口を挟んできた。

「そいつは、ワシが雇ったのだぞ！」

「もう紛争が終わって雇用期間も終わったから、彼はブライヒレーダー辺境伯家で雇います。領内の開発等で彼を借りたかったら、ブライヒレーダー辺境伯様に陳情してください。配慮はするそうです」

こいつに魔法使いを預けるとろくなことにならないし、銀貨五枚で魔法使いを雇おうとするクズだからなぁ……。

自分の名誉のためだけに、ハグレ魔族を雇って紛争を起こしたゾファー準男爵の言い分なんて聞くだけ無駄だ。

本来なら、第三者が入らない方がいい紛争に寄親と王国が口を挟む以上、それなりの配慮はさせてもらうさ。

その代わり、ハグレ魔族を紛争に用いることだけは駄目だ。

「あのぅ……先年、川の氾濫で使い物にならなくなった堤防の修理をお願いしたいのですが……」

「すぐにお館様が助けてくれると思いますよ。ただし……」

「はい、共有林の権利は半分ずつで、しばらくは紛争を起こしません」

「大変助かります」

しばらくなのは、どうせ永遠にと言っても代替わりをすればあてにならないということだろうが、数年なにもなければ御の字なのさ。

リーバルト準男爵は紛争を仕掛けられた側だから、話が早くて助かる。

「ぐぬぬっ！　おい！　魔族！　ワシはお前を雇ったのだぞ！　その二人も懲らしめて、共有林の権利をすべて奪い取るのだ！」

まったく……このゾファー準男爵の方はどうにもならないな！

こうなれば、最後の切り札だ。

「導師」

「任せるのである！」

俺が最後の切り札である導師に声をかけると、彼はそのままゾファー準男爵に向かって歩き出した。

「ひぃ――――！」

ただ彼に向かって歩いているだけなんだが、そのあまりの迫力に、ゾファー準男爵は腰を抜かしてしまったようだ。

「(案外というか、やっぱり臆病なのな)」

「共有林の権利は半分ずつ！　しばらくは争いをしない！　もしそれが破られれば、某が直接貴殿に……。理解できたのであるか？」

「はっ、はい！」

もし次にやらかしたら、導師が直接手を下しに現れる。

と断言したわけじゃないけど、そう受け取ったゾファー準男爵は青ざめた顔で、細かく何度も首を縦に振った。

よほど導師が怖かったようだな。

「しかしまぁ……これからが骨だな」

「であるな、ブランタークク殿」

今回はハグレ魔族という特別な事情があったとはいえ、本来裁定を始めるまで口を挟まないのがルールの紛争に介入してしまったのだ。

しかしこうでもしないと、ハグレ魔族を雇った貴族たちが無茶をする可能性があるからなぁ。

「今回のハグレ魔族は説得が通用したけど、全員が素直に言うことを聞いてくれるとは限らない」

「力ずくで押さえるしかないケースも出てくるのである！」

しかも殺すわけにいかず、これはなかなかに骨が折れる仕事だ。

「辺境伯様もいればなぁ……無理だけど」

辺境伯様は、自分の領地に責任を持たなければいけないからな。

だから、俺と導師なんだろうけど……。

「はあ……」

「奥方と子供に会えなくて大変である！」

「今回ばかりは、素直にそうだと言っておくよ。で、次の予定は？」

「どうやら、東部に同じくハグレ魔族を雇い、紛争を大きくしようとしている貴族がいるとか。陛下からの情報である！」

「これは、収まるのに時間がかかりそうだな」

「帝国も同じような状況なのが救いなのである！」

王国の混乱に乗じて帝国が……という可能性はほぼゼロか。

ペーター陛下がそんな愚かな選択をするとは思えんからな。

「じゃあ、次の仕事場に向かおうか？」

「そうするのである！」

どうやら当分の間、俺と導師は王国中を駆け回ってハグレ魔族に対処する仕事を続けることになりそうだ。

しばらく妻と娘に会えないが、お土産はちゃんと買って帰ることにしよう。

第四話　とある貴族の生存戦略

「ええい！　なぜ借金が減らんのだ！　ゾンバルト！　ゾンバルト！」

今日もまた、バカが騒ぎ出したわ。

怒鳴っても減るわけがない借金の総額を見て、それを計算した執事のゾンバルトを呼びつけている。

彼に怒鳴っても意味がないのに……。

そもそも彼ほど有能な人物は、このブレンメ男爵家には相応《ふさわ》しくない。

勿論《もちろん》相応しくないというのは、こんな家に仕えないで、他の仕事をした方がよほど豊かな生活を送れるのに、という意味。

私の実家ブレンメ男爵家に代々仕えているからといって、無理に残らなくてもいいのに……。

我が家は代を経るごとに借金が増えていくため、ゾンバルトの家も代々給金を減らされてきた。

給金を出すのが勿体《もったい》ないと言って、従士長のクビまで切ってゾンバルトに兼任させているのに……。

そんな私の父バルナバス・アウグスト・フォン・ブレンメは、貴族の跡取りに生まれたことだけが取り柄《え》の男であった。

五代前まで遡《さかのぼ》って、我が一族は全員がそんな感じ。

それでも五代前の当主は、領地を豊かにしようと農地の開発や大規模な治水工事を計画し、それを実行しようとした。

成功していれば、我が祖先は偉大な領主だという評価を得ていたはず。

ところが、祖先には事業を成功させる才能がなかった。

勢いだけで多額の借金までして自ら陣頭に立ち、領民たちを駆使して工事を行って失敗。

そのあとには、中途半端に開墾された広大な土地と莫大《ばくだい》な借金だけが残った。

だけど、ブレンメ男爵家は潰《つぶ》れなかった。

商家なら確実に潰れたと思うけど、我が家は貴族で、それも男爵家だから。

末端ながらも、王家から代々の継承が認められている本物の貴族、その強みね。

えっ？　準男爵家と騎士爵家はって？

本当は一代限りという古臭いルールがあるけど、王家も膨大な数の準男爵家と騎士爵家をわざわざ任命しなおす手間が惜しい。

せっかく未開地を開発して騎士爵になったのに、自分が死んだら他人が領主になるなんてことになったら、誰も新しい領地を開発しなくなるという理由もある。

そんな事情で、準男爵家と騎士爵家も子供への継承が認められていた。

だから男爵である父は、準男爵家と騎士爵家を見下している。

うちなんて名ばかり男爵家で借金だらけなのに、まったく現実が見えていないのよ。

男爵としては、間違いなく王国でも最下位の貴族であろう父が唯一自慢できるのが、自分は本物の貴族だという事実だけ。

ちっぽけなプライドよね。

そんなもので借金は減らないのに……。

「お館《やかた》様、いかがなさいましたか？」

「この借金はなんだ！　また増えているではないか！」

「利息の支払いが追いつかないのです」

もう一つ問題がある。

いえ、二つね。

それは、開発事業を失敗させた五代前の当主の子供からうちの父まで、借金があるのに無駄な浪費を重ねて余計に借金を増やしていたこと。

四代前は、とんでもない博打《ばくち》打ちだった。

ブライヒブルクから魔導飛行船で王都まで遊びに行き、カジノでさらに借金を増やした。

本人は、『ギャンブルで借金を返す』と本気で思っていたそうよ。

親子して無能な働き者ってわけ。

三代前は、異常なまでの女好き。

それも、うちの領地にいるような田舎臭い女は苦手だったと聞いた。

ブライヒブルクから魔導飛行船で王都に向かい、そこで綺麗《きれい》な女性がお酌をしてくれるお店で女性を口説いた。

そのお店は大貴族や大商会の当主がお酒を飲みにくるようなお店だったから、大金を使ってまたも借金を増やした。

身の程知らずもいいところよ。

口説いて領地に連れ帰った女たちに贅沢《ぜいたく》な暮らしをさせ、借金はまた増える。

それでも潰れなかったのは、お金を借りていた大商会の娘を正妻にして援助を受けたから。

当時から借金だらけだったうちに嫁に来る貴族の娘もいないのに、男爵の正妻が貴族でないなんて恥ずかしいからと、親族である貴族に養女に出したことにしてから娶《めと》ったそうだ。

私に言わせれば、借金まみれの方が恥ずかしいけどね。

挙句に沢山いる愛妾《あいしょう》たちが生んだ子供の数が多すぎ、後腐れなく領地を出ていってもらうため、お金を払ってまた借金が増えた。

二代前、私の曽祖父は美術品収集が趣味だった。

お金がないので、父親と同じ手を使って商人の娘を正妻にした。

こんな家に嫁に出してなんの得があるのかわからないけど、娘を貴族の嫁に出したというと箔《はく》がつくらしい。

商人の世界はよくわからないけど、腐っても男爵家というのは理解できたわ。

先代、私の祖父は大酒飲みだった。

貧乏なので自分でこっそりと酒を作っていたけど、酒に酔っている間は、貴族としての仕事を一切しなかった。

すでに隠居したゾンバルトの父親に丸投げだったのだ。

そのせいか知らないけど、祖父は早死にした。

酔って川に落ちて溺れるという、貴族としては最悪の死に方だ。

当然、外聞が悪いので、病死したことにしたけど。

祖父の葬儀では、領外の人はブライヒレーダー辺境伯家の名代しか来なかった。

寄親《よりおや》としての義務だから仕方なしって感じ。

跡を継ぎ喪主であった父は、ブライヒレーダー辺境伯家からの香典の額に心を躍らせていたそうよ。


こんな人間でも、生まれが貴族なら貴族なのよね。

当代である父を一言で言うと『小物』だ。

博打、酒、女好きなどの瑕疵《かし》はないが、自ら領民のために働くなんて殊勝な考えは持っていない。

ただ莫大な借金を、いかにして減らすかのみ考えている。

ここで父は、今までどの当主もしなかった最悪の手に出た。

領民が納める税を上げ、家臣たちの給金を下げ、リストラを行う。

そこまでしたにもかかわらず、我が家の借金は増えるばかり。

正妻……私の母も、持参金目当ての商人の娘だというのに……。

「嘘《うそ》をつけ！　イーヴォであろう？　あいつに金を出すな！」

そして、次の当主となる私の兄イーヴォ。

我が兄ながら、なぜブレンメ男爵家の当主は代々無能なのだと思ってしまうほどの人だ。

兄は、いわゆる口先だけ男である。

この状況を逆転するため、父のように予算を削るだけでは駄目だと、五代前と同じく領内の開発を目論《もくろ》んだ。

ところが、兄は基本口先だけの男だし、苦労知らずのボンボンなので簡単に騙《だま》されてしまう。

「今回はなにに使ったのだ？」

「それが、温泉の試掘だそうで……」

ゾンバルトが、とても言いにくそうに説明した。

なんでも知り合った山師から、『温泉が出れば、観光客も来て儲《もう》かる』と言われたそうだ。

その話に乗った兄が山師にお金を払って試掘を頼み、その費用でまた借金が増えた……まさに山師ね。

「それで、温泉とやらは見つかったのか？」

「一応ですが……」

ひと口に温泉といっても、泉質と温度の関係で人が入れる保証はない。

うちの領地から湧きだした温泉は有害なものが混ざっており、人間が入れば肌が爛《ただ》れるようなものだった。

「そんな温泉、使い物になるか！」

それどころか、噴き出した温泉水が川に流れ込まないよう、今、領民たちがため池を作っている最中だそうよ。

領民たちがそんなことしても一セントの得にもならないけど、もし水源である川に有害な温泉水が流れ込めば、生活用水と農業用水が確保できなくなる。

タダ働きどころか人手の分、損をしているので、実質増税されたに等しかった。

「その山師はどこに行った？」

「姿を消しました」

山師は、試掘の報酬だけ貰《もら》ってとっとと逃げ出した。

山師からすれば、言うことは立派そうだが、世間知らずで人を疑わない兄が鴨《かも》に見えたようね。

「ゾンバルト！　お前がいながら！」

父は、金庫番のゾンバルトが兄にお金を渡してしまった件を責めているが、こればかりは父にも責任がある。

父は膨大な借金を減らすため、家臣と領民たちに負担を強いた。

そのため、口が上手《うま》く一見すると鷹揚《おうよう》な兄に同調し、父を無視する家臣たちが増えてしまったのだ。

ここでゾンバルトがお金を渡さないと、最悪、彼がブレンメ男爵領から追放されてしまう。

それを防げない時点で、我が家は最低だ。

本来、当主権限が強いはずの貴族が、嫡男およびそのシンパと対立しているのだから。

経費を削り増税することしかできない父と、改革だの前進だのとお題目は掲げるが、実行力がゼロで借金を増やすしか能がない兄。

双方の対立もあって、ブレンメ男爵領はボロボロ。

「イーヴォの奴め！」

父は怒るが、ここで兄を押し込めるという選択肢はない。

なぜなら、父の方が減給で家臣たちの恨みを買っているため、彼らが率先して父を押し込め、兄を当主に打ち立てる可能性が高いからだ。

押し込められるだけで済めば御の字ね。

最悪、父は病死に見せかけて殺されかねない。

「イーヴォめ！　男爵であり父親である私に対する敬意の欠片《かけら》もない！」

兄も口だけの男だけど、父も決して人様から褒められるような貴族ではないというのに……。

どうして自分が、私を含めた子供たちから尊敬されるなんて思えるのかしら？

「イヴァンカよ。ブレンメ男爵家のため、お前の嫁ぎ先は慎重に決めねばなるまい！　最悪、有能な婿を迎えてイーヴォは廃嫡だ！」

跡取りを立場の弱い娘婿にして、自分の権威を回復させる作戦なのね。

問題なのは、今のブレンメ男爵家に有能な婿が来るかどうかね。

こんな借金だらけの領地、好き好んで継ぐ人はいないと思うけど……。

＊＊＊

「お嬢様、大変でしたな」

「ゾンバルトこそ。もうこの家を見限ったら？　将来なんて欠片もないわよ」

口うるさい父の下《もと》を辞した私は、一緒に部屋を出たゾンバルトに声をかけた。

あんな人の相手なんてしても意味がないのだから、さっさと転職すればいいのにと。

そうね、今話題のバウマイスター辺境伯家なんてどうかしら？

あそこは生え抜きの家臣が少ないから、優秀なゾンバルトなら出世できると思う。

「そう思わなくもないのですが、ここは故郷ですから」

「酷《ひど》い故郷じゃないの」

代々当主が無能のため、ブレンメ男爵領は非常に貧しかった。

領民の逃散《ちょうさん》も定期的にある。

初めは厳しく取り締まっていたらしいけど、手を変え品を変え、重税に喘《あえ》いだ領民たちは逃げてしまう。

ブレンメ男爵領は、エチャゴ草原にある小領主混合領域の中の一つだ。

寄親であるブライヒレーダー辺境伯家とは比べものにならないが、小領主混合領域の中では大身の部類に入る。

内情は、お察しのとおりだけどね。

どこに逃げても今よりはマシな生活が送れると思うから、今のブレンメ男爵領は下手な騎士爵領よりも力はないでしょうね。

領地は広いけど、領民たちは等しく貧しく、人口も減る一方だから。

「いくら酷い故郷でも……それに、私がいなければ抑えられません」

「本当にそんな計画があるの？　兄は悪人ではないと思っていたけど……」

「悪人ではありませんが、考えがコロコロ変わって、本人がそれを正しいと本気で思っているのです」

「そういうのって、行き当たりばったりって言うのよね。兄らしいけど。紛争か……」

山師に騙されてさらに借金が増えた兄は、領民たちのために紛争を仕掛けようとしていた。

その意見に、大半の家臣たちが同調している。

紛争を仕掛けるのは、隣に領地があるマインバッハ騎士爵領みたい。

あくまでもゾンバルトが教えてくれた計画だから、本当かどうか確信は持てないけど、彼が誤情報を流すはずがないので事実なのでしょうね。

「あそこなら、一応紛争を仕掛ける大義名分はあるのよね……」

「向こうからしたら、いい迷惑でしょうけど」

苦しい生活を送っていた領民たちの大半は、マインバッハ騎士爵領に逃げ込んだ。

あそこ自体はこれ以上領民を増やす余裕がないのだけど、親戚にバウマイスター辺境伯家があるのは心強い……羨《うらや》ましいわね。

逃げ込んだ領民たちを人手が足りないバウマイスター辺境伯領に送り出し、マインバッハ卿の孫を当主とした分家もできるので、そこの領民として受け入れられる人もいる。

騎士爵家なのに大分羽振りがいいのは、バウマイスター辺境伯様の亡くなった兄がマインバッハ騎士爵家から妻を迎えていたから。

その兄は、うちの一族みたいに残念なことをして、その罪を己の命で償った。

残された妻は、その罪滅ぼしでバウマイスター辺境伯様の愛妾をしていると聞く。

表向きは侍女長という話だけど、本当にその仕事だけをしていると思っている人はいない。

バウマイスター辺境伯様より大分年上だと聞くけど、彼お気に入りの愛妾で、他の奥様たちとも仲がいいと聞くわ。

「私は女性だからわからないんだけど、バウマイスター辺境伯様って年上が好きなの？」

「必ずしもそうとは言い切れないかと。女性の好みを年齢で区切っていないのでは？　あとは……」

「あとは？」

「私も同じ男性なのでそう思うのですが、マインバッハ卿のご令嬢は、バウマイスター辺境伯様の義姉にあたります。子供の頃に見染《みそ》めた年上の義姉とそういう関係に……というシチュエーションが好きな男性もいるのではないかと……」

「私くらいの娘が、父くらいの年齢でダンディーな男性を好きになるのと似たような感じかしら？」

「お嬢様がもっと幼い頃に恋心を抱いていれば、そうだったかと思います」

なるほど、ゾンバルトの説明はわかりやすいわね。

それにしても、マインバッハ卿の娘は——もう娘って年齢じゃないけど——とにかく上手くやったわね。

才能ある弟を殺そうとした夫の子を、別家の当主にしてしまうのだから。

「その人は、美人なのかしら？」

「そういう噂《うわさ》はありませんでした」

「そうなの？　義姉補正って強いのね」

たまに教会が取り締まっている不良図書の内容みたい。

「他にも、義妹、義母、若き叔母とか、幼馴染《おさななじみ》とか。その手の本では人気のジャンルですね。定番ともいえます」

「まあこんな生活なので、数少ない趣味です」

「詳しいわね」

そうなんだ。

凄《すご》いことを聞いてしまったわ。

でも、そんな本でも読んで気を紛らわせないと、うちで執事なんてやっていられないか。

「話が逸《そ》れましたね。そんなわけでして、マインバッハ騎士爵家は逃げてきた領民たちを全員バウマイスター辺境伯領に送ってしまいました」

本当なら、マインバッハ騎士爵家は保護した領民たちをブレンメ男爵家に送り返すのが常識だ。

それをしないでバウマイスター辺境伯領に送ってしまった時点で、紛争を仕掛けられても文句は言えない。

うちがあまりに苛政《かせい》を敷いたため、領民たちが死んでも戻りたくないと言った可能性は高い……

というか、絶対に言ったと思う。

マインバッハ卿は逃げてきた領民たちに同情して、バウマイスター辺境伯領に送ったのかも。

その方がお互いに幸せになれるから。

実は『お互い』のどちらにも、ブレンメ男爵家は入っていないけど。

「紛争を起こすのはいいとして、勝てるのかしら？」

相手は騎士爵家なのに、今では動員能力にほとんど差がない状態だ。

というか、うちはどれだけの数の領民たちが逃げ出したのよって話ね。

「このままでは無理でしょうな。ですが……」

「ですが？　なにか切り札でもあるの？」

あの兄に、そんなものが用意できるとは思わないけど。

「実は今、イーヴォ様のところに魔法使いがいるというのです」

「魔法使いが？　うちに？」

魔法使いは貴重な存在で、短期間雇うにも大金がかかる。

他の貴族ならともかく、うちに魔法使いを雇うお金があるとは思えないけど……。

「現在、別邸に滞在しているようです」

兄と父は折り合いが悪いから、兄は別邸に住んでいる。

そこに、どこで見つけたのかわからないけど、魔法使いを雇って住まわせているのね。

「本物かしら？」

魔法使いを雇えない貴族の中には、魔法使いの格好をさせた偽物を用意する人もいると聞くから……。

お金がないブレンメ男爵家なら、十分にあり得るのよね。

「魔法を、イーヴォ様と彼に従う家臣たちの前で披露したそうです。領地ハズレにある大木を一瞬で氷の柱に閉じ込め、自らを『絶対零度のアモス』と名乗ったと」

「よくその情報を掴《つか》めたわね」

「イーヴォ様に、重要情報の秘匿は難しいかと……。私も、この領地のことを任されている身ですから」

優秀なゾンバルト相手に、あの兄が情報の秘匿なんてできるわけがない。

兄に従っている家臣たちも……兄にお似合いな人たちばかりだから。

「実際に魔法を見て、さぞや喜んだのでしょうね」

「ええ、バラ色の未来を予想したのではないでしょうか」

大いなる力を得た兄が、それを用いて紛争に勝利し、大きな利益を得て、領民と家臣たちから称賛を受け、折り合いの悪い父を隠居に追い込む。

実現すればいいのでしょうけど……。

「魔法使いは確保できても、今の我が家にまともな諸侯軍なんて編成できるのかしら？」

父によるリストラで、武芸に長《た》けた家臣たちは全員、バウマイスター辺境伯家に仕官してしまった。

クビになった彼らがすぐに仕官できる貴族なんて、あそこしかないから当たり前だけど。

父も兄もそれを聞いて『裏切り者！』って怒っていたけど、クビにした二人が言っていいセリフではないと思う。

それなら、最初からクビにしなければいいのだから。

「今のブレンメ男爵家では、陣借り者たちも集まらないでしょうに……」

「逆に、マインバッハ騎士爵家なら、陣借り者も多数集まりますからね」

「その魔法使い一人で紛争に勝利できるのかしら？」

「あとは、領民たちを招集するのでしょう」

そうでなくても重税に喘いでいる領民たちに、さらなる負担を課す？

「兄は、正気なのかしら？」

「紛争に勝利すれば税も軽くなり、生活も楽になる。現在、そう領民たちを説得して回っているとか……」

今は苦しいけど、そのあとには必ずバラ色の未来がやってくる。

だから今は我慢してくれってことなのかしら。

「上手くいけばいいけど……」

「もしくは、陣借り者たちを……ああ、無理ですね」

陣借り者って、食事と手柄を立てた時の褒美と感状だけで済むけど……うちに褒美なんて出す余裕はないし、仕官もできないから、集まるわけないのよね。

「今のマインバッハ騎士爵家なら、対抗可能な魔法使いを雇う余裕があるわよね？」

だって、バウマイスター辺境伯様に頼めばいいのだから。

「諸侯軍だって、うちみたいに嫌々参加している領民主体じゃないもの」

領民主体なのは同じだけど、向こうはバウマイスター辺境伯様のおかげで生活がよくなっていて、それを守る目的があるから士気が高い。

家臣たちもいるから、総合力で負けてしまうと思う。

「それが……イーヴォ様が奇襲をかければいいと仰《おつしや》いまして……」

「ねえ……それは本当の戦争を吹っかけるって意味に聞こえるけど……」

バカなんじゃないの？

紛争なのに奇襲なんてしたら、王国政府が黙っていないわよ。

うちは取り潰されてしまう。

もし運よく一時的に有利になっても、マインバッハ卿がブライヒレーダー辺境伯様かバウマイスター辺境伯様に応援を頼んだら、あとはもう負けるしかないじゃない。

「父はどう思っているの？　まさか、兄の計画に気がついていないとか？」

「それはありませんが、放置する方針です」

「はあ？　止めないの？」

「そのつもりはありません」

兄の暴走を止めなければ、御家《おいえ》断絶の危機なのに？

誰よりも本物の貴族、男爵であることに拘《こだわ》っている父が？

どういうつもりなのかしら？

「お館様は、ブレンメ男爵家が取り潰されないことを確信しているからです」

「ごめん、ゾンバルト。意味がわからない」

「私も、ブレンメ男爵家が取り潰される可能性はゼロだと思っております」

「どうしてなの？」

「理由は簡単です。取り潰すとかえって面倒だからですよ」

ゾンバルトの説明によると、ブレンメ男爵家の大借金は王国政府も十分に理解しているけど、だからといってここを取り潰し直轄地にするのは論外だろうと。

もし直轄地にすれば、ブレンメ男爵家に金を貸している商人たちが、大喜びで王家に対し借金の取り立てに向かうはず。

いかに王国政府とはいえ、今はバウマイスター辺境伯領の開発を後押しし、王国領内の魔物の領域の解放、リンガイア大陸東部と南部の探索と将来的な殖民を計画している現状で無駄な借金の清算なんてしたくないだろう。

さらに、ここは南部の雄ブライヒレーダー辺境伯家の縄張りでもある。

ここに王国直轄地など置いても、色々と面倒が増えるだけ。

聞いていて悲しくなる現実ね。

「当然、領地が隣接している貴族たちだって、ブレンメ男爵領の併合を拒否するでしょう」

ブレンメ男爵領を併合するってことは、同時に借金取りの商人たちが押しかけることを意味する。

それなら、未開地であるエチャゴ草原でも開拓した方がマシよね。

変な柵もないのだから。

「お館様は、勝手に兵を出したイーヴォ様の罪を高らかに糾弾し、その罪をもって廃嫡とするでしょう。彼に近い家臣たちも同時に解雇ですね」

そうやって自分が独裁権を取り戻し、跡取りは長女である私に婿を取るわけね。

今度は、商人の息子を分家の養子にでもするのかしら？

こんな裏技、まず普通の貴族はしないから、王都でのブレンメ男爵家の評判は過去の当主の放蕩《ほうとう》と合わせて地に落ちるはず。

いえ、これ以上落ちようがないのか……父は王都になんて行かないから気にしないわね。

貧すれば鈍するとはよく言ったものよ。

「本当に王国政府は、ブレンメ男爵家を潰さないかしら？」

「しませんね。マインバッハ騎士爵家に対し、賠償代わりに一部領地を割譲するとかでケリをつけるはずですよ。王国政府としても、ブレンメ男爵領が存在した方が都合いいのです」

実質破綻している領地だから、あえて誰もその事実を指摘せず放置した方がみんな幸せなわけね。

「それはわかったけど、もし奇襲に成功して調子に乗った兄が、紛争の規模を広げたら大変じゃない？」

もし向こうの領地や領民に被害が出たら、領地の割譲くらいで恨みが晴れるはずがない。

ブレンメ男爵領の領民たちは、完全に孤立してしまうわ。

マインバッハ騎士爵家が周辺の領主と謀って、人と物の流通を止める危険もある。

ここは内陸部だから、塩は外から買わなければならない。

それができなくなれば、今度は父が暴発するかもしれないのだから。

「もし双方が大きな犠牲を出した場合、これがさらなる将来の禍根になる可能性はあります」

「ゾンバルト、これは止めなければ駄目よ！　あなたもそう思うでしょう？」

「思いますが、お館様もイーヴォ様もこの有様《ありさま》では……私にもできることに限度がありますから……」

そうだったわね。

ゾンバルトの立場では兄に対し戦争をやめろなんて言えないし、父に兄を止めるようにとも言えないのか……。

「このままでは、ブレンメ男爵領は崩壊してしまう。こういう時は、寄親であるブライヒレーダー辺境伯様に状況をお伝えして……マインバッハ騎士爵家にも注意を喚起しておかないと」

「となりますと、あのお方に頼みますか？」

「……本当は、あのお方に迷惑をかけたくないのだけど……」

「この状況に至っては、致し方なしだと思います」

「そうね……手紙を書くわ……。ゾンバルト、密《ひそ》かに届けてもらえるかしら」

「畏《かしこ》まりました」

一年ほど前から、密かに文通を始めたあのお方。

この閉塞したブレンメ男爵領内で憂鬱《ゆううつ》な日々を過ごしている私を優しく慰めてくれた。

あのお方も、ご家族の件で色々とあって今でも辛《つら》いことがあるというのに、私に気を使ってくれて……。

本当はご迷惑をおかけしたくないのだけど、もし兄の暴走を放置してブレンメ男爵家とマインバッハ騎士爵家双方に大きな犠牲が出てしまったら、私はあのお方と文通さえできなくなってしまう。

申し訳ありません、今回だけはあなた様に縋《すが》ろうと思います。

どうか私を我儘《わがまま》な娘だと思わないでください……カール様。

そう思いながら私は自室でペンを取り、ブレンメ男爵家の現状について手紙を書き始めるのでした。

＊＊＊

「……ヴェル君、カールにブレンメ男爵家のご令嬢から手紙が届いたそうで……。魔導携帯通信機で、今連絡が……」

「アマーリエ義姉《ねえ》さんの実家、マインバッハ騎士爵家に隣接するブレンメ男爵家が紛争を起こそうとしていて、しかも謎のフードを被《かぶ》った魔法使いを雇ったんですか……」

「旦那、どうかしたのか？」

「いや別に……。この謎のフードを被った魔法使いってのは、今、ブランタークさんと導師が対処しているハグレ魔族だろう？　それが、ブレンメ男爵領にも姿を現したと」

「しかしまぁ、アマーリエさんの息子さんかぁ。まだ若いのに、しっかりしてるのな」

「まだまだ子供だと思っていたのだけど……いつの間にか、ブレンメ男爵家のご令嬢と文通なんてしていたのね」

「(あの可愛《かわい》かったカールが、隣の貴族領のお嬢さんと文通だと！　しかも、身内を裏切ってまで重大な情報を知らせてくるほど信用して……いや、ブレンメ男爵家の娘はおそらくはカールのことを……り、リア充が！　俺の甥《おい》がリア充になった！)」

「ヴェル君、うちのカールがごめんなさい」

「思わぬ一大事だからなぁ。旦那でも考え込むか」


今日の俺は丸一日休養日のため、朝からダラダラしていた。

ところがそこに、アマーリエ義姉さんが重大な情報をもたらす。

彼女の長男にして、俺の甥であるカールが、俺が最近あげた魔導携帯通信機で、驚愕《きょうがく》の情報を伝えてきたのだ。

アマーリエ義姉さんから報告を受けた俺はそのまま黙り込んでしまったが、それはハグレ魔族の出現に衝撃を受けたからではない。

まったく驚かないということはないが、いまだ彼らの中に厄介な実力を持つ魔法使いは確認されていないし、今、ブランタークさんと導師が専属で対応している。

もしもの時には、俺や他の優れた魔法使いたちが招集されるので問題ないはず。

俺がショックだったのは、俺の甥であるカールが隣の領地の貴族令嬢と文通していた件だ。

それが悪いと言っているわけではない。

なぜ、バウマイスター家の血を継ぐカールがリア充なのかと……。

こう言ってはなんだが、父親と俺の血ではあり得ない。

エーリッヒ兄さんと、やはり母親の血かぁ……。

「旦那、アマーリエさんの実家がブレンメ男爵家に狙われているのは、魔導飛行船の発着場ができたせいかな？」

「だろうな。大方、嫉妬したんだろう」

俺は、アマーリエ義姉さんの近くにいたカチヤの問いに答えた。

現在、彼女の実家であるマインバッハ騎士爵領内に魔導飛行船の発着場が完成し、そこに週に二度だけだが船が来るようになった。

発着場は中小型の船しか離発着できない広さだが、マインバッハ騎士爵領とその周辺だけならそれで十分であった。

それに、どうせ土地は余っているので、発着場はすぐに拡張できるからな。

どうしてマインバッハ騎士爵領に作ったのかといえば、それは俺が貴族だからとしか言いようがない。

アマーリエ義姉さんのツテだと思ってくれ。

マインバッハ騎士爵領の場所もよかったし、よく知らないブレンメ男爵領内に一から魔導飛行船の発着場を作るのは、交渉などが色々と面倒だったという理由もある。

とにかく、マインバッハ騎士爵領内だったからこそ魔導飛行船の発着場は早く完成できたし、おかげで小領主混合領域の交通と流通の便はよくなった。

小領主混合領域で売れるバウマイスター辺境伯領の産品が増え、その逆も同じだった。

だから、今さらそれが気に食わないと言われても困るし、それを理由に紛争を仕掛けるなんて……。

「そもそも、魔導飛行船の発着場を作る時にはなにも言ってこないで、今になっていきなり紛争を仕掛けるなんて完全に理解不能だな」

「ブレンメ男爵家だけど、評判がよくないどころか最悪なのよね」

代々無能な当主が続き、借金だらけで、重税を課して領民たちに逃げられ、彼らはバウマイスター辺境伯領にも移住しているそうだ。

カールが相続する領地にもそういう人たちが移住する予定だと、アマーリエ義姉さんが教えてくれた。

「だから、マインバッハ騎士爵領から移住する人が多かったんですね」

騎士爵領にしては、妙に移住者が多いと思ったら……。

「公式にブレンメ男爵領からの流民だって言ってしまうと色々と弊害があって、ローデリヒさんがマインバッハ騎士爵領からの移住者ということにしましょうって」

「ですよねぇ……」

元々は自分たちの苛政が原因で領民が逃げ出したのに、『領民たちを返せ！』と、逆ギレするところが残念な貴族の特徴だ。

移住者の出身地を誤魔化しても、ブレンメ男爵家を騙せるわけではないが……。

『彼らはマインバッハ騎士爵領の領民だったと言っていますし、マインバッハ卿も移住の許可を出していますので問題ないです』

そう言って誤魔化……手続きを迅速に進めるための方便であった。

何事にも、建前というのは大切なのだ。

「ブレンメ男爵家は相当追い詰められているようですが、ついに暴走したのかな？」

「その可能性が高いと思うわ」

そんな時、紛争に勝利するための切り札として、ブレンメ男爵家がハグレ魔族を雇ったわけか……。

「で、いくらハグレ魔族がいても、今のブレンメ男爵家では紛争に勝てるわけがないから止めてもらおうと、そこの娘がカールに手紙を出したってわけか。アマーリエさんの息子、やるじゃないか」

「……そうね……」

息子が男らしく成長して頼もしい限りだけど、その息子に女性の影があると知ると、母親としては複雑な心境になってしまうのかな。

男性である俺には理解できないし、フリードリヒが同じような状況になったら『すげえ!』って思ってしまうかも。

なにしろ俺は、本質的には『非モテ』なのだから。

「(アマーリエ義姉さん、母親だなぁ……。それにしてもカール、どうしてお前は、貴族の令嬢と文通なんてできてしまうんだ?)」

貴族の子供同士で密かに文通なんて……親に知られると怒られるケースも多いし、なにより貴族の子供って、意外と恋愛偏差値が低いんだよなぁ。

なぜなら、親が結婚相手を決めてしまうから。

「でもなぁ、紛争に勝利できても魔導飛行船の発着場を譲渡、なんてできないんだけど……」

なぜなら、魔導飛行船の発着場はマインバッハ騎士爵領の中心にあり、そもそも紛争案件じゃないからだ。

なにより、紛争で相手領地の中心部にある魔導飛行船の発着場は奪えない。

紛争は、戦争じゃないのだから。

それに、勝手に貴族同士で戦争なんてしたら、王国政府に叱《しか》られるどころか介入されてしまう。

「掟《おきて》破りの、マインバッハ騎士爵領完全併合なんて不可能なんだけど……」

「あそこは借金で首が回らないから、最後の賭けに出たのかもしれないわ」

「旦那、どうするんだ?」

「ちょっと待ってくれ」

大変な事態になりそうなので、まず俺は魔導携帯通信機でブライヒレーダー辺境伯に報告することにした。

『……ブレンメ男爵家ですか？　ああ、あそこは実質破産していますからね。優れた魔法使い……ハグレ魔族の雇用に成功して、最後の賭けに出たのですね』

ブライヒレーダー辺境伯も、俺たちと同じ風に考えていた。

「実質破産ですか……」

『ええ、破産している事実を認めてしまうと、借金を清算する必要がありますからね。商人たちも債務が焦げつくと帳簿上困るので、貰える時に利子だけ貰って返済は先延ばしといいますか……問題の先送りともいうのですが……』

「誰もババを引きたくないんですね」

『そういうことになります。ブレンメ男爵家に金を貸した商人たちにしても、自分の父や祖父、曾祖父が貸したお金なので、自分の代で問題になるのが嫌なのでしょう。取れる時にだけ利息を取って、あとは下手に触れずに塩漬けにした方が安全だと考えている節があります。中には、ブレンメ男爵家に妻を送り出して利用している者もいますが……』

「私の商会は男爵家に嫁を出したのだ、という箔が得られるわけですか。腐っても男爵なんですね……」

『その腐っても、のおかげで、ブレンメ男爵家は今も辛うじて生きています。それが彼らにとって幸せなのか不幸なのかはわかりませんが……』

「それで、ブランタークさんと導師は派遣できませんか？」

『それが今、ブロワ辺境伯から頼まれて、ハグレ魔族を雇って紛争を起こした東部貴族の対処をしておりまして……』

ハグレ魔族って、思っていたよりもかなり多いようだな。

ブランタークさんと導師は、その対処で売れっ子になっているようだ。

『ただ、凄腕《すごうで》の魔法使いを派遣すればいいって問題でもないですから……』

下手に魔法を撃ち合って殺し合いになってしまうと、『同朋を殺しやがって！』と、魔族の国から抗議がくるかもしれない。

冷静な対処が求められるため、ベテランのブランタークさんと……。

「あれ？　導師は大丈夫なんですか？」

導師のことだから、全力でハグレ魔族と魔法合戦を始めかねない。

『ああ見えて導師は、そういう時には冷静に対処できますから。脅し役とかで役に立っているようですよ』

ハグレ魔族は、魔力量は多いが場数を踏んでいない。

導師のような人物を見ると、本能でビビッてしまうのであろう。

『というわけでして、同じように冷静に対処できるバウマイスター辺境伯に、マインバッハ騎士爵領へと行ってほしいのです。もし魔導飛行船の発着場をブレンメ男爵家に占領されたら大変なので』

「ブレンメ男爵家に暴走されると困りますか」

表向き発着場の建設は、ブライヒレーダー辺境伯からの依頼ということになっている。

彼が、未開発のエチャゴ草原とモザイク状に領地が点在する小領主混合領域の交通と流通を促進するため、俺に金を出して依頼した形となっていた。

いくらアマーリエ義姉さんのツテがあるとはいえ、マインバッハ騎士爵家がいきなり俺に頼むと問題なので、先に寄親であるブライヒレーダー辺境伯家に対し陳情を行い、ブライヒレーダー辺境伯家が俺にお金を出して依頼した、という形にしているのだ。

本当は、アマーリエ義姉さんとの世間話で実家と小領主混合領域の不便さを聞いていたので、魔導飛行船の発着場なら簡単に作れるからと、俺が引き受けただけなのだけど。

「しかし、ブレンメ男爵家はよくハグレ魔族なんて雇えたよなぁ……」

ああ、元々魔族の国で不遇だからと新天地を目指している連中だから、社会経験のなさを田舎貴族たちに利用されているのかも。

もしくは、魔法使いを雇えないような田舎貴族に雇われた方が、自分を高く評価してくれると踏んだとか？

金銭的な条件よりも、評価と称賛を求めてなのかもしれないな。

承認欲求を満たすためだとしたら、魔族って本当に現代人に似ているな。

『それにしても……ようやく念願の魔法使いを得たと思ったら、長年の係争案件で完全勝利すべく、いきなり紛争を仕掛けるとは……』

ブライヒレーダー辺境伯からすれば、魔法で領内の開発を進めるなど、せっかく得た魔法使いの有効な使い方が他にあるだろうに、と思ったのであろう。

「刃物で料理するか、他人と戦い始めるか、その人次第ですからね」

『バカに刃物』というと語弊があるので、そう言っておいた。

もし俺なら、魔法で領地の開発をさせるけどね。

『大体、戦争なんてなんの富も生み出さないのですから。バウマイスター辺境伯はよく知っているでしょう?』

「ええ……」

それは、帝国内乱で散々見てきたからなぁ……。

『それが理解できないから、田舎貴族だとバカにされるんですよ。こういう言い方は本当はよくないのですが……』

特に、ブレンメ男爵家のことを言っているのであろう。

アマーリエ義姉さんにも、無能な当主が続いて借金だらけだって聞いているからなぁ……。

領民たちが次々と逃げ出しているというから、新しい農地や道を作っても有効活用できないのかもしれない。

「だからといって、紛争を仕掛けるなんてもっと無謀だけど……」

『運よく……悪くですか……。ハグレ魔族という力を手にしてしまった不幸かもしれません』

「振り回されるこっちがいい迷惑ですけど……わかりました。ちょうどスケジュールが空いているので、マインバッハ騎士爵領に向かいます」

『ありがとうございます。このお礼は必ず』

そんなわけで、俺たちはマインバッハ騎士爵家へと『瞬間移動』で向かうのだった。

そういえば、カールとオスカーは元気にしているかな?

＊＊＊

「ようこそマインバッハ騎士爵領へ。大したおもてなしもできませんが……」

「お構いなく。今はそれどころではないでしょうから」

「ええ。ブレンメ男爵家の狙いは、間違いなく魔導飛行船の発着場でしょう。ここを一手に握り、この地域の貴族たちの上に立ちたいと」

『瞬間移動』でマインバッハ騎士爵領へと飛ぶと、忙しそうなマインバッハ卿が出迎えてくれた。

いつもなら一族総出で出迎えてくれるのだけど、今はハグレ魔族を先頭に紛争を仕掛けてくるであろうブレンメ男爵家に備えて、領民たちに動員をかけている最中であった。

「一時的にハグレ魔族のおかげでそれを成し遂げても、王国政府が黙っていないと思いますけどね」

紛争じゃなくて、戦争を仕掛けて他の貴族の領地を奪っていいなんてことになったら、王国の貴族統制政策に不都合が生じるからだ。

必ず処罰があるはずなのに……だから田舎貴族扱いされてしまうんだろうなぁ……。

「あとで王国に元に戻してもらえるにしても、魔導飛行船の発着が長期間中止になるのは痛いですからね。奪われるのは、断固阻止しませんと」

アマーリエ義姉さんに頼まれて一日で作った発着場であったが、周辺の貴族領からも、物資と人が集まってくるようになっていた。

この地区の重要なインフラであるため、ブレンメ男爵家の軍勢に手を出されないよう、マインバッハ卿が対抗できる諸侯軍を集めている最中なのだ。

「はあ……出費が……」

「純然たる無駄な出費ですからね」

「ええ……」

ブレンメ男爵家がバカなことを企《たくら》まなければ、マインバッハ騎士爵家も諸侯軍の招集で無駄な経費を使うこともなかった。

なにをどうやっても、ブレンメ男爵家が魔導飛行船の発着場を得られることはないのだが、紛争により船便を止められるのは避けなければいけない。

とにかく、ブレンメ男爵家の軍勢を領内に入れるわけにはいかないので、現在急ぎ諸侯軍を招集しているのだ。

「ブレンメ男爵家に、今回の経費を請求したいくらいだ！　できないだろうが……」

ブレンメ男爵家は典型的な、『なにも失うものがないので、開き直っている貴族』だからなぁ……。

今回の紛争で敗れて目的を達成できず、マインバッハ騎士爵家から賠償を請求されても、『払えません！』で終わってしまうのだろう。

「領地を貰うしかないですね」

「ブレンメ男爵領を貰ってもなぁ……」

未開地か、開発に失敗した土地が大半で、貰うとかえって再開発や維持に金がかかるという。

マインバッハ卿は、そんな不良債権よりも現金をくれと思っているはず。

「それを支払えるくらいなら、そもそも無謀な紛争なんて仕掛けないと思います」

「でしょうな。そうだ、カールとオスカーに会ってやってください。アマーリエもな」

マインバッハ卿は、俺に同行しているアマーリエ義姉さんにも声をかけた。

「カールは、功績者ですからね」

「叱りたい部分もありますが、おかげでブレンメ男爵家の奇襲を避けることができましたから。アマーリエは心配かもしれないが、子供は早く大きくなってしまうもの。今回、カールもオスカーも未成年ではありますが、マインバッハ騎士爵家の分家として諸侯軍を編成しております」

もうすでに、カールを領主とする新しいマインバッハ騎士爵家の準備がリーグ大山脈の南で進んでいた。

そのため、今回の紛争での初陣が急遽《きゅうきょ》決まったのだそうだ。

間違いなく、箔付けのためだろうな。

たとえブレンメ男爵家相手でも勝利は勝利であり、それは将来のカールとオスカーの評価に繋《つな》がるのだから。

「アマーリエ義姉さん、行きましょう」

「はい」

出陣の準備に忙しいマインバッハ卿の下《もと》を辞して、カールとオスカーのところへと向かう。

「しかし旦那。まだ二人は未成年なんだろう？　初陣にしても早いような……」

「カールは当主になる予定で、オスカーも従士長になるから仕方がないさ」

未成年の冒険者が魔物の領域に入るのはいけないが、未成年の貴族が紛争、戦争に出陣するのに制限はない。

たとえ赤ん坊でも、貴族としての責任、義務があるからだ。

「とはいえ、さすがに前線には出さないさ」

絶対にマインバッハ卿がさせないはずだ。

「たとえ、参加することに意義がある程度の紛争でも、カールとオスカーにとって参加することで多少ではあるが箔もつく。マインバッハ卿からの贈り物でもあるんだ」

多くの貴族が紛争なんて経験しないで人生を終えるから、従軍経験は貴重なものなのだ。

「でもなぁ……ハグレ魔族がいるからさぁ」

「そいつは俺が対応するし、残りはなぁ……」

「あたいがいるし、あとでいくらでも援軍を呼べるから大丈夫か」

実質破産していて、領民たちも逃げ出しているような貴族が集める諸侯軍なのだ。

さらに、まともな家臣を自らリストラしてしまったという情報もある。

油断しなければ大丈夫なはずだ。


「カール！　オスカー！」

マインバッハ騎士爵邸から少し離れた農家に向かうと、そこでカールとオスカーが中年男性からなにか説明を受けていた。

ここが、仮のマインバッハ家分家の陣所という扱いなのかな？

「カール様、『サウス』マインバッハ騎士爵家諸侯軍ですが、大半の人員が南部の領地でカール様たちを迎え入れる作業で忙しいため、お館様も参加だけしてくれれば問題ないと仰っておられました。急ぎ装備を用意いたしましたが、重たいので直前になってから装着してください。私もお手伝いしますので。それと、決して前線に出ないように……おおっ、これは、バウマイスター辺境伯様とアマーリエ様ではありませんか」

「『叔父上！　母上！』」

中年男性は確かマインバッハ卿の従弟《いとこ》で、カールの筆頭家臣になる予定……もうなっているか。初陣の二人に色々と説明しているが、実はマインバッハ騎士爵家にも紛争の経験者はいないと聞いた。

ブレンメ男爵家も同じで、ハグレ魔族も実戦経験豊富なんてあり得ない。

みんな素人であり、だからこそブレンメ男爵家は罪深いのだけど。

「カール、オスカー……」

「大丈夫ですよ、母上」

「オスマンの言うことをちゃんと聞きますから」

息子二人が初陣なので、母親であるアマーリエ義姉さんは心配で堪《たま》らないんだろうなぁ……。

「(なあ、旦那)」

「(どうしたんだ？　カチヤ)」

俺になにか用事か？

「（カールとオスカーに、ロジーナの顔を見にきてくれって言わないのかなって）」

「（……二人とも、色々と忙しいだろうから……！）」

この問題は、ハグレ魔族や紛争よりも解決が難しいかもしれない。

実は数ヵ月前、アマーリエ義姉さんが無事に俺の娘を産んでくれた。

すでにカールとオスカーは知っていると思うけど、自分たちの父親が死んで独身だったはずの母親が再婚もしないまま突如妊娠、出産して、しかもその相手が叔父である俺なのだ。

貴族ではそう珍しくもない話だけど、カールとオスカーは貴族である前に人間だ。

それも、もうすぐ思春期に入る難しい年頃でもある。

彼らの父親の死の原因である俺が母親とそういう関係になって、しかも子供ができてしまった。

そして、カールとオスカーは貴族として色々と学ぶのと、新領地立ち上げの準備で忙しいだろうからと、まだ異父妹ロジーナと顔合わせをしていなかった。

言い出しにくかったし、カールとオスカーがなにも言ってこなかったので、つい後回しにしていた側面もある。

「（旦那、さすがにそろそろロジーナの顔を見に来くればいいって言った方がさぁ……）」

「（まあ、待て！　カチヤ）」

『急《せ》いては事を仕損じる』というではないか。まずは……そうだ！

他にも大切な話があったので、まずはそっちで様子を見よう。

俺は慎重派なんだ。

「おほん！　カールとオスカーの初陣を嬉《うれ》しく思う。あとでお祝いを贈らせてもらうよ」

「「ありがとうございます、叔父上」」

本当にめでたいから、俺は二人に贈り物をするのだ。

決して賄賂の類《たぐい》ではないぞ。

「ところで、今回のブレンメ男爵家の暴走、カールと文通をしていたブレンメ男爵家のご令嬢からの告発だとか？」

この際、カールが実はリア充であったことなどどうでもいい……よくはないが、とにかく今はその話題で様子を見ないと。

今回の事件に関する、詳しい情報が欲しいというのもある。

「実は密かに、ブレンメ男爵家の令嬢イヴァンカさんと文通をしておりまして、彼女とブレンメ男爵家の暴走に危機感を抱いた重臣の方が、僕に手紙を送ってきたのです」

そう言って、カールは俺たちに手紙の現物を見せてくれた。

「なるほど……内部告発かぁ……」

ブレンメ男爵の令嬢は、イヴァンカという名前なのか……。

親と兄が駄目貴族で、娘さんだけがまともって、悲しい現実だな。

そんな彼女にも、味方をしてくれるゾンバルトというちゃんとした家臣がいるのは救いかな。

「あの……叔父上。イヴァンカさんとゾンバルトさんは、ブレンメ男爵領の領民たちのために実家を裏切ったのです。決して、私利私欲のためでは……」

正直なところ、純粋な統治機関でない、家族の要素が強い貴族家で内部告発の類は好かれない。

たとえ、いくらその告発の内容が正しくてもだ。

カールがイヴァンカという令嬢を庇《かば》う理由の一つに、彼女に対し好意を抱いているという理由もあるのかもしれないなぁ。

「(文通相手とお互いに……なに？　このリア充？)」

カールは、本当に俺の甥なのか？

いや、今はそこが問題じゃないんだ！

「手紙の内容を読んでみると、イヴァンカさんの選択は間違っていないと思う。だけど……」

今回の紛争が終わったら、確実にブレンメ男爵家に彼女の居場所はなくなってしまうだろう。

ゾンバルトという家臣もだ。

「この、ゾンバルトという人物はどういう人なのかな？」

「ゾンバルトさんは、代々ブレンメ男爵家に仕える執事……ブレンメ男爵家は家臣団の崩壊も進んでいるので、彼が家宰みたいなものです。金庫番も兼ねた大物だと、イヴァンカさんが……」

と、カールが教えてくれた。

母親から離れたら、すっかり大人になってしまって……。

マインバッハ卿の言うとおり、子供は成長が早い。

「カール、君は覚悟をしているのか？」

「覚悟ですか？」

「確かに彼女の内部告発があったからこそ、我々はブレンメ男爵家の悪事に気がつけた。それはありがたいが、この紛争がどういう形で終わるにしても……」

こっちに負けてやる理由はないし、ハグレ魔族の件は王国のみならず、帝国でも深刻に捉えられている問題だ。

紛争後の裁定で、ブレンメ男爵家がさらなる苦境に追いやられるのは確実だ。

「イヴァンカさんにも、ゾンバルトさんにも、ブレンメ男爵家に居場所がなくなるのですね」

「そうだ。もしそうなったらカールはどう動く？」

苦境に追いやられたイヴァンカさんをどうするのか？

カールの、貴族としての器が問われる瞬間であった。

決して難しいことを考えさせて、アマーリエ義姉さんが産んだロジーナの件を有耶無耶《うやむや》にしようだなんて、セコイことは考えていないぞ。

「僕がイヴァンカさんの面倒を見ます！　新しい領地に彼女を連れていきます！」

若いからか、カールは迷うことなく自分の考えを俺に伝えた。

「意味はわかっているのかな？」

「はい！」

ブレンメ男爵家の令嬢であるイヴァンカさんを、自分の領地に引き取る。

つまりカールは、将来彼女を妻にすると言っているのだ。

「カール……」

まだ見た目は幼いが、内面は大きく成長した息子を見て、母親であるアマーリエ義姉さんも驚きを隠せないようだ。

頼もしいと思う反面、母親としては子供が独り立ちしてしまったかのようで、寂しいのかもしれないけど。

「カールの考えは俺が承った。まずは、紛争を終えないとだけど」

ハグレ魔族をなんとかして、ブレンメ男爵家に紛争での負けを認めさせたら、最後に裁定が始まる。

間違いなく王国は、借金だらけのブレンメ男爵家を取り潰すことを認めないはずだ。

紛争後にブレンメ男爵家がどうなるにせよ、イヴァンカさんとゾンバルトをこちらで引き取れるようにしないといけないな。

「カールとオスカーは、紛争の準備を怠らないように」

「「わかりました、叔父上」」

二人に出番はないだろうけど、参加することに意義が……。

「(なあ、旦那。言わなくてもいいのか)」

「(ああ、うん。言うよ……)」

カチヤ、もうちょっと待ってくれ。

俺にも心の準備というものがだね……。

「ところで、ブレンメ男爵家の陣容などはわかっているのかな？　優秀な一族とか、家臣とか……」

「イヴァンカさんからの手紙によると、諸侯軍を率いるのは嫡男のイーヴォです。当主は嫡男の失敗を願っているようです。元々当主は、家臣を沢山クビにして統治を悪化させた戦犯なので。残っている家臣たちからの支持も薄く、嫡男の暴走を止められないどころか、もし嫡男が失敗したら、ここぞとばかりに処分しようと考えている姑息《こそく》な人物です」

さすがは文通をしているだけあって、カールはブレンメ男爵家について詳しかった。

いつも、イヴァンカさんの悩みを聞いていたのかもしれない。

そして彼女を慰めている間に……やるなカールは！

「紛争を仕掛けるのに、家が一枚岩じゃないどころか、すでに焼け野原って感じだな」

カチヤのたとえが絶妙だな。

紛争を仕掛けるのが当主ではなく嫡男で、肝心の当主は、なぜか領内に残って跡取りの失敗を願っているのだから。

よくそんな状態で紛争を仕掛けるよなぁ。

「そんな状態だから、紛争を仕掛けたとも言えるのか……」

「一《いち》か八《ばち》かってやつだな。このままだと億が一の可能性もないと思うぜ」

勝手に自暴自棄になって、こちらに攻めた挙句、惨敗して後処理でさらに迷惑をかけるのかぁ……。

「酷い貴族だな！」

「でももしかしたら、雇ったハグレ魔族の強さに相当な自信があるのかもしれないぜ」

「となると、油断は禁物か……」

相手は魔族だからなぁ。

急ぎだったので、今はカチヤとアマーリエ義姉さんしか連れてきていないけど、もう少し助っ人を呼ぼうと決めた。

「嫡男が盛大に自爆する前に、当主である父親が止めればいいのに……」

「紛争における敗戦の罪で廃嫡にして、イヴァンカさんに婿を迎えて家を残すつもりみたいです」

カールが、呆《あき》れた表情を浮かべながら説明を続けた。

そこに、『自分の責任』ってワードがいっさいないのが、ブレンメ男爵って人なのか。

お家騒動も結構だが、やるなら他家を巻き込むなって話だ。

そりゃあ、誰からも相手にされないわ。

「父親と兄が駄目な人で、イヴァンカさんとやらも大変だな。で、軍勢を率いる嫡男って、どんな人なのかな？」

カールは、イヴァンカさんから話を聞いているはず。

「人前で話すのが好きだそうです。代々の当主の失政や悪行を批判し、自分が当主になった暁にはブレンメ男爵領を立て直し大いに発展させると、それはそれは熱心に語るそうです。語るだけだそうですけど……」

「そういう人、いるよなぁ……」

発言は立派なのに、実行力が伴わない人。

もしその嫡男に少しでも実行力があったら、ブレンメ男爵領はもう少しマシな状態のはずなのだから。

「家臣や領民たちから、当主である父親よりもマシだと思われていて。でも、さすがに口だけだから支持も離れつつあるそうで……」

「運よくハグレ魔族を雇えたから、最後の賭けで紛争を仕掛けようとしているのか……」

「大まかに言うとそうですね」

ブレンメ男爵家の嫡男みたいな人は、どんな世界でも見受けられる。

最初は大いに期待されていたのに、いざ地位を得るとなにも仕事をしないという。

みんな、その口の上手さに騙されてしまうんだよなぁ……。

「領内の状態がまったく改善しないので、それを実現するためにはマインバッハ騎士爵領を犠牲にしても仕方がない。紛争で被害が出るかもしれないけど、これはブレンメ男爵領を豊かにするためだから苦渋の選択なんだ……って感じか。迷惑な奴」

「そうだよな、旦那。あたいもそういう物言いをする冒険者を知っているけど、札付きの悪党より性質《たち》が悪いぜ」

ただの悪い冒険者なら最初から相手にしなければいいのだけど、その手のタイプの人間は、組んでしばらくしてから不都合が一気に露呈する。

駄目な部分を指摘しても、口が上手いので決して自分の非を認めないどころか、お前のリーダーシップに問題があるなどと責任転嫁することも。

冒険者のみならず、そういう人はサラリーマン時代にもいたのを思い出した。

関わると、ろくなことにならないのだ。

「とにかく、ブレンメ男爵家はハグレ魔族を全面に押し出してくるだろうから、俺と……助っ人は、テレーゼとリサでいいかな？」

今のバウマイスター辺境伯家は忙しいので、みんなを呼び寄せるなんて無理だけど。

「いくら相手が魔族でも、魔法使いが四人いれば楽勝だな。ブレンメ男爵家の諸侯軍は……」

貧しい領民たちの群れなので、戦いにもならないはずだ。

例の嫡男がハッスルしようとしたら、そいつだけ無力化すればいいのだ。

「じゃあ、テレーゼとリサを……」

「(旦那、大切なことを忘れていないか？)」

「(……仕方がない)」

もうカールから聞く情報はないので、バウマイスター辺境伯領に援軍を……その前に、ロジーナの顔を見に来ないかと誘う……当然、この紛争が終わってからだけど……。

「(はあ……気が重い……)カール、オスカー」

「なんでしょう？　叔父上」

「紛争についてですか？」

覚悟を決めて、俺はカールとオスカーに声をかける。

彼らの母親であるアマーリエ義姉さんが俺の娘を産んでいる……のはとっくに知っているので、よかったら顔を見に来ないかと言うんだ、俺！

「カールとオスカーは知っていると思うが、君たちのお母さんが……そのぅ……」

「母上がどうかしたのですか？」

「具合が悪いようには見えませんが……」

「健康のことじゃなくて……数ヵ月前はちょっと大変だったけど……」

「(旦那、言ってしまえばいいのに)」

「(わかったよ)」

ええいっ！

もう覚悟を決めて言ってしまえ！

「カールとオスカーに妹が生まれたのは知っていると思うが、よければ、今回の紛争が終わったら見に来ないか？」

さすがにアマーリエ義姉さんから話は伝わっていたし、出産とその後の子育てで、カールとオスカーはこの数ヵ月、母親と直接会っていなかった。

だからカールに魔導携帯通信機を渡したという事情もあり、でもこの件に関して、二人が俺に対しなにか言ってきたとは聞いていない。

正直なところ、どう思われているのか不安を感じていたのだ。

「（やはり、二人に嫌われてしまうか？）」

ただもし嫌われても、俺はカールとオスカーに対する援助を切るつもりはない。

それが、二人の父親を殺し、母親を奪う形になってしまった俺にできる唯一の罪滅ぼしなのだから。

俺は二人の反応を、内心身構えながら待つのだが……。

「はい、今回の事件が終わったら、必ず妹の顔を見に行きます」

「叔父上、おめでとうございます。妹だって聞いていましたが、早く顔を見たいなぁ」

「母上も叔父上もお忙しそうなので、僕から言い出すのはどうかと思っていたんです」

「妹かぁ、可愛いだろうなぁ。お祝いを用意しないと。兄上、なにがいいですかね？」

「それは、紛争が終わってから決めよう」

「（あれ？）」

なんか、カールもオスカーも嬉しそうじゃねぇ？

勿論それが一番なんだけど、普通はこの多感な年頃だから、母親を奪った俺への憎しみや嫌悪くらいは覚悟していたのだけど……。

「母上から手紙を貰って知っていましたし、近況は、定期的に魔導携帯通信機で聞いていましたから」

「兄上と僕も、色々とやらなければいけないことが多くて、本当はすぐに妹の顔を見たかったんですけど」

「（あのぅ……アマーリエ義姉さん？）」

「（私も出産と子育てで忙しくてカールとオスカーに会えなかったけど、手紙や魔導携帯通信機では伝えてあって。安心して、ヴェル君。カールもオスカーも、あの事件の事情を理解できる年齢になったのよ）」

安堵《あんど》のあまり、一気に体の力が抜けた。

そして、マインバッハ卿とアマーリエ義姉さんには感謝だな。

「旦那、よかったな」

「ああ、これでもう仕事は終わったな」

一時はどうなることかと思ったが、無事に解決ということで。

「あのさぁ……。まだハグレ魔族とブレンメ男爵家の件があるじゃないか」

「そんなの、もうオマケみたいなものだろう」

「いやいやいや、紛争じゃないか！」

俺からしたら、アマーリエ義姉さんが俺の子を産んだせいで、カールとオスカーに嫌われるんじゃないかってことの方が重要だったのだ。

「その割には、あたいが言うまで忘れていた……」

「必ずや、ブレンメ男爵家の野望を打ち砕くのだ！」

「誤魔化されたような……」

「そんなことはないぞ、カチヤ」

もはや憂いはないので、暴走したブレンメ男爵家はとっとと片づけることにしよう。

＊＊＊

「カールとオスカーは、もう準備は終わったのか？」

「僕とオスカーとオスマン、それ以外は三名しか出陣しませんから」

「さらに、お祖父《じい》様の横で立っているだけだそうです」

「紛争だから、そうなるよなぁ」

ほぼ準備を終えたカールたちと共に、マインバッハ騎士爵邸まで移動しているが、領内は緊張感に包まれていた。

途中で名主の家の前を通ったが、多くの男性たちが集まって、倉庫から槍《やり》や防具を取り出して手入れをしたり、試着したりしている。

その傍らに女性たちもいて、サイズが合わない防具の直しや補修を急ぎ行っていた。

「マインバッハ騎士爵家では、領民が武装する装備は一括管理なのか」

「昔からそうよ。バウマイスター騎士爵家は、その家ごとの管理だったけど」

諸侯軍に徴集される領民たちが装備する武器や防具は、領主家が一括管理するところと、領民の家ごとに管理するところがあるというだけの話だ。

どちらが正しいということもないので、それは各貴族家が決めること。

ただ一つ言えるのは、マインバッハ家諸侯軍の装備品は統一されていた。

全額ではないはずだが、装備代をマインバッハ騎士爵家が負担している証拠であろう。

領内の各地区にある倉庫で一括管理しているのも、自分たちもお金を出しているからというのもあるだろうが、武器と防具は定期的に手入れをしなければすぐ駄目になってしまい使える期間が短くなってしまうからだ。

バウマイスター騎士爵家は余裕がなかったので、領民たちが武具の経費を全額負担し、手入れもそれぞれに任せて放置していたから、装備品がバラバラだった。

装備代を安く済まそうとする領民も多く、装備品はマインバッハ騎士爵家の方が圧倒的に立派だった。

同じ騎士爵家なのに……。

今はヘルマン兄さんが予算を出して、マインバッハ騎士爵家と同じ仕組みに変えている最中だって聞いたけど。

装備品がバラバラだと同士討ちの可能性もあり……まあ、バウマイスター騎士爵家が紛争なんてしない……できないと思うけど。

万が一に備えて、諸侯軍の装備くらいは揃《そろ》えておく。

貴族の矜持《きょうじ》、プライドなんだと思う。

「なんか、不安になってくるな。この人たち、戦わせて大丈夫かな？」

「紛争なんて父も経験したことがないけど、それはブレンメ男爵家も同じだから」

普段は各名主が管理する倉庫に仕舞ってある武器と防具を装着する機会など、年に数回ある訓練
……酷いところだと、年に一度装備の手入れを兼ねて装着するくらいだ。

諸侯軍と呼ぶのもおこがましい……地方貴族はほぼ全員がそんな感じだけど。

やる気のある貴族なら定期的に領民たちに訓練を施すところもあると聞くが、そんな貴族は滅多にいない。

諸侯軍での訓練も労働力を提供する一種の賦役であり、農作業や狩猟、採集など普段の仕事を阻害するので、訓練する分、生産量が落ちてしまう。

まともな貴族ならその分は税から控除するし、訓練中の食事代などは負担するのが常識だ。

あるかどうかわからない紛争に備え、定期的に領民たちに訓練を施すというのは、貴族にとっては大きな負担であり、軍隊というより消防団みたいに捉えているのかもしれない。

「ブレンメ男爵家側の動きは、すでにマインバッハ騎士爵家の知るところとなった。それに加えて俺たちがいるから、戦闘にはならないようにする」

どうせブレンメ男爵家は、最大戦力であるハグレ魔族を先頭に攻めてくるだろうから、その魔族を俺たちが無力化すれば戦いにならないはず。

ブレンメ男爵家諸侯軍なんて、マインバッハ騎士爵家諸侯軍よりも酷い状況なのだから。

領民たちの士気も底辺に近いはずだ。

話に聞いた、口だけ嫡男のために命を賭ける人なんて一人もいないだろう。

「おおっ、カールとオスカーはもう準備は終わったのかな？」

「「はい！」」

マインバッハ騎士爵邸の前にいたマインバッハ卿が、俺たちに話しかけてきた。

どうやら、諸侯軍の招集は順調なようだ。

「バウマイスター辺境伯殿がいて助かりました。うちが単独で魔法使いを用意するのは難しいので……。しかし、どうしてブレンメ男爵家には……」

マインバッハ卿は、どうして借金だらけのブレンメ男爵家にハグレ魔族が……と思っているのであろう。

確かに俺がハグレ魔族なら、金があるマインバッハ騎士爵家に雇ってもらうけど……やはり世間知らずの魔族なのかな？

「今日の俺たちは、ただの魔法使い、冒険者ということになっていますけど」

いくらハグレ魔族が参加しているとはいえ、バウマイスター辺境伯である俺が貴族同士の紛争で片方に肩入れするのはよくない。

そこで、あくまでも個人参加の魔法使いということにした。

すぐにバレるだろうけど、ハグレ魔族を紛争に投入しようとするブレンメ男爵家の方が悪いのだから気にしない。

「バウマイスター辺境伯領から援軍を間に合わせることも可能でしたが、受け入れ側の負担もありますからね」

「はい、うちの受け入れ態勢では……」

最悪、バウマイスター辺境伯領から援軍を送ることも検討したが、マインバッハ騎士爵家側の受け入れ態勢の問題もあった。

紛争になれば男手はそちらにかかりきりになるから、畑は女性、子供、老人に任せるにしても、狩猟はできなくなってしまう。

食料が不足しやすいところに、外部からの援軍受け入れは厳しいはず。

受け入れるとなると、援軍が消費する食料の負担もあるからだ。

軍隊ってのは存在するだけで食料と水を大量に消費するし、経費も使うからなぁ。

もし間違って両軍が衝突なんてしたら、治療費や見舞金などが嵩《かさ》み、目も当てられなくなってしまう。

「一番にハグレ魔族を捕捉して無力化しないとな。例のブレンメ男爵家の嫡男を調子に乗せると危ない」

「なるべく領内に入れないよう、準備が整ったらすぐに諸侯軍を進発させます」

「ブレンメ男爵家の軍勢は、まだ動いていないのですか？」

「招集に手こずっているようです。どうやらブレンメ男爵家の嫡男には、根本的に人を統べる能力がないようでして……」

「それでよく紛争に勝てると思えるよなぁ」

カチヤの意見に、みんなが首を縦に振った。

「どうやら、ほぼ全領民の招集を行っているそうで……。女性も、子供も、老人もです」

領民全員で侵攻するとか、完全に自暴自棄になったとしか思えん。

だが逆に考えれば、ブレンメ男爵家はそこまで切羽詰まっているとも言え、マインバッハ卿も内心では頭を抱えているはずだ。

「お隣は選べませんからねぇ……」

「ええ……本当にそう思います」

そんな連中に領内を荒らされたくないマインバッハ卿は、急ぎ諸侯軍を編成すると、ブレンメ男爵領との領地境に軍勢を展開すべく、ただちに諸侯軍を進発させるのであった。

俺たちも同行するが、今夜は野営だな。

＊＊＊

「急ぎ準備したけど、ブレンメ男爵家の連中は来ないな」

諸侯軍の準備を終えたマインバッハ卿と共にブレンメ男爵領との領地境に陣を張ったが、肝心のブレンメ男爵家の嫡男イーヴォとその愉快な軍勢の姿は確認できなかった。

ほぼ全領民で侵攻するという無謀な作戦、かなり破れかぶれではあるが、まったく意味がないわけでもない。

まさか女性や子供を討つわけにいかず、諸侯軍に参加されてしまえば特別な対応が必要で、こちらが圧倒的に不利な状況に追い込まれるからだ。

常識外れも極めれば、もしかしたら上手くいくかも……ろくな策じゃないどころか、外道の極みだけど。

ただ、こういう常識外れな作戦を成功させるにはある条件がある。

それは、とにかく相手よりも素早く動くことだ。

それなのに、いまだにブレンメ男爵家諸侯軍の姿は見えなかった。

どうやらブレンメ男爵家の嫡男には軍勢を統率する能力などなく、聞いていたとおりの典型的な口先だけの人物のようだ。

「イーヴォ様は雇ったハグレ魔族を先頭に、全領民で一気にマインバッハ騎士爵領へと雪崩《なだ》れ込み、館と魔導飛行船の発着場を占領するつもりです」

「それなら、少なくともこちらよりも早く諸侯軍を集めて攻め入らなければ駄目なんじゃぁ……」

もうすでに作戦は破綻しているような……。

「作戦を立案するのと、実行できるかどうかは別の話なので……」

ふと気がつくと、見慣れない初老の男性が本陣の中にいた。

身形《みなり》は少し貧相であったが、とても知的な人に見える。

「ヴェンデリン殿、彼はブレンメ男爵家の執事のゾンバルトです」

「ああっ、カールに届いた手紙に書かれていた！　魔法使いのヴェンデリンです」

ここではわざと、バウマイスター辺境伯とは名乗らない。

今の俺は、フリーの魔法使いヴェンデリンということになっているからだ。

ゾンバルトという執事も気がついていると思うが、何事にも建前は大事なので。

「しかし、あなたは執事なのですか……」

「ブレンメ男爵家からは次々と家臣たちが去っていき、内々のことの大部分を任されております」

実質、家宰みたいなものか。

でもそんな人が裏切るって、ブレンメ男爵家は完全に終わっているな。

「情報提供はありがたいですけど、ここにいて大丈夫なのですか？」

この時点で彼は、自分が裏切り者だと世間に対し公にしたようなものだ。

紛争終了後、間違いなくブレンメ男爵領にはいられなくなるであろう。

「ブレンメ男爵家内で唯一まともなお方が、情報提供者であることを公にするわけには参りませんので。私の家は代々ブレンメ男爵家に仕え、この悲惨な状況をなんとかしようと足掻《あが》いて参りましたが、もはや限界だと感じたのもあります」

いくら駄目な家でも、領主の娘が堂々と裏切りを宣言するのはよくないので、ゾンバルトが裏切り者役を買って出たわけか。

「あの……イヴァンカさんは無事でしょうか？」

カールがゾンバルトに、文通していたイヴァンカさんの安否を尋ねた。

文通のせいで、彼女が不利益な立場に置かれていないか心配なのであろう。

「これはカール様、お手紙の受け渡し以外でお話しするのは初めてですか。イヴァンカ様はご無事です。イーヴォ様もお館様も、政略結婚の駒としてのイヴァンカ様に価値を見出《みいだ》しておりますから、屋敷の中で大人しくしていれば安全ですよ」

「そうですか……よかった」

一応、安堵のため息をついたが、カールは不機嫌そうだった。

実の兄と父親が、自分の都合のみでイヴァンカさんを政略結婚させようとしている、という事実に腹を立てたのであろう。

「(若いな、カールは)」

「(旦那も、言うほど年を取っていないと思うぜ)」

カチヤにそれを言われると弱いけど、俺の中身はもうアラフォーなんだ。

若くて真っ直《まっす》ぐなカールが、眩《まぶ》しく見えることもあるさ。

「もしイーヴァ様に実行力があったら、みな様が諸侯軍を整える前に、マインバッハ騎士爵領に攻め入っていたでしょう。つまり、そういうことです……」

ゾンバルトは、要するにブレンメ男爵の嫡男にそんな能力はないと言いたいのか。

「そもそも複数の領地と接しているのです。全領民が出兵の準備をしていたら、近隣の貴族たちに気がつかれますよ。よほど上手く隠蔽《いんぺい》しない限りは……実際……」

ゾンバルトが視線を向けた先には、マインバッハ騎士爵領と領地を接している他の貴族たちからの援軍があった。

人数は一つの貴族家当たり多くても二、三十人ほどだが、数家混合で合計百名を超えている。

マインバッハ騎士爵家からすればありがたい援軍だが、同時に動きが早いなとも思った。

「ブレンメ男爵家はとにかく評判が悪く、いよいよ切羽詰まったお館様とイーヴァ様がなにをしでかすかわからないと常日ごろ不安を覚えていた貴族たちも多く、イヴァンカ様の手紙がなかったとしても、イーヴォ様が先手を打つことはできなかったと思います」

「なんでも、より一層の重税に加えて、兵士として招集されるのが嫌だと言って、ブレンメ男爵領から逃げてきた領民たちがいたそうで……。それならバレて当然かと」

マインバッハ卿が、他の貴族たちが軍勢を率いて参加した理由を教えてくれた。

「先手を打ちたいのなら、その手の情報漏洩《ろうえい》の対策をして当然だと思いますが……」

奇襲するつもりだったのに、マインバッハ騎士爵家どころか、他の領地の貴族たちにまで情報が漏れるなんて……。

本当、ブレンメ男爵家の嫡男は駄目な男だな。

「まあ、イーヴォ様はそういう方なので……。人前で話すのは上手な方《かた》なのです。父親であるお館様が口下手な分、雄弁に語るイーヴォ様に家臣も領民も最初は期待しました」

いるよなぁそういう人って、前世でもいたし。

言うことは立派なんだけど、行動がまったく伴わない。

イーヴォとかいう嫡男もそういう人なんだろう。

「情報が駄々漏れでも、明日になれば多くの人たちが一斉に俺たちに突撃してくるんだ。ハグレ魔族もいるし、なんとか犠牲を出さないようにしないと……」

「ご立派ですな。さすがは、バウマイスター辺境伯様」

「今の俺は、フリーの魔法使いヴェンデリンだ。別に俺は立派じゃないさ」

必要ないと思うけど、もう一度ゾンバルトに釘《くぎ》を刺しておいた。

俺は個人参加の魔法使い、ヴェンデリンなのだから。

ハグレ魔族も殺すと面倒なので、殺さずに戦闘不能にして、他の人たちをビビらせるしかない。

「旦那、前にブロワ辺境伯との紛争で用いたとかいう、ビリビリする魔法は駄目なのか？」

『エリアスタン』かぁ……。

あの魔法、コントロールが難しいんだよなぁ……。

子供や年寄りだと、下手をすると死んでしまうかもしれない。

とはいえ、実際にどうするかは、敵の軍勢とハグレ魔族を見てからだな。

それはあとで考えるとして、明日に備えて寝る場所を確保しなければ。

あと、早朝に援軍を呼ぶのを忘れないようにしないと。

＊＊＊

「カチヤ、今日は久しぶりに野宿だな」

「本当、あたいも野宿って久しぶりだぜ」

夜になったが、絶対に夜襲がないとは断言できないから、マインバッハ騎士爵家の屋敷に戻って寝るわけにもいかず、冒険者をしている時と同じくテントを張ってそこで寝ることにした。

「明かりがほとんどないから星が綺麗だぜ、旦那」

二人でテントから顔を出して星空を見ると、多くの星々が瞬いていた。

地球の都市のように過剰な明かりがないため、星がとても綺麗に見える。

残念ながら、どれがどの星座かはわからないが。

この世界でも星座は存在するのだが、如何《いかん》せん興味がなかったので知らなかったのだ。

「カチヤは、星座とかわかるか？」

「あれが極北の星だろう、あれが極南の星……」

真北と真南にある大きな星を指差したら、そこでカチヤの説明が止まった。

そうか、この二つがわかれば問題ないわけか。

俺なんて、その二つの星すら知らなかったけど。

「旦那は、夜間に方向を知る方法を知らなかったのか？」

「魔道具があるから……」

魔道具なので高価だったが、方位磁石のようなものは普及していた。

それに、今まで方向がわからなくて困ったことがなかったからなぁ……。

「極北の星と極南の星を覚えたから、これで大丈夫。カチヤ、他の星を教えて」

「えっ？　他の星の名前を？」

「そう、他の星の名前」

「……星が綺麗だなぁ」

「本当に綺麗だ」

なんとなくそんな予感がしたが、やはりカチヤは他の星を知らないようだ。

でもお互い様だと、二人で星空を楽しんだ。

「ねえ、ヴェル君。私、本当にお屋敷に戻っていいのかしら？」

と、ここで、アマーリエ義姉さんが声をかけてきた。

俺の世話をするため、今日は一緒に野宿しなくていいのかと尋ねてきたのだ。

「明日は戦闘になるかもしれないので、戻った方がいいですよ。カールとオスカーは、マインバッハ卿がいるから大丈夫ですよ」

アマーリエ義姉さんには、戦闘力が皆無に近いからな。

屋敷に戻った方がいい。

カールとオスカーは、野宿するのも貴族になるための大切な経験ってやつだ。

「それもあるけど、アマーリエさんが戻った方がみんな諦めるから」

「そうよねぇ……こんな時に、みんななにを考えているのかしら?」

アマーリエ義姉さんが呆れた理由。

それは、マインバッハ騎士爵家への援軍の中に、なぜか世話役として数名のご令嬢たちが参加していた件だ。

しかも、家臣や兵たちの世話役ではなく、俺の世話役だというのだから恐れ入った。

「援軍の先遣隊の中に、貴族のご令嬢たちなんていたかな?」

「ヴェル君がいるって確認したら、慌てて領地に早馬を走らせて連れてきたみたい」

領地が近い利点を生かしたのか……。

貴族令嬢とはいえ、みんな田舎領地の出なので、王都の貴族令嬢とは違って行動が早かったのだ。

こんな時に……そもそも今の俺は、フリーの魔法使いという扱いじゃなかったのかと。

紛争なので苦言を呈したけど、『まあまあ、今回はバウマイスター辺境伯がいるので負けることはないでしょうし、相手はあのブレンメ男爵家ですから』と言いやがった。

ハグレ魔族もいるし、油断は禁物だというのに……。

もし俺のお世話をしている間に、令嬢たちと俺が恋仲になっても構わない。むしろ、なってほしいという意図がミエミエであった。

「というわけでさ、これから戦闘になるかもしれないのに邪魔だから、屋敷に連れ帰ってくれないかな？　女手は飯炊きや武具の修繕とかで使えるし、カールとオスカーにも悪影響だろうから」

「そうよねぇ……」

カチヤが心配していたのは、貴族令嬢たちがカールとオスカーも狙い始めたことであった。

将来のために参加させた初陣なのに、戦場で貴族令嬢たちと遊んでいる暇はない。

二人は絶対に戦わせないが、紛争のルールや形式をマインバッハ卿に叩《たた》き込んでもらう予定だったのだから。

「とはいえ、カールはなぁ……」

「イヴァンカさんね？」

「ええ……」

ただ肝心のカールは、文通相手のイヴァンカさんが気になって仕方がないようで、貴族令嬢たちに話しかけられても嬉しそうではなかった。

オスカーは……もう少し大人にならないとわからないかも。

そして、お腹を痛めた我が子に意中の女性がいると知って、複雑な心境になっているアマーリエ義姉さん。

エリーゼも、将来フリードリヒに好きな女性ができた場合、やはりアマーリエ義姉さんのように不機嫌になるのだろうか？

「というわけでさ、アマーリエさんが貴族令嬢たちを監視しておいてくれよ」

「わかったわ。それだけ、マインバッハ騎士爵領内の魔導飛行船の発着場は魅力的なんでしょうね……」

それがあるおかげで、マインバッハ騎士爵領は裕福になり、なによりこの地区の交通と流通の中心となった。

「騎士爵でしかないマインバッハ家が魔導飛行船の発着場を持ち、この地域の実質的な中心になったことに内心不満を持つ貴族はブレンメ男爵家だけではないの。ヴェル君に娘が気に入られれば、自分の領内に魔導飛行船の発着場を整備してもらえるかもしれないって……」

「貴族だなぁ」

魔導飛行船の発着場自体は、極論すればただの広場なので、造成はそう困難ではない。

俺は魔法で数時間で終わらせたが、領民をある程度招集すれば数日で終わるだろう。

問題は、どうやって魔導飛行船の便を呼び込むかだ。

自前で魔導飛行船を運用するのが一番手っ取り早く、今は魔王様とライラさんだけでなく、他の魔族からも中古船を手に入れられる。貴族なら出せなくもない金額だ。

ただ大半の貴族は、魔石代とメンテナンス費用、そして船員の確保で詰んでしまうけど。

週に一度でいいから、自分の領地に魔導飛行船が寄ってくれれば……。

第二のマインバッハ騎士爵家を目指して、貴族たちは援軍の他に、ご令嬢を追加で送り出してきたわけか……。

「でも、カチヤさんも貴族令嬢なのにね」

「アマーリエさん、貴族令嬢ったってピンキリだぜ」

「私もあの娘《こ》たちも、田舎貴族の令嬢なんて、大貴族様から見たらメイドみたいなものよ。ちょうど屋敷に伝令で戻る兵が明かりを持っているの。一緒に連れていくわ」

「それがいいですね。アマーリエ義姉さん、気をつけて」

「ありがとう。でも私のことより、一緒に戦場に残るカチヤさんに気をかけてあげないと」

俺は男なんだからと、アマーリエ義姉さんから最後に注意されてしまった。

「あたいは、冒険者としては旦那の先輩だから、気持ちだけ心配してくれればいいさ。それに、こうやって二人で星空を眺めるのもいいもんだぜ」

「それもそうね。じゃあ、二人とも気をつけて」

アマーリエ義姉さんは、俺やカールやオスカー狙いの貴族令嬢たちを連れて屋敷に戻った。

「旦那、明日はどうなるかな？」

「まあ、なるようにしかならないさ」

「それもそうだな。旦那、今夜は腕枕をしてほしいな」

「いいよ」

今のところは綺麗で静かな星空を眺める余裕はあるし、それを見ながら明日に備えて寝るとするか。

「ああ、今日は旦那を独占できていい気分だぁ」

俺はカチヤを腕枕しながら、明日に備えて目を瞑《つむ》るのであった。

第五話　絶対零度（？）のアモス

「まあ、僕の指揮能力があれば夜襲も可能だったんだけど、そうすると他の貴族の領民たちに犠牲者が多く出てしまうからね。さて、諸君！」


ついに、兄が全軍に出動命令を出そうとしていた。

ブレンメ男爵家諸侯軍は、合計千二十三名。

半分以上が女性、子供、老人で、これが軍勢だなんておこがましいにも程がある。

しかも、前日よりも数十名減っていた。

これまではすべてを諦めたかのように従順だった領民たちも、紛争だけは嫌だったのね。

もうこれ以上はつき合いきれないと、他領に逃げてしまった。

元々私がカール様に手紙を送り、ゾンバルトが私の代わりにマインバッハ卿に投降して情報をリークしたけど、彼らが逃げ込んだ先の領主に事情を説明するはずだから、最初の作戦案である奇襲はもうできない。

そもそも、軍勢の招集と出陣でこんなに時間をかけている時点で奇襲もなにもない。

ただ質はともかく、これだけの数の諸侯軍がマインバッハ騎士爵領に侵攻するというだけで、向こうは頭が痛いはず。

だからなのか、兄はえらく自信満々だった。

領民たちの前で雄弁に語っているけど、その場に領主である父はいなかった。

父は兄が失敗することを期待しているから、その応援になんて来るわけがない。

代わりに私が見送り役として顔を出しているけど、当然兄には失敗してほしいと願っていた。

一人でも犠牲者が少なく済むことのみを願っている。

「マインバッハ騎士爵家から魔導飛行船の発着場を奪い、その領地を併合すれば、我がブレンメ男爵領は豊かになる！　きっとなる！　さあ、勝利は目の前だ！」

紛争なら王国政府も目を瞑《つむ》るけど、戦争なんて仕掛けて兄は無事に済むと思っているのかしら？

きっと思っているわね。

多少弁が立つ以外の長所がない兄だけど、もう一つ特徴があった。

すぐに自分の都合のいいように考え、それが世間に通用すると本気で思っているところだ。

他の男爵家の跡取りなら領地の外に出て世間を知る機会を得られるけど、兄は家が貧しいので領地の外に出たことがなかった。

だから世間知らずで、こんなバカみたいな企《たくら》みが本当に成功すると思っている。

もし失敗しても、兄の頭の中は大変都合よくできているから、自分が失敗したのは他に原因があるのだと思ってしまう。

それを世間では現実逃避というのだけど、今の兄には一生、現実は理解できないでしょうね。

「数においても圧倒的に優勢なブレンメ男爵家諸侯軍であるが、さらに我らに有利な点があるのだ！　それは……」

みんなの前で演説を続ける兄は、自分の傍《そば》に立つ、フードを深く被《かぶ》った謎の人物を紹介した。

初めて近くで見たけど、俯《うつむ》きがちで一言も喋《しゃべ》らないから不気味ね……。

「今回、非常に優れた魔法使いを迎えることに成功したのだ！」

「おおっ！　魔法使いかぁ」

「なら、いけるのか？」

これまで、お金がないので魔法使いを雇えなかったブレンメ男爵家に魔法使いがいる。

もしかしたらマインバッハ騎士爵家に勝てるのではないかと思い始めた領民と家臣が出てしまったのはよくないわね。

「（私もゾンバルトに聞くまで知らなかったけど、魔族なんて雇ってしまって……王国を敵に回すわよ）」

ゾンバルトはよく仕事で領地の外に出かけるから、最新の情勢にも詳しかった。

現在、王国が魔族の国と交渉を続けており、その間にリンガイア大陸に入り込んだ魔族が、『ハグレ魔族』として傭兵《ようへい》のようなことをしていると。

魔族は全員が魔法使いなので、兄のようなただ力が欲しい人が安易に手を出してしまうけど、王国や寄親《よりおや》であるブライヒレーダー辺境伯様が、ハグレ魔族に対処すべく優秀な魔法使いたちに対策させているとも。

そんな情報を掴《つか》んでくるゾンバルトは、やっぱりブレンメ男爵家には勿体《もったい》ない人材ね。

「イヴァンカ、どうかしたのか？」

「いえ、なんでもありません（かと思えば、兄は世間知らずで困るわ）」

「我らが勝利した暁には、イヴァンカにいい婿を迎えないとな」

いい婿ねぇ……。

それは兄にとって都合のいい婿であり、彼の想定の中にある、自分の足を引っ張る父との戦いに味方してくれる人物のことなのでしょうね。

マインバッハ騎士爵領を併合し、ブレンメ男爵領発展の邪魔になる父を排除するためにもう一戦する。

兄は、栄光ある未来に酔っていられるからいいのでしょうけど、破滅に巻き込まれてしまう私たちはいい迷惑よ。

父は父で、あとで兄さえ廃嫡すればいい、くらいにしか思っていないのだから。

今回の出兵だって、借金が増えてしまうのだから、領主である父が止めればいいのに……。

どうせいくら借金が増えてもブレンメ男爵家は潰《つぶ》れないし、私に大商人の息子の婿でも宛《あて》がって、持参金で借金を減らそうとしているから、兄に正面切って対立する気なんてない。

そもそも、そんな能力もないのでしょうけど。

でもその方法だと、いい加減借金の額が多すぎて破滅を先延ばしにするだけか、このままブレンメ男爵領は貧しいままでしょうね。

領民たちが可哀想《かわいそう》。

「さて、出発前に我らの魔法使い、『絶対零度のアモス』の魔法を見せてやろう！　アモスよ！」

「……」

兄が命令するとフードの男が魔法を放ち、一瞬で屋敷の敷地に生えていた大木を氷漬けにしてしまった。

「これが魔法かぁ……」

「これなら、マインバッハ騎士爵家に勝てるかもしれねえな」

そんなわけないし、もし一時的に勝てても王国を敵に回すだけなんだけど、これまで一度も領地の外に出たことがない家臣と領民たちは、初めて見る魔法に期待してしまった。

変に士気が上がってしまったのだ。

「(でもきっと、このフードの男では歯が立たないでしょうね……)」

私が文通をしているカール様は、あの有名なお方の甥《おい》であった。

だからもし、マインバッハ騎士爵家にピンチがあれば、必ず助けに来るはずよ。

竜を二体も倒し、ブロワ辺境伯家との紛争にも大勝利、帝国内乱でも大活躍して、自ら力のみで辺境伯にまで昇りつめた偉大なる魔法使い、バウマイスター辺境伯様が。

「(もうこうなったら、一人でも犠牲者が少なく済むことを祈るしかないわ。そのためなら……)」

こんな腐った家、取り潰された方がみんなのためよ。

もういい加減、滅んでくれないかしら。

＊＊＊

「ヴェンデリン殿、千を超える敵の軍勢が迫っております！」

翌朝、軽く朝食をとってから『瞬間移動』で助っ人を呼び、エリーゼが淹《い》れてくれたマテ茶を飲んでいると、そこにマインバッハ騎士爵家の嫡男でアマーリエ義姉《ねえ》さんの兄、ヴィッツ殿が姿を見せた。

斥候に出した従士が、この領地境に迫るブレンメ男爵家諸侯軍を確認したと報告してきたそうだ。

「千人かぁ……さすがは男爵家」

「いえ、カチヤ殿。ブレンメ男爵家は代々の失政が祟《たた》って、人口なども我が家とそう差はありません。男手も同じようなもの。軍勢には、老人、女性、子供が多数交じっています」

「アホじゃないのか？」

「まあ、あそこの跡取りならやりかねないと言いますか……」

事前の情報どおり、ブレンメ男爵家の嫡男イーヴォは救いようのないアホであった。

「はあ……。これは大変そうだな」

「戦いにならないといいですね。そのような方の犠牲になる人たちが不幸です」

あまり他人を悪く言わないエリーゼですら、ブレンメ男爵家の嫡男に呆《あき》れていた。

紛争に、女性、子供、老人を動員するなんて前代未聞だからだ。

もし死なれでもしたら、しばらくトラウマになりそうだ。

普通に戦えば他の領地からも援軍が参加しているこちらの勝利なのだが、なんとかして犠牲なしで勝利したい。

「それと、例の助っ人魔法使いらしき人物が先頭にいます」

最大戦力である、ハグレ魔族は最前線か……。

「となると、こいつを速攻で無力化して、イーヴォと烏合《うごう》の衆《しゅう》の士気を奪う必要があるな」

半分以上が数合わせの非戦闘員で、男性たちも実戦経験がない。

そして、肝心の総大将に指揮官としての才能が欠片《かけら》もないのだ。

最大戦力であるハグレ魔族をさっさと無力化してしまえば、あっという間に敵軍が瓦解《がかい》してくれるかもしれない。

まずないとは思うが、もし総大将のイーヴォにカリスマがあった場合。

領民たちが最後まで決死の抵抗をするか……そちらよりも、イーヴォが督戦《とくせん》隊のようなものを配置している可能性も考慮する必要があるな。

もしくは、諸侯軍が崩壊して、領民たちがバラバラでマインバッハ騎士爵領内に侵入、暴れる危険も考慮しないと駄目か。

「ヴェンデリン、色々と考えておるの。感心感心」

「ニュルンベルク公爵のせいだな」

あの男は、非正規戦闘や搦《から》め手にも強かったからな。

それとももう一つ、イーヴォのように口が上手《うま》いだけの綺麗事《きれいごと》しか言わない奴に限って、いざ追い込まれると酷《ひど》いことを平気でやることが多い。

口が上手いから、自分で自分の最悪な選択を正当化できるんだよなぁ。

「とにかく俺は、そのハグレ魔族を狙う」

「私は、負傷者に備えます」

「妾《わらわ》とリサは、ブレンメ男爵家のバカ嫡男と諸侯軍を抑えるかの」

「威圧だけで済めばいいのですが……」

バウマイスター辺境伯家も暇ではないので、朝、エリーゼ、テレーゼ、リサを連れてくるのが精一杯だったけど、魔法使いが五人いるので、兵数では負けても戦力的には問題ないはずだ。

「ブライヒレーダー辺境伯、これは難しい仕事ですよ」

俺は、ここにいないブライヒレーダー辺境伯に対し愚痴を零《こぼ》した。

「報酬を増やしてほしいよな、旦那」

「確かに」

ただの助っ人魔法使いの仕事にしては、面倒が多すぎる。

「旦那、一人だけ前に出てきたぜ」

「情報どおり、フードを深く被っているな」

ハグレ魔族の特徴として、長い耳を隠す傾向にあった。

魔法使いであることのアピールも兼ねて、ほぼ全員がフードを深く被っている。

魔法が使えるのなら堂々としていればいいと思うのだけど、やはり違法入国している自覚があるのと、多くの人間の中で魔族が一人だと浮いてしまう自覚があるのであろう。

雇う貴族も、領民たちが不安がるから隠せと命じているのだろうし。

一人先頭に立つハグレ魔族の他に、徐々にブレンメ男爵家諸侯軍の様子が見えてきたが、みんな貧しい生活のためか、装備がボロい以前に防具すら着けていない。

元々、女性や子供、老人用の武具などないから当たり前なのだ。

もしブレンメ男爵家がそれを揃《そろ》えられる財力があったら、こんな無謀な紛争を仕掛けてこないという真実もあった。

「ああいうのはやりにくいよなぁ」

カチヤが嘆くのも無理はない。

兵士たちが持つ武器も、ボロボロでも剣や槍《やり》を持っているだけマシで、中には農機具や木の棒を持っている人たちもいるのだから。

「軍勢ってよりは、流民の群れって感じだな」

カチヤの感想を聞き、俺たちは妙に納得してしまう。

「まれに、苛政《かせい》が原因で貴族の領地から領民たちが逃げ出すそうですが、こんな感じだとお爺様《じい》が言っていました」

エリーゼが、まるで幽鬼の群れのように前進してくる彼らを見ながら、悲しそうな表情でそう語っていた。

こんな状態でもブレンメ男爵家を改易しない、王国政府への不信感もあるのだと思う。

「……」

「なんか静かな奴だなぁ……。先頭にいるってことは、自分の魔法の腕に自信があるのかね？」

そんな話をしている間に、フードを深く被ったハグレ魔族はかなり近づいてきた。

帝国内乱の際に戦ったターラントを思い出すが、彼ほど特殊な魔法は……もしかすると、魔族なので闇魔法を使うのか？

とにかく、急ぎこいつを無力化しないといけない。

注意しながら、俺は前へと出た。

「……魔法使いか？」

「(喋れたのか……)そうだ。お前もか?」

「聞くがいい! 我が名は『絶対零度のアモス』! マインバッハ騎士爵家に、この私と戦える者はいるかな?」

「いるぞ!」

とにかく、まずはこいつを無力化しないと。

それにしても、勝手に前に出て名乗ってくれたから楽でよかった。

両軍が対峙《たいじ》する中、俺も前に出て『絶対零度のアモス』と相対《あいたい》する。

「ゆえあって、マインバッハ騎士爵家に助っ人として参戦した、魔法使いヴェンデリンだ!」

「イーヴォ殿! 敵に魔法使いはいないのではないのか?」

『絶対零度のアモス』は、不安そうに後方にいるイーヴォに問い質《ただ》している。

せっかくの二つ名が台無しだな。

「……(大丈夫か? あいつ)」

完全に拍子抜けしてしまった。

『絶対零度のアモス』が自信満々だったのは、自分だけが魔法使いなので楽勝だと思っていたから。

やはり、ハグレ魔族には実戦経験が圧倒的に足りないようだ。

「ふんっ! 僕は知っているぞ! いかにマインバッハ騎士爵家とはいえ、そんな急に優れた魔法使いを揃えられないことをね! きっと、魔法使いの格好をした偽物さ」

「……本当にそうなのですか?」

「僕の情報に間違いはない！」

「なるほど。こいつは格好だけなのか……」

そして、やはり自分にとって都合のいい答えしか出せないイーヴォ。

そんな彼の言い分を信じてしまうハグレ魔族は、やはり魔法使いとしての経験が圧倒的に足りないようだ。

俺を見ても、魔法使いであることに気がつかないのだから。

ただそれは、これまでろくに魔法の修練をしてこなかったせいなので、じきに優れた実力を持つ魔族が多数出てくるはず。

ハグレ魔族問題は深刻化する一方であり、王国も帝国も頭が痛いだろうな。

なにしろ魔族は、全員が中級以上の魔力を持つのだから。

「ふふんっ、ならば絶対零度の冷気が出せる、この私の敵ではないな」

「へえ、絶対零度ねぇ……」

文明が進んだ魔族には、絶対零度の知識があるのか。

しかしそれを魔法で出せるとなると、これは要注意かもしれないな。

ただ、絶対零度の氷魔法は俺にも使えるから、この戦いは冷気魔法合戦になるということか。

「じゃあ、始めようか？」

このハグレ魔族さえ無力化してしまえば、あとはテレーゼとリサに任せて大丈夫だろう。

怪我《けが》人はエリーゼの治癒魔法でなんとかすれば、即死さえさせなければ死者は出ないという寸法だ。

「(戦争よりも面倒だ……とか考える俺って、貴族らしくなったのか?)じゃあ、始めようか?」

「まあ待ちたまえ。まずは私の魔法を見せてあげよう」

「はあ……」

随分とまどろっこしいなと思ったが、実は魔族の方が人を負傷させたり、ましてや殺すことに大きな抵抗があるのは、ゾヌターク共和国の状態を見ればあきらかだ。

現代人のような気質で、人を傷つけたり、ましてや死なせた経験などないのだ。

この世界の人たちが古い資料から知った魔族とは別物なのだけど、ハグレ魔族を雇った貴族たちは今でも魔族とは恐ろしいものだと思っているから、耳を隠させているのだと思う。

「(こいつは、俺を俄《にわ》か魔法使いだと思っているから、魔法で脅して降参させたいのか)まあ、いいけど……」

「見るがいい！　私の原子の動きすら止める冷気を！『スペシャルブリザード』！」

と、派手なアクションと共に叫びながら、ハグレ魔族は近くに立っていた樹《き》を魔法の氷で覆ってしまった。

「おおっ！　あんなに大きな樹が氷漬けに……」

「凄《すご》い魔法使いだ！」

「(絶対零度……ではないよなぁ……。しかも、恥ずかしい……)」

魔法に詳しくない人たちがハグレ魔族の魔法を称賛するが、二つ名どおりの絶対零度ではなかった。

しかも、人間の魔法使いには少ない、派手なアクションと叫び声。

昔のアニメを見ているかのようだ。

さらに……。

「凍っているのは、樹の外側だけだな」

すぐに空気で『エアハンマー』を作って氷で覆われた樹を叩《たた》くと、氷が砕け落ち、樹は元通りになってしまった。

もし本当に絶対零度なら、樹の芯まで凍っていなければおかしいのだけど。

「絶対零度にしては、随分と薄い氷だな」

「うぬぬっ！　俄か魔法使いのくせに随分と大きな口を利くね。僕の切り札である、『絶対零度のアモス』をバカにするとは度し難い偽物だ」

と、なぜかここでイーヴォが口を出してきた。

自分が雇ったハグレ魔族をバカにされたので頭にきたのかもしれないが、一対一の魔法勝負じゃなかったのか？

「（基本的に、イーヴォってウザいんだな……）俺は俄かじゃない、本物の魔法使いだぞ」

「ふんっ！　くだらない嘘《うそ》を……。引っ込みがつかなくなったのかな？　謝るなら今のうちだぞ。『絶対零度のアモス』に氷漬けにされたくないだろう？」

「それは嫌だな」

「ならば、とっとと降伏すべきだな。それが賢い選択というものだ」

「（ウザッ……）俺の魔法を見てからにしてくれ」

「魔法ねぇ……。先ほどと同じく手品のネタでも用意してあるのかな？　まあ好きなだけどうぞ」

いつの間にかイーヴァがしゃしゃり出てきて、随分と流暢《りゅうちょう》な口を利くじゃないか。

「(やっぱりウザいな……。それに、俺の正体に気がつかないとは……)」

ああ、それがわかるゾンバルトがいないからか。

イーヴァ自身は、ほとんど領地の外に出たことがないのだから。

「では、絶対零度の魔法を披露しよう」

「うちのアモスと同じ魔法を使う？　これは大きく出たものだね」

イーヴァは、俺がそう都合よく絶対零度の魔法を使えるはずはないと思っているのであろう。

俺が嘘をついているのだと思い、ますますバカにしたような口調となった。

「(善人ぶってるけど、容易に本性が出るな……)では……」

当然俺は無詠唱で、『絶対零度』を使って先ほどの樹を凍らせた。

この魔法は、リサとの戦いに使ったものをさらに改良したものであり、樹は一瞬で凍りついてしまう。

「本当に凍っているのか？」

「凍ってるよ」

『絶対零度のアモス』のように樹の外部が氷で覆われてはいないが、それは樹だけを絶対零度で一気に凍らせるため、無駄な氷が発生しなかっただけだ。

「疑わしいな」

「樹が白っぽくなっているだろう？　樹だけを凍らせているからだ」

「ふんっ、そんな嘘に僕は騙《だま》されないぞ！」

ああ言えばこう言うで、なかなか信じてもらえないものだな。

「ならば……」

俺は、その辺にあった岩を『念力』で飛ばして凍った樹にぶつる。

すると、完全に凍っていた樹が粉々に砕け散って宙を舞い、日の光を受けて綺麗な虹を発生させた。

「どうかな？　樹の芯まで凍らせたからこそ、衝撃で粉々に砕け散ったんだけど」

「……イーヴォ様が雇った魔法使いよりも凄くないか？」

「このまま戦って大丈夫か？」

俺の『絶対零度』を見て、ブレンメ男爵家に属する人たちの間に動揺が広がった。

もし敵である俺の魔法を食らったら、自分が体の芯まで凍り漬けにされてしまうことに気がついたからだ。

「まあまあやるみたいだね。でも、本当はアモスは火魔法が得意なのさ。『紅蓮《ぐれん》のアモス』よ！　実は一番得意な火魔法を披露するんだ！」

「お前さん、火魔法が得意なのか？」

「……そうだ！」

もの凄く嘘臭いが、ブレンメ男爵家側の人たちはあえてそこに突っ込まなかった。

アモスは魔法使いなので、もしかしたら本当に火魔法の方が得意なのかもしれない……下手に逃げるとあとで制裁があるんだろうな。

ブレンメ男爵家の領民たちが可哀想になってきた。

「さあ、アモスよ！」

「任せてください！」

『絶対零度のアモス』改め、『紅蓮のアモス』は、別の樹に火魔法を放った。

着火した樹は、パチパチと音を立てながら燃え上がっていく。

「本当に火魔法が得意なのか？」

「見ればわかるだろうが！」

確かに火魔法なんだけど、火力はさほどでもなく、ただ樹に着火して燃え広がっているだけのようにしか見えなかった。

もしかしなくても、氷魔法よりも威力が低いのだ。

そこを追及したら、なぜかイーヴォの方がムキになって反論するという不思議。

「では、お前はどうなんだ？　やってみせろ！」

イライラしているのか、段々とイーヴォの口調が荒くなってきたな。

偽物だと思っていた俺が本物の魔法使いで、さらに魔法合戦で大きく差をつけられなかったのが計算違いだったからであろう。

「じゃあ、俺も火魔法を……」

俺は導師の真似をして、一本の樹を巨大な火柱で包み込んだ。

そして数秒後、火柱が消えると樹はすべて白い灰と化し、風に飛ばされてしまった。

あとには、なにも残らなかった。

「こんな感じです」

「うっ、うちのアモスは風魔法が得意なんだ！」

今度は風かよ……。

俺は呆れてしまい、イーヴォを無視してアモス本人に尋ねてみることにした。

「実際のところ、どんな魔法が得意なんだ？　本当に風魔法なのか？」

「……」

人が質問しているのに、ハグレ魔族は完全に静かになってしまったな。

「もう面倒だから、一対一で戦った方が早いように思えてきた」

すでに俺の勝利だと思うのだけど、すぐにイーヴォが口を挟んでくるから、それなら魔法による模擬戦闘の方が早いような気がしてきた。

なにより時間が惜しい。

「ふんっ！　墓穴を掘ったようだな！　マインバッハ騎士爵家の魔法使いよ！」

だから、どうして魔法使いでもないイーヴォがそんなに偉そうなんだよ。

「アモス！　お前の得意な風魔法で、マインバッハ騎士爵家の魔法使いに勝利するのだ！」

自分が戦うわけじゃないからって、随分と勇ましいじゃないか。

肝心のハグレ魔族は、冷や汗をかいて顔が真っ青だけど。

「では、一対一の勝負を始めるとしようか」

三度目の正直になるといいな……と思いながら、俺とハグレ魔族は対峙した。

「（どんな魔法でくるか……風魔法なのかな？）」

対峙した二人の間に緊迫した空気が流れるが、先に魔法を放ったのはハグレ魔族の方であった。

「（『ウィンドカッター』か……）」

律儀《りちぎ》に、イーヴォに言われたとおり風魔法を使ってきたが、残念ながら大した威力ではなかった。

最初の氷魔法が、一番威力があると思う。

ハグレ魔族の放った『ウィンドカッター』は、急ぎ作った『魔法障壁』で弾《はじ》き返す。

「次はこっちだ！」

どうせ防がれるだろうが、相手を怯《ひる》ませようと思って『エリアスタン』を放った。

ところが……。

「がっ！　……かっ、体が……」

「おいっ、アモス！　風魔法だ！　早く風魔法を放つんだ！　ええい！　どうした？」

なんとハグレ魔族は、俺の『エリアスタン』をモロに食らってしまった。

ブランタークさんや導師なら、簡単に避《よ》けるかレジストしてしまうのに……。

「（本当に、実戦経験が皆無なんだな……）」

魔力量は中級だけど、魔法が使えるというだけで実戦にまったく慣れていない。

将来はともかく、今はそこまで脅威ではないのだ。

だから、こんなに簡単に戦闘不能になってしまう。

ただし、俺が上級魔法使いだからだけど……。

「おいっ！　アモス！　しっかりするんだ！　見事マインバッハ騎士爵領を占領した暁には、お前を筆頭魔法使いとして正式に雇ってやると約束しただろうが！」

「正規……雇用……」

「（やはり、そのワードに食いつきがいいな！）」

痺《しび》れて体が動かないにもかかわらず、それでも正規雇用を口にするハグレ魔族に、俺はもの悲しさを感じてしまった。

「だからといって、手加減する気は微塵《みじん》もないのだけど……。で、他にもいるのか？　俺と戦う魔法使いが。それとも、あんたが戦うか？」

さっきから余計な口ばかり出しているイーヴォに、一対一で戦うか聞いてみた。

ブレンメ男爵側に他に魔法使いがいるという情報はないが、もしイーヴォが勝負を受けたら話は早いかもしれない。

「ふんっ！　僕は次のブレンメ男爵なんだ！　平民と一対一で勝負なんてしたら、名誉が傷つくじゃないか！」

バウマイスター辺境伯である俺が当事者でない紛争に参加していることを公にしないために、魔法使いとして参戦しているわけだが、今回ばかりは俺の正体に気がつかないイーヴォの間抜けぶりに感謝だな。

「クソッ！　せっかくの魔族だったのに使えないな！　こうなったら……」

イーヴォは痺れて動けないハグレ魔族を放置して、そのまま自分の軍勢が集結している位置にまで逃げ去ってしまった。

そして……。

「ブレンメ男爵家諸侯軍の精鋭たちよ！　数では我らが圧倒的に有利なのだ！　一気に攻めれば勝てるぞ！　行け！」

自分だけ後方に下がり、領民たち主体の諸侯軍に突撃命令を出しやがった。

「とんでもないクズだな」

綺麗事の達人も、追い込まれればこんなものか……。

「旦那様、魔法で追い払いましょうか？　可哀想な気もしますが、数が多いのは確かです」

「リサの言うとおりよ。統制の取れない烏合の衆というのは厄介でな。もし彼らがマインバッハ騎士爵領内で暴れると損害が出てしまう。彼らは苛政のせいで貧しいからの」

リサとテレーゼが前に出てきて、俺に助言した。

確かに、なにも失うものがない連中ほど怖いものはない。

全面的にイーヴォに従っている人は少ないのだろうが、このまま貧しい生活を送るよりは、他の領地を奪い、他人から略奪してでも生活を変えたい、そこまで追い込まれているような人たちばかりなのだから。

「旦那、どうする？」

カチヤにも聞かれたが、俺には策があった。

「よし！　新作魔法を試そう！」

「新作？　旦那は器用だな。どんな魔法なんだ？」

「相手の心を攻める魔法かな」

威力のある攻撃魔法、暴徒鎮圧用の『エリアスタン』とは別に、もっと相手の体にダメージを与えず、その心をへし折って抵抗をやめさせる魔法。

俺ももう大貴族だから、こういう魔法も覚えて周囲の評判を気にする必要があると常々思い、密《ひそ》かに練習を重ねていたわけだ。

「旦那、ぶっつけ本番で大丈夫か？」

「任せなさい！」

もうその魔法自体はちゃんと使えるんだ。

あとは、いつそれをお披露目するかという状態だったから、考えてみたら今ほどそれに適したタイミングはないな。

「旦那、どんな魔法なんだ？」

「竜を召喚してみようじゃないか」

「「「「「「「「竜を？」」」」」」」」

カチヤ、テレーゼ、リサ、エリーゼを始め、ヴィッツ殿たちも驚きの声をあげた。

召喚魔法は存在しない……古代魔法文明は不明だけど……のに、いきなり竜を呼び出すなんて俺が言ったからだ。

「という名目で、実は幻術の類《たぐい》だけど」

竜を召喚する魔法の正体は、敵に対し竜の幻影を見せて驚かす魔法であった。

火、水、風と三系統の魔法を融合しないと使えない面倒くさい魔法だが、これは俺が何年も前から試行錯誤を繰り返して完成させた。

師匠が残した本にも記載されていない、俺だけのオリジナル魔法だ。

他にも研究した魔法使いがいるかもしれないが、少なくとも俺の周りでは使える魔法使いはいない……はず。

「あれば便利そうな気が……そうでもないかな？」

「魔物相手だと、幻術を見せても意味がないような気がするな。人間相手には有効かも」

竜の幻影で驚かせても、魔物は逃げるだけだろうからな。

カチヤの言うとおり、冒険者では使いどころが難しい魔法だ。

「魔物やその群れを、ある場所に追い込むために使うとか？」

「そんな力量がある魔法使いなら、すぐに魔物を倒した方が早いじゃん。やっぱり魔物相手だと、それほど便利じゃないかも。紛争では役に立つと思う」

カチヤの言うとおりで、完全な対人間用の魔法ってことか。

幻術で敵を惑わせる魔法使いって格好いいと思ったけど、なまじハードルが高いから、それを使える力量があるのなら、そのまま倒してしまう方が手間がかからないなんて……ロマンがない話だ。

「まあいい。これを見れば、ブレンメ男爵領のみんなも戦意を喪失するはずだ」

普通の人間の目の前に竜が出現したら、まず戦意を喪失するだろうからな。

「旦那！」

「おう！」

そんな話をしている間にも、彼らはこちらに向かって進行を続けていた。

イーヴォが命令したからだが、そのスピードは嫌々なので微妙であった。

「イーヴォのアホだけを捕まえるって手もあったんだが、あれ？　もういないな……」

あいつ、軍勢に突撃命令を出しておいて、自分はさらに後方に隠れやがったな！

「非常に残念ですが、イーヴォ様に先陣に立つ度胸はございません。自分は総大将だから自ら先陣に立つ猪《いのしし》武者のような真似はしない。それが知性ある貴族なのだ、と、本気でそう考える羨《うらや》ましい性格をしているのです」

領民のためとはいえ、ブレンメ男爵を裏切って情報提供をした身であるゾンバルトだが、後方で安穏としていられないと言って前線にいた。

そしてイーヴォの行動を見てやはりと思うのと同時に、残念でならないといった表情を浮かべている。

その言葉はえらく客観的なのに、イーヴォを思いっきり貶《けな》しているようにも聞こえるが、事実なので仕方がなかった。

「どうやら後方に隠れているようだな。イーヴォを魔法で狙うと、他の領民たちに犠牲が出るようにしているわけか」

「貴族の風上にも置けぬ奴じゃな」

イーヴォの貴族としての評価は、テレーゼが述べたこの一言で簡単にわかるというものだ。

「では、早速！　『イリュージョン』！」

別に魔法名を叫ぶ必要はないのだが、いきなり幻術で竜が出現したら味方が混乱してしまう。

叫んだのは、あくまでも味方への配慮のためだ。

「あれはなんだ！　化け物だ！」

「デカイ！」

「……」

「こら！　前に進め！」

「んだども……あんな化け物がでちゃあよぉ……」

突如、前方に巨大な竜が出現したショックは大きく、ブレンメ男爵家諸侯軍の足が完全に止まってしまった。

家臣たちが、動きを止めた領民たちに対し前に進むよう命令するが、凄腕《すごうで》の魔法使いでもなければ、ろくな武器も持たず竜に立ち向かうなんて無謀だ。

俺が魔法で出した巨大な竜の迫力で、敵は全員一歩も前に進めなくなってしまう。

「ええい！　こんなものはまやかしだ！」

一人だけ、俺の竜が幻影だと見破った家臣がおり、彼は領民たちを再び奮い立たそうと前に出た。

その直後、そんな彼の頭上を舐《な》めるかのように、俺の作った竜が火炎を吐いた。

「あちちっ！　火を吐いた！　あの化け物は本物なのか？」

竜は魔法で作った偽物だが、火炎は本物の火魔法だ。

あまりの熱さと、火達磨《ひだるま》にされるかもしれない恐怖で、その家臣も動きを止めてしまった。

「ブレンメ男爵領のみなに告ぐ！　これ以上前に進むのであれば、全員が竜の火炎で黒焦げとなるであろう！　それが嫌なら、無謀な進撃をやめて退け！」

魔法で作った竜の前に立ち、俺は彼らに撤退するようにと命じた。

もしこのまま前進するのであれば、この巨大な竜がお前たちを焼き尽くすであろうと。

「どうする？　俺が召還できる竜は一体だけじゃないぞ」

これは幻術なので、訓練の結果、何体も出せるようになっていた。

続けて四体の竜を出して、これで五体。

さらに、五体すべての竜が強烈な火炎を吐いて、ブレンメ男爵家諸侯軍を盛大に威嚇する。

「もっと出せるぞ。全員、ここで黒焦げになるか？」

さらに脅しをかけ、火炎を吐いたままの竜を一歩前進させると、それで彼らの気力は限界に達してしまったようだ。

「こんなの勝てねえだ！」

「みんな、逃げるぞ！」

「こら！　逃げるな！」

「じゃあ、あんたがあの化け物を倒せよ！」

「もうつき合いきれん！」

元々士気などあってなきがごとしのブレンメ男爵諸侯軍は、一瞬でバラバラに逃げ出してしまった。

一部家臣が領民たちを押し留《とど》めようとするが、誰一人として言うことを聞かない。

決していい領主ではないブレンメ男爵や、そのバカ息子のために死ぬのはゴメンなのであろう。

「旦那、やったな」

「ああ」

ブレンメ男爵家諸侯軍は、まるで溶けるようになくなってしまった。

「旦那様、肝心の総大将がいません」

「あいつ……」

領民たちよりも先に逃げやがったな！

とはいえ、これによりマインバッハ騎士爵領には平和が訪れた……とはいかないのが現実だ。

「共に犠牲なく勝利できたのはいいのですが、これって実は、なんの問題解決にもなっていないのでは？」

「そうですな。バウマイスター辺境伯様がいなくなれば、またバカなイーヴォが領民たちを率いて侵攻してくるかもしれません」

「くそっ！　厄介な！」

俺はゾンバルトとヴィッツ殿の意見に反論する術《すべ》を持たず、紛争というか戦争に勝利したにもかかわらず、バウマイスター辺境伯領にはまだ戻れないことが確定してしまった。

イーヴォのバカをどうにかしないと……。

「とにかく紛争はまだ終わっていませんので、最後まで対応していただけると大変にありがたいのですが……」

「……そうだよね……」

「またイーヴォが領民たちを率いて攻めてきたら、マインバッハ騎士爵家も破産してしまいますよ。今回でいくら経費がかかったか……」

ヴィッツ殿の泣きそうな表情を見てしまった俺は、この騒動が完全に解決するまでこの場に留《とど》まることを決めたのであった。


「あの……あなた。ハグレ魔族の方はどうしましょうか？」

「……治療して事情を聞くか……」

哀れ、イーヴォに見捨てられたハグレ魔族はまだ地面に倒れ伏しており、俺はエリーゼにその救護も頼むのであった。

第六話　紛争の終わらせ方

「まあ今回は様子見かな。僕の戦術の正しさは証明されたわけだし、これは実質、僕の勝ちだ」

全領民たちを率いて、マインバッハ騎士爵領に攻め込んだ兄が逃げ帰ってきた。

あきらかに敗北だと思うけど、肝心の本人は、今回は様子見で判定では勝利だったと、バカみたいなことを言っている。

一体、これのどこが勝利だというのかしら？

是非一度、兄の頭の中を開いて詳しく調べてみたいものね。

ほぼ全領民たちを率いて紛争を行い、犠牲者は一人も出なかったけど……あれ？

「お兄様、助っ人の魔法使いの方がいませんけど……」

彼は魔族だから優れた魔法使いであり、今回の切り札ではなかったのかしら？

「あんな口だけの奴などもう必要ないさ。僕は気がついた！　領民たちみんなで紛争を仕掛ければ、次は確実に勝利できると！」

相変わらず、なにもわかっていないのね……。

もし再び全領民の総動員なんてバカみたいなことをしたら、領内で唯一の産業といっていい小麦の栽培に影響が出てしまう。

大体、農作業のことも考えないで全領民を徴集する貴族なんて聞いたことがないわ。

「次は勝てる。あの魔族は使えない魔法使いだったが、あいつがいないとわかれば、マインバッハ騎士爵家の助っ人魔法使いもすぐにいなくなるさ。マインバッハ騎士爵家に、魔法使いを長期間雇用する金銭的な余裕なんてないのだから」

「だといいがな」

「父上、なにか？」

と、ここで突然、兄の出兵を止めるどころか、大失敗して廃嫡の理由を作ってくれることを望んでいた父が、珍しく兄に声をかけた。

大分機嫌がいいように見えるけど、兄が失敗したと思っているからね。

もっとも、もし父が兄の廃嫡に成功しても、父は兄以上に人気がないのだけど。

「兄上、紛争の勝ち負けはともかく……」

「イヴァンカ！　紛争ではない！　これは戦争なのだ！　それも長期戦に移行した！　だからこそ、僕の優れた指導力が必要となる！」

一度も刃《やいば》を交えず逃げ帰ってきたのだから紛争でもいいような気もするけど、兄は戦争だと強く言い直した。

そしていまだ戦争は終わらず、長期戦になったのだと、一人自分の発言に酔っている。

好きに思えばいいけれど、領民たちよりも先に逃げ帰ってきた兄が言っても説得力がないわね。

本人は逃げ帰ったのではなく、自分が死んだら誰がブレンメ男爵家を率いるのだと、本気で思っているのでしょうけど。

そういうおめでたい思考回路は、ある意味とても羨《うらや》ましいと思う。

いくら自分が失敗しても、決して凹《へこ》まないで済むからだ。

「すべての領民たちを兵として集めたので、畑仕事に遅れが出ています」

当たり前の話だけど、この数日、紛争の準備で忙しかったからろくに農作業ができていない。

このままだと、今年の収穫量が落ちるかもしれなかった。

だからといって、その分を加味して税を下げるなんてこともしないのだ。

下手をしたら、領民たちが反乱を起こすわよ。

「勝てばいいのさ。勝てば」

それは勝てればいいけど、勝てると言うだけで勝てるのなら、世の中誰も苦労しないと思うわ。

それに……。

「イーヴォ様」

「なんだ？」

「お金がないのですが……」

「金がない？」

「はい」

借金だらけの我が家だけど、税収と商人からの借り入れを元に、金庫番であるゾンバルトが、どうにか破綻させないよう懸命に努力していた。

彼がいなくなり、兄がその後釜に据えた家臣は、お世辞にも財政に詳しいとはいえなかった。

兄は、能力よりも自分への忠誠心でその人物を引き上げたのだから当然よ。

彼は兄に逆らわない。

ゾンバルトは兄から嫌われる覚悟で、今にも潰《つぶ》れそうなブレンメ男爵家がどうにか破綻しないように保ってきたけど、兄が任じた家臣にそれはできない。

加えて今回の出兵だ。

いくら集めた領民たちになにも支給しないとはいえ、紛争で経費がかからないはずがないわ。

そしてその経費は、今にも破綻しそうなブレンメ男爵家には致命的だった。

「商人から借りればいい」

「さすがに、もう貸してくれないと思います」

「それをなんとかするのがお前の仕事だろうが！」

兄に怒鳴られ、新しい財政担当者は委縮してしまった。

ゾンバルトなら絶対に無駄な出費はさせないし、もしもの時に当座の金を借りるところを数ヵ所確保しているけど、新しい財政担当者には不可能な相談だ。

兄は彼の不手際に怒っているけど、そもそもの財政破綻の原因は兄が主導した無駄な出兵にある。

ところが、兄には自分が悪いのだという自覚なんてない。

兄は、自分がミスなんてしないと本気で思っているのだから。

なにが長期戦よ。

長期戦っていうのは、お金や物資に余裕がある人がするものなのだから。

「金が借りられないだと？」

「今ある借金の利息をある程度払うか、元本を減らさなければ難しいかと……」

商人たちも、ブレンメ男爵家から生かさず殺さず搾り取っているけど、無限に借金ができるわけがない。

それでも、これまではゾンバルトが上手《うま》く交渉していたのだけど、新しい財政担当者では新たに借金ができなかったようね。

兄の考えた長期戦とやらの現実は、こんなものよ。

「どうしましょうか？」

これがゾンバルトなら、兄と喧嘩《けんか》してでもなんとかしたはずだけど、この財政担当者は兄の言いなりになることで今の地位を得た人だ。

こうなったら独自になにかをできるはずもなく、ただ兄に対しお伺いを立てるのが精一杯なのだと思う。

「金がないのか……よし！　一時仲直りだ！　マインバッハ騎士爵家に金を借りに行け！」

「はい？」

「だから、マインバッハ騎士爵家に金を借りに行くんだ！　大昔の兵法にあるだろうが。敵から金を借りれば、こちらの資金は増え、向こうは金が減る。どうせ併合する敵の領地の金だ。返す必要もないから最高の策だな」

それって確か、戦の時に敵の物資を奪うのは有効って書かれた兵法書の記述からだと思うけど、自分が戦争をしている相手から金を借りる？

兄は、マインバッハ騎士爵家が了承すると本気で思っているのかしら？

この策には、さすがに彼に言いなりの家臣も目を丸くさせていた。

「敵対している我が家に対し、向こうがお金を貸すとは思えませんが……」

「それをなんとかするのがお前の仕事だ。行ってこい！」

「わかりました……」

兄が任命した新しい財政担当の家臣は、渋々敵であるマインバッハ騎士爵領へと向かったけど、今私は理解した。

きっと兄は、貴族としてというよりも、人間としてなにかが決定的に足りないのだと。

ブレンメ男爵家なんてなくなってもいいから、いい加減終わってくれないかしら。

＊＊＊

「ええ……いくら残業しても、残業手当がつかなくてですね。体と心を壊して辞めてしまう人も多くて……」

「それは大変だったな」

「魔法なんて使ったことがなかったんですけど、人間の国で魔法使いとして働けば、貴族のような生活が送れるって聞いて、懸命に海を越えてきたのです」

「なるほど……」

俺の『エリアスタン』で動けなくなり、イーヴォに見捨てられたアモスという名の魔族であったが、エリーゼが治癒魔法で治し、俺が事情を聞いてあげたらこちらを信用してくれたようだ。

どうやら雇い主であったイーヴォからタダ働きさせられていたようで……あいつ、変に口が上手いところがあるからなぁ……。

その手のブラック企業的な話は、前世の自分のことを思い返すと身につまされるが、元々魔族は現代日本人にメンタルが似ている部分がある。

つい長々と話を続けてしまった。

「その考えは間違ってはいないんだ。だが、魔族の国でもホワイトなところと、ブラックな勤め先があるだろう？」

「はい」

「ブレンメ男爵家は、究極のブラックだぞ」

金もないし、トップも無能で、いざとなると自己保身の塊なのだから。

「やっぱりそうだったんですね……」

「それにだ。魔法使いを戦争に駆り出す時点で、その貴族は終わっている。魔法を富の生産、開墾や治水、インフラの整備に用いようとする貴族に雇われないと」

「確かにそうだ！　戦争はなにも生み出さない！」

「だろう？　そこでだ。君にお勧めの勤め先がある！」

「それはどこでしょうか？」

ハグレ魔族を殺すわけにいかない以上、屈服させたあとどうするか？

その答えは、ブライヒレーダー辺境伯家に送り込む、であった。

あそこには魔法使いがする仕事がいくらでもあり、しかも大貴族なので待遇がとてもいい。

実際のところ、あちこちで騒ぎを起こしているハグレ魔族たちはブランタークさんと導師によって抑え込まれ、説得ののちにブライヒレーダー辺境伯領に送られていた。

ハグレ魔族を牢屋《ろうや》に入れて管理するのも難しいし、あとでゾヌターク共和国の政治家が『人権侵害だ！』と騒ぐかもしれないからだ。

それなら、ブランタークさんの代わりにブライヒレーダー辺境伯領で仕事をさせた方がいいという結論に至っていた。

俺が、ブライヒレーダー辺境伯に助言した結果だけど。

なお、バウマイスター辺境伯家への仕官は、すでに奥さんたちのせいで他の貴族たちから嫉妬されているのでできなかった。

「ストレートに聞くけど、君は魔法で人を殺せるのか？」

「いえ……無理です……私は血が苦手なので……」

もしそれができたら、とっくにマインバッハ騎士爵家諸侯軍に向けて攻撃魔法を放っていただろうからな。

「それなら、ブライヒレーダー辺境伯領で農地を開墾し、河川を治水し、道や橋や港を作り、魔導飛行船を飛ばす魔力を提供して、給金を貰《もら》った方がよくないか？」

「はい。ご紹介していただけるのなら……」

「すぐに連れていってあげるよ。君の先輩たちも、楽しく働いているぞ。魔法をもっと覚えて、さらに色々なことができるようになったら、給金も上がる」

俺は、事前にブライヒレーダー辺境伯と相談して自作した雇用条件を魔族に見せた。

「えっ？　こんなに貰えるんですか？」

「なにを言う。これは最低の条件だぞ。君の魔法が上達して仕事量が増えたら、もっともっと給金が上がる。しかも……」

「しかも？」

「正規雇用です！」

「正規雇用……やったぁ――――！」

リンガイア大陸における正規雇用の概念は曖昧だけど、ブライヒレーダー辺境伯に言わせれば、仕事なんていくらでもあるので、好きなだけいてくれていい。

それに対し、成果に見合った給料を支払うだけなのだからと。

「(魔族の国では、魔法使いはあまり使い道がないけど、このリンガイア大陸ではいくらでも仕事があるからなぁ)」

殺すわけにはいかないし、かといってこのまま祖国に強制送還しても、すぐここに戻ってきてしまうかもしれない。

そこで、魔法という特殊技能を持つ家臣として雇い、ハグレ魔族の現状をなるべく把握しておく。

陛下とヴァルド殿下、そしてペーターにもそう意見したが、それが一番いい、それしかないだろうと言われて採用された。

導師の各地への派遣は、陛下とヴァルド殿下の許可があってのことなのだから。

「じゃあ、すぐに行こうか？」

「お願いします。ああ……夕方までの定時上がり、決められたお休み、そして給料が月に金貨二枚。ホワイトすぎる！」

日本円にして年収二千四百万円だけど、実は魔法使いでは最底辺の方だ。

多分、彼ならすぐに給料が大幅に上がるだろう。

俺はハグレ魔族を『瞬間移動』で運び、ブライヒレーダー辺境伯領に届けた。

「実にいいことをしたな」

働き口に悩んでいた若者たち（魔族）にいい仕事を紹介する。

そうして彼らの喜ぶ顔を見ていると、善行で徳を積んだ気分になるのだ。

「……」

「どうかしたのか？　カチヤ」

「いやあ……旦那がさぁ……。以前知り合った、口八丁手八丁で鉱山で働く人たちを勧誘する斡旋《あっせん》業者に似ているなって思ってさぁ……」

「俺は、人を騙《だま》してブラックなところに送り込む悪人じゃないぞ！」

「そんなに強く言うことか？」

「この件では譲れないな！」

それは絶対にないと、カチヤに対し強く言いたい！

なぜなら、俺には魔族たちの気持ちが誰よりもわかるからだ。

「ヴェンデリンの助言でブライヒレーダー辺境伯が作った『魔法使い斡旋所』じゃが、魔族たちは逃げることなく、楽しそうに暮らしていると聞くがの。しかし、よくこんな手を思いつくものじゃ」

「ハグレ魔族に対して、なにも強く抑えつけるだけが能じゃないのさ」

全員が魔法使いであり、これからも自由に大陸間を出入りするであろう魔族たちを力だけで抑えつけることなんてできない。

だからこのように、その能力をリンガイア大陸の発展に生かしてもらえばいいのだ。

「あなた、これで無事に解決ですね」

エリーゼは犠牲者が出ずに紛争が終わって安堵《あんど》しているようだけど、実はまだこの紛争が終わっていないことにすぐに気がつかされるのであった。

＊＊＊

「……ごめん、もう一度言ってくれないか？」

「はい。ですから、お金を貸してほしいと思いまして」

「「「「……」」」」

世の中には、『まさかこんなことが！』という出来事が突如発生することもある。

俺の幻術でブレンメ男爵家諸侯軍というか、領民たちを撤退させた翌日、ブレンメ男爵家から使者が来た。

裁定の件だと思ってマインバッハ卿たちと共に話を聞くと、ブレンメ男爵家には金がないので貸してくれとのことだった。

あんまりな言い分に衝撃を受け、話を聞いていた全員が口をあんぐりとさせたまま硬直してしまう事態となった。

この世のどこに、現在紛争中の敵に対し借金を申し込む貴族がいるというのか……目の前にいたな。

「使者殿、それは勿論《もちろん》冗談なのであろう？」

「いえ、本気です。我々にはお金がないのです。もしお金を貸してくれない場合、我が領民たちが各々武器を持ち、マインバッハ騎士爵領のみならず、隣接するすべての領地に侵攻するでしょう」

使者としてやってきた家臣の目は据わっていた。

どうやら自分なりに、イーヴォからの無理難題をなんとか解決する手段を考えたみたいだ。

持たない者の強みを生かし、もしお金を貸さないと、武装した領民たちをバラバラに他領に侵攻させ、この地域のすべてを破壊してやると言ってのけたのだ。

もはや貴族としてのプライドもかなぐり捨て、完全に開き直ったブレンメ男爵家に対し、マインバッハ卿と援軍を出している貴族たち、そして俺たちも絶句してしまった。

「(ブライヒレーダー辺境伯に……)」

ブレンメ男爵家の使者からのあまりの言い分に、俺はすぐに魔導携帯通信機を用いてブライヒレーダー辺境伯から指示を仰いだ。

『ブレンメ男爵家をここまで放置したツケですか……ちょっと待ってください！』

さすがのブライヒレーダー辺境伯も慌てたらしい。

関係各所と協議をする時間が欲しいようで、一度通信を切った。

「で、もう一人の辺境伯様である旦那はどうする？」

「俺は、フリーの魔法使いヴェンデリン！」

「事ここに至って、そんな理屈は通用せんぞ」

テレーゼに釘《くぎ》を刺されてしまった。

面倒だから考えたくもないんだが……。

「（さて……どうしたものか……）」

いい策が思いつかなかったので、俺も魔導携帯通信機を用いて、王都にいるはずの大物貴族に通信を入れてみた。

『珍しいな。バウマイスター辺境伯の方から通信してくるとは。なにか火急の用件かな？』

「ええ、思わぬ事態が発生しまして。ご相談をと……」

通話の相手は、数ヵ月前に交代したばかりの内務卿ブレンメルタール侯爵であった。

彼は内務閥の重鎮で、国内の貴族管理の専門家でもある。

専門家ではあるのだが、長年ブレンメ男爵家を放置してきた戦犯でもあった。

「ブレンメ男爵家ですが、潰していいですか？」

『それは駄目だ！』

ブレンメルタール侯爵は、即座にブレンメ男爵家を潰す案を却下した。

『貴族の取り潰しなど、そう頻繁にあっていいことではない。熟慮の末に決めるものだ』

「ですが向こうは、女性や子供まで動員して攻め込もうとしたんですよ。到底返しきれない多額の借金もありますし……」

俺は、他人に迷惑しかかけないブレンメ男爵家など潰してしまえと意見したが、ブレンメルタール内務卿は意地でも認めなかった。

「（まさか、ブレンメルタール内務卿とブレンメ男爵家は親戚同士とか？）」

名前も似ているからな。

『とにかくだ。南方で小規模な紛争があったのは理解した。ちょっと動員数が多いだけで、大騒ぎすることはないと思う。ハグレ魔族も穏便に無力化したのであろう？　ブレンメ男爵家の借金も、金を借している商人たち側からなにか要求があったわけでもないからな。バウマイスター辺境伯、穏便に解決してくれ』

最後にそう言うと、ブレンメルタール内務卿は通信を切ってしまった。

「そんな穏便に済むなら、俺が参加しとらんのじゃ！」

現場を理解しないブレンメルタール内務卿に対し、俺はぶち切れて言葉を荒らげた。

ちなみに、魔導携帯通信機には当たったりしない。

高価で貴重な魔道具だから、壊れたら勿体《もったい》ないじゃないか。

道具に当たるくらいなら、先にブレンメルタール内務卿の方を殴り飛ばしに行くと思う。

しかし、一番の問題だと思っていたハグレ魔族の問題が意外と早く片づいて、いわゆる『無敵の貴族』であるブレンメ男爵家の処置に手こずるなんて予想外だった。

「旦那、落ち着けって。アマーリエさん」

「ヴェル君、お茶にしましょうね」

援軍を寄こした貴族たちが、俺が見染《みそ》めるかもしれないと思って連れてきたご令嬢たちを屋敷に閉じ込めてきたアマーリエ義姉《ねえ》さんは、もうブレンメ男爵家の軍勢もいないので俺の世話役として戻っていた。

珍しくぶち切れた俺に焦ったカチヤは、すぐに鎮静効果のあるアマーリエ義姉さんにその処置を依頼した。

さすがはベテラン冒険者で経験も豊富なカチヤ、すぐに効果的な手を打ってくるな。

「旦那、ブライヒレーダー辺境伯様も動いているみたいだから、あとで話を聞いてから判断しようぜ」

「そうだな」

「そうね、カチヤさんの言うとおりよ。お茶とお菓子を準備するわね」

戦場になりかけた領地境において、複数の諸侯軍が万が一に備えて待機を続けている最中であったが、俺たちやマインバッハ卿たちはこれからのことを話し合うべく、お茶の時間を取ることにした。

今日はマインバッハ騎士爵家の娘に相応《ふさわ》しい服装をしたアマーリエ義姉さんが、俺たちや貴族たちにお茶を淹《い》れていく。

「お館《やかた》様、落ち着かれましたか？」

「ええ」

他の貴族たちもいるので、アマーリエ義姉さんはあくまでも俺に仕える侍女長という立場で話しかけてきた。

「父上も、アダー準男爵様も、オーケン準男爵様も、ディースカウ様も、ゴスリヒ様も、ノイマン様もお茶をどうぞ」

「これはすみません」

「アマーリエ殿自らとは、光栄ですな」

「若い女性に淹れてもらったお茶は、それだけで美味《おい》しいものですからな」

「お茶を淹れる腕前も素晴らしいです」

「本当に」

勿論他の貴族たちは、彼女が俺の寵愛《ちょうあい》を受けていることは知っているし、マインバッハ卿の娘ということもあり丁寧に接していた。

「ブレンメルタール内務卿の態度は気になるな。どうしてやらかしたブレンメ男爵家を潰さないんだろう？」

情報がないのでなんとも言えないが、あんな家、残しても意味がないと思う。

親戚だから庇《かば》っているのかもという疑惑は、真実なのであろうか？

「いいえ、両家の間にはなんの関係もありません」

俺の疑問に、マインバッハ卿の後ろに控えていたゾンバルトが答えてくれた。

「じゃあどうして？」

「私には想像がつきますが、もう少しでブライヒレーダー辺境伯様が教えてくれると思います」

ゾンバルトの予想どおり、それからすぐにブライヒレーダー辺境伯から通信が入った。

『ブレンメ男爵家を潰さない理由ですが、答えは簡単です。面倒だからです』

「面倒って……本当にそんな理由なんですか？」

あんまりな理由に、俺は呆《あき》れてしまった。

『勿論それだけじゃないですけどね。中央の大物法衣貴族たちなんてそんなものですよ。マインバッハ卿には失礼な物言いになってしまいますが、南部の小さな領地を持つ貴族同士の紛争なんて、ブレンメルタール内務卿は気にしていないのです。唯一弁解する点があるとすれば、他にやるべき仕事が沢山あって忙しいというのもありますけど……。ハグレ魔族の件もありますからね。彼らを手に入れて暴走する貴族たちの対処は、ブレンメルタール内務卿の管轄なんです』

「ブライヒレーダー辺境伯殿の仰《おつしや》るとおりですな」

いつの世も、中央官僚の地方への無関心さは同じか。

マインバッハ卿も、ブライヒレーダー辺境伯の考えに賛同した。

実際に無視されている方だから、実感があるんだろうな。

百年近くも、あのおバカなブレンメ男爵家が放置されていたのだから。

ハグレ魔族を手に入れてハッスルしているバカな貴族たちへの対処で忙しいという点のみ、同情するけど。

『もう一つ、貴族はできる限り貴族を潰したくないのです。家が潰されるというのは、規模に差はあっても、貴族からすればトラウマレベルの恐怖なので』

「カタリーナの実家はどうなのです？」

あそこは、大貴族の思惑で容赦なく潰されたけど。

『ルックナー男爵家は、あれだけの不祥事を起こして潰れていません。ルックナー財務卿の孫娘とローデリヒさんの子供が継承するので、それまで本家であるルックナー侯爵家預かりという扱いです。両者の違いがわかりますか？』

両者の違い？

なんだろう？

「旦那、爵位の差じゃないかな？」

「ブレンメ男爵家は、『本物』の貴族だから……」

アマーリエ義姉さんがそっと呟《つぶや》いた。

本来、準男爵以下の貴族は本物の貴族ではない。

実は子供が家督を継ぐ権利すらないのだが、当主が死ぬ度にいちいち他人を任命し直していたら、王国政府にいくら時間があっても足りなくなってしまう。

準男爵以下の貴族で、親族に継承権が発生するのは王国側の都合であった。

この点は帝国でも同じで、つまり準男爵以下は本物の貴族と見なされていないのだ。

一方、男爵以上には本物の継承権が付与されているので、真の貴族扱いであった。

男爵以上の貴族を潰すのは面倒というか、官僚的で事なかれ主義の法衣貴族からすると嫌なわけか。

「騎士爵家であったカタリーナの実家は潰しやすかったってわけだ。うちの実家も同じで、吹けば飛ぶような零細貴族だからなぁ」

「でも、ブレンメ男爵家は本物の貴族なの。いくら借金まみれでも、領地が荒廃していても、隣の騎士爵家や準男爵家に迷惑をかけても、そう簡単に潰さないわけ」

「その点は、王国も帝国も同じじゃな」

酷《ひど》い話だな。

ブレンメ男爵家は、本物の貴族だから潰さないってわけか。

「ブライヒレーダー辺境伯、どうします？」

『このまま放置すると、またしばらくしたら蠢動《しゅんどう》するでしょうね、ブレンメ男爵の嫡男は』

彼の根拠のない自信と、行き当たりばったりな行動はともかく、なにをしても家が潰れないのであれば、あいつはまた同じことを繰り返すだろうな。

「それに常に備えていたら、いくらお金と物資があっても足りませんよ」

失うものがないブレンメ男爵家の無茶につき合っていたら、周辺の貴族たちまで困窮して財政破綻しかねない。

もしそうなったら、その始末をするのはブライヒレーダー辺境伯家である。

彼からしたら、今回できっちりとケリをつけたいのであろう。

「ブレンメルタール内務卿以外の人に相談しなかったのですか？」

『私的な意見としては、別に潰しても構わないと言う人はいますね』

ただし、ブレンメルタール内務卿の職権を侵してまで、こちらの味方はしてくれないわけか。

「ルックナー財務卿とかは？」

『あの人は、弟の家の件がありますからね。表向きはアンデッドに襲われた不幸な事故って話になってますけど、バウマイスター辺境伯やその領地に色々と仕掛けて、陛下もよく思っていませんでしたので……』

ブレンメ男爵家を潰した方がいいなんて言うと、ブレンメルタール内務卿から『じゃあ、お前のクソだった弟の家はどうなんだよ？　不公平じゃないか！』と反論されてしまうのか。

『バウマイスター辺境伯、なにかいい策はありませんかね？』

「やはり潰すのが一番いいと思いますけど」

取り潰して、ブレンメ男爵領は王国に返還でいいんじゃないのかな？

王国は直轄地が増えるし、他の貴族に褒美で与えてもいいのだから。

『あんな領地、貰っても罰ゲームですよ。誰も欲しがりませんって。王国からしても、あの領地を没収するのが嫌だから、ブレンメ男爵家を潰さずに放置しているって理由もあるのですから』

直轄地にしてしまえば、ちゃんと統治しないといけない。

百年以上も領地経営に失敗している場所だから、王国の一方的な持ち出しになってしまうのか。

『領地の広さから考えますと、男爵か子爵に与えるのが常識ですけど、王都にいる法衣貴族たちでブレンメ男爵家の悪行を知らない人はいません。その旧領を与えるなんて王家から言われたら、罰だと思いますね、確実に』

ある意味、凄《すご》いな。

ブレンメ男爵家を潰せる人がいないというわけだ。

とばっちりを食らうのが嫌だからという理由で。

ブレンメ男爵とイーヴォは、いわゆる『無敵の人』なのであろう。

『バウマイスター辺境伯、ここは若い頭脳でなにか良案を……』

と言われてもなぁ……下手にブレンメ男爵を併合しても、不毛な土地の立て直しで持ち出しが多く、大赤字になるのか……。

「旦那がいれば、赤字も減るんじゃないかな？」

「えっ、その策で行くの？」

不幸なことに、カチヤが俺が頭の片隅で考えていた策を思いついてしまったみたいだ。

確かにこの方法なら、それほどお金はかからない。

その代わり俺がもの凄く大変なのでできれば避けたいところだが、ここで中途半端に放置すると、またブレンメ男爵家がろくでもないことを考える可能性が高い。

再びイーヴォがハグレ魔族を騙して雇ったりしたら、また俺たちが呼び出されてしまう。

これから何度も呼び出されるよりは、一回で終わらせる方が最終的には楽なのか……。

「疲れそうだなぁ……」

「あたいも手伝うからさ」

「リサと妾《わらわ》もおるぞ」

「エリーゼさんも」

「あなた、ここは乗りかかった船ですから……」

「お館様、申し訳ありません」

「いえ、アマーリエ義姉さんのせいじゃないので」

「これ以上無理をしなくてもいいのよ。うちの実家はもう十分色々としてもらっているから」

魔導飛行船の発着場を魔法で工事したり、週に二回船が来るようになったのは、あきらかに俺が贔屓《ひいき》しているからだ。

今回、周辺の貴族たちが援軍と一緒に娘を連れてきたのは、アマーリエ義姉さんみたいに二匹目の泥鰌《どじょう》を狙ってのことであろう。

これ以上色々とやるのはよくないかもしれないけど、これからもブレンメ男爵家が度々マインバッハ騎士爵領にちょっかいをかけてきた場合、アマーリエ義姉さんも心配だろうからな。

ブライヒレーダー辺境伯としても、その度に即応性がある俺に応援を依頼するだろうから面倒になる。

「なにより、そう都合よく俺が応援に行けるとは限りませんよ」

もしローデリヒが、ハードスケジュールを組んでいたらアウトだな。

「もうこうなったら、一度で決着をつけてしまいましょう」

『それがいいですね。経費はある程度こちらでも負担しますし、小うるさいブレンメルタール内務卿への対応は私がやっておきます』

ブライヒレーダー辺境伯が盾になってくれるのなら、ブレンメ男爵家の取り潰しに反対なブレンメルタール内務卿は無視できるな。

本当、現場も知らないのに嫌な奴だ。

「あの……バウマイスター辺境伯殿？」

「マインバッハ卿、進撃開始です」

「ええっ!?」

ブライヒレーダー辺境伯との打ち合わせは終わった。

マインバッハ卿がこれからどうするのか尋ねてきたが、無論ブレンメ男爵家を潰すのみ。

「マインバッハ騎士爵領に攻め込んできたブレンメ男爵家に懲罰を与えるべく、マインバッハ卿は全軍をブレンメ男爵領に差し向け、その領地を占領するのですよ」

「あの……私は……」

残念、あんな広大で荒れ果てたブレンメ男爵領なんていらないとは言わせない。

ブライヒレーダー辺境伯が承諾し、俺が領地整備に協力する以上、マインバッハ卿がブレンメ男爵領を統治することはもう決定したのだ。

「この平和な世の中に領地を広げる。マインバッハ卿、これは貴族としての本懐ですよ」

「では、ブレンメ男爵家の領地は、バウマイスター辺境伯殿が……」

「お祖父様《じい》、急ぎブレンメ男爵領に向けて進撃しましょう！」

「ほら、サウスマインバッハ騎士爵家の当主殿も賛成していますよ」

「カール……」

マインバッハ卿の傍《そば》にいたカールも、ブレンメ男爵領への侵攻に賛成だった。

その理由が、ブレンメ男爵家の娘のためなのは……目を瞑《つむ》るとするか。

彼女が心配なんだろうし、これが若さってやつさ。

「急に広大な領地を貰っても……」

「早速、進撃開始だ！　カール、遅れるなよ！　オスカーも！」

「「はいっ！」」

俺はマインバッハ卿に最後まで意見を言わせず、彼を強引に総大将とし、カールとオスカーも連れてブレンメ男爵領へと侵攻を開始するのであった。

＊＊＊

「若様！　大変です！」

「どうかしたのか？」

次はマインバッハ騎士爵家に対しどう動くか考えていたら、突然家臣が血相を変えて飛び込んできた。

何事かと尋ねたら、とんでもないことを口走り始める。

「マインバッハ騎士爵家が攻めてきました！」

「まさか！」

そんなバカな話があるか！

たかが騎士爵家の分際で、この歴史あるブレンメ男爵領に攻め込んだだと？

マインバッハ卿め、ふざけた男だ！

「紛争で相手の領地に攻め込むなんて、ルール違反じゃないか！」

これだから、外部から魔法使いを雇うような卑怯《ひきょう》者の貧乏騎士は！

「先に自分が攻めておいて、自分が攻められない保証なんてないがな」

「父上、なにか文句でも？」

「いいや、ただ自分の意見を言っただけだ」

そもそも、我がブレンメ男爵家が没落したのは、あんたも含め先祖たちが全員大バカ者だったからだ。

もはや通常の方法では家を立て直せず、人が苦労している時に文句ばかり。

大半の家臣たちに無視され、今は実権を握っている僕を追い落とそうと批判を始めたのか？

もし家臣たちに話を聞いてもらいたかったら、貴族らしく敵軍を迎撃したらどうだ？

どうせ臆病者のあんたにはできないだろうがな！

「全領民たちに対し、侵略者に徹底抗戦するように命じろ！」

ここを凌《しの》げば、領地防衛に成功した戦功で、私の指導力が評価される。

ブレンメ男爵家を立て直す時間的な余裕が与えられるのだ。

「それが……領民たちはこぞって降伏しておりまして……」

「そんなバカな！」

「また例の魔法使いが、例の化け物を召喚しているそうで……」

戦闘に慣れていない領民たちは、マインバッハ騎士爵家が雇った魔法使いの召喚魔法とやらで呼び出された化け物に恐怖し、みんな一戦もせずに降《くだ》ってしまったと家臣が報告してきた。

「こちらの戦力は？」

「二十名も集まれば多い方かと……」

それでは、防衛戦闘なんてできないじゃないか！

この屋敷に、籠城《ろうじょう》を行える設備など存在しないのだから。

ええい！　金があれば、男爵家に相応しい館を建設できていたのに！

「もはや戦えまい。降るしかないな」

「父上！」

お前はそれでいいよな！　きっと裁定の席で僕の不手際を責め立て、跡取りに相応しくないといって廃嫡すればいいのだから。

どうせブレンメ男爵家を取り潰しなんてできないし、王国政府もそれは認めないはず。賠償金も、ない袖は振れない。

払わずに誤魔化すことも可能であろう。

そしてこいつは、再び実権のある領主として復活を遂げるわけだ。

僕の代わりの跡取り……イヴァンカに婿を取らせるつもりか！

そうやってお前だけが、また得をする。

貴族のくせになんと卑怯な……。

お前みたいなのが領主だから、我がブレンメ男爵家は駄目なままだというのに！

「できもしない改革とやらのせいでこの様《ざま》だ。イーヴォ、責任は取ってもらわないとな」

「貴様！」

「それが父親に対する言葉か？」

「お前なんて、父親と呼ぶ価値もない！　こいつを捕らえよ！」

相変わらずバカな男だ。

ここにいる家臣たちは、全員お前なんて見捨てているというのに。

愚かなお飾り領主は、すぐに家臣たちに捕らえられてしまった。

「若様、どうしましょうか？」

「まずは、表に出て戦況を把握しなければな」

「お父君はどうしますか？」

「縛ってから放置しておけ！」

家臣からお館様と呼ばれないとは、お前の権威も地に落ちたものだな。

「最悪、領内に潜むことも検討しなければな」

もしブレンメ男爵領をすべて占領したとしても、いつまでも大規模な諸侯軍を維持できまい。

敵の占領体制が緩んだところで、私が家臣や領民たちに蜂起を呼びかければ、すぐにまたブレンメ男爵領は復活する。

「僕は諦めないぞ！　必ずやマインバッハ騎士爵領と魔導飛行船の発着場を押さえ、この地域の交通と流通を一手に握り、ブレンメ男爵領を立て直すのだ！」

一度や二度の敗戦など、この戦力なら当たり前。

ここで諦めてどうするというのだ！

「ついてこい！」

「「「「ははっ！」」」」

縛ったバカはこのまま放置で構わない。

できれば、このまま占領軍に殺してもらいたい気分だ。

そうなれば自然と僕が次のブレンメ男爵となり、この役立たずも使い道があったことになる。

死んで役に立つとは、さすがは無能な男だ。

ブレンメ男爵家復活のため、僕たちを逃がすために命を捨てたとか、適当に話を作っておけば、疑うことを知らない領民たちは感動するであろう。

「兄上？」

「イヴァンカ、お前は静かにしておけ」

まあ、紛争で貴族令嬢に手を出すアホもおるまい。

とにかく今は、僕は一刻も早く身を隠さねばならないのだ。

「イヴァンカ、僕は必ずブレンメ男爵家を復活させる！　これからの僕の活躍を見ておくがいい！」

妹にそう言い残し、僕と数名の家臣たちは勢いよく屋敷の扉を開けた。

ところが、屋敷の入り口自体がなにかで塞《ふさ》がっているようで、外に出られなかった。

「うん？　屋敷の入り口を塞いでいるものはなんだ？　硬いな……」

「若？」

「とにかく邪魔だな。どかせ」

「わかりました」

早く逃げないといけないのに、人の屋敷の前になにやら勝手に置いて……。

あれ？　誰がこんなものを、それも屋敷の正面扉の前に置いたのだ？

「若ぁ……」

「化け物だぁ――――！」

「殺される！」

化け物？　お前たちはなにを言っているのだ。

このブレンメ男爵領に魔物など存在しない……待てよ、確かマインバッハ騎士爵家が雇った魔法使いが化け物を召喚していたな……。

僕たちの進路を塞ぐ巨大な塊、一体どれほどの大きさなのかと見上げてみたら、それは全高十メートルを超えていた。

さらに、その巨大な口と思われる穴からチロチロと炎が出ているのも確認できる。

「若！」

「狼狽《うろた》えるな！」

魔法使いが化け物を召喚したと聞いたが、僕は知っているぞ。

魔法使いが、魔物を召喚した事例などないということを。

大方、この巨大な化け物は魔法使いが魔法で作り上げた幻術の類《たぐい》であろう。

初めて見た者の大半は驚くであろうが、これはあくまでも幻《まぼろし》。

この僕には通用しない。

「若？」

「くだらぬ小細工だ。他の者ならともかく、この僕に幻術など通じない。このように、これは魔法使いが作り上げた幻影にすぎない。こうやって触れば……」

幻術で作った魔物――図鑑などでも見たことがない魔物だな。化け物と思われても仕方がないのか――に実体など存在しない。

触ってみればすり抜けるはずで、それを家臣たちに見せるべく、僕は化け物に手を触れてみた。

「ほら見ろ。このように、触ればすり抜けるから偽物なのだ……あれ？」

おかしい……ゴワゴワとした感触が……。

「若？　もしかして本当に召喚された化け物なのでは？」

「まさか、そんなバカな話が」

「ギュエ――――！」

「若が触るから！」

「知るか！　これは偽物なんだ！」

きっと、本物に触ったかのようなこの感触も、幻術の類のはず。

魔法で化け物を召喚したなんて話、物語以外で聞いたことがないぞ。

「若ぁ……」

「情けない声を出すな！」

「若、化け物が！」

再び見上げると、化け物の口がこちらを向き、さらに今にも炎を吐き出すかのような状態であった。

「火を吐く化け物に焼き殺されるぞ！」

「ああ……素直に降伏しておけば……」

「今からでも間に合うはずだ！　俺は降伏するぞ！」

炎を吐き出す寸前の化け物から逃げるように、家臣たちが僕を置いて行ってしまった。

「おい！　お前ら！」

ブレンメ男爵家の跡取りたる僕を置いていくとは、お前らにはあとで罰を与えてやる！

「とはいえ、今の僕がこの化け物に勝てるはずがない。ここは一旦《いったん》逃げて臥薪嘗胆《がしんしょうたん》で……」

急ぎ逃げ出そうとした僕であったが、ちょっと遅かったようだ。

化け物の口から吐かれた炎が僕をめがけ襲いかかる。

「そんなバカな！　なぜ上手くいかないのだぁ――――！」

炎に包まれながら、僕の意識は遠のいていく。

クソッ！　こんなところで僕は死ぬわけには……。

＊＊＊

「バウマイスター辺境伯殿？」

「これまでの一連の紛争について解決いたしました。報告書のみでもよかったのですが、ブレンメルタール内務卿が納得されない可能性も考慮し、こうして直接報告に上がった次第です」

ブレンメ男爵家が、マインバッハ騎士爵領と領内にある魔導飛行船の発着場を奪おうとして始めた紛争が終わり、助っ人魔法使いとして参加した俺は、王城に報告に来ていた。

「ブライヒレーダー辺境伯殿は？」

「中央において内務卿の重責にあるブレンメルタール侯爵からすれば些末《さまつ》な問題かもしれませんが、我々地方貴族からすれば大問題でした。現地に駆けつけ、後処理を行っております。それがなにか？」

「いや、それならいい」

『たかが地方の一紛争』、『ブレンメ男爵家を潰すことはまかりならん』など、好き勝手言っていたブレンメルタール内務卿を、俺は睨《にら》みながら報告を続ける。

文官である彼は、実戦経験豊富な魔法使いである俺にビビっていたが、今の態度を変えるつもりはない。

　このまま最後まで、脅しながら報告を終えてやる。

「報告については、事前にブライヒレーダー辺境伯と内容のすり合わせを行っており、双方の見解に齟齬《そご》はありません」

「そうか……して、どうなったのだ？」

「ブレンメルタール内務卿の指示どおり、ブレンメ男爵家は潰していませんよ。ちゃんと家と領地は残していますから」

「それはよかった……なっ！」

　報告ついでに、新しい紛争地帯の地図を参考資料として添えたのだが、それを見たブレンメルタール内務卿は絶句してしまったようだ。

「どうかしましたか？　どこか不自然な点でも？」

「こんなに領地が狭い男爵領などあり得るか！　逆に、たかが騎士爵であるマインバッハ領の広さはなんなのだ！」

　なんなのだと言われても、散々迷惑をかけたブレンメ男爵家から賠償を取ろうにも、連中はほとんど金を持っていないどころか、逆に借金まみれであった。

　そこで、統治に失敗した不毛な領地ではあるが、広さは十分なブレンメ男爵領の大半を賠償としてマインバッハ騎士爵領に編入しただけのこと。

「賠償をお金で支払えないので、物納させたまでのことですよ。ブレンメ男爵家と領地は残っていますよ。領民は一人もいませんけど」

「領民がいない？」

「全員、マインバッハ騎士爵領の方に移籍しました」

現在のブレンメ男爵領は、講和条件として建てられた民家程度の一軒家と、農家一軒分の畑のみ。

これでは領民が養えないので、全員がマインバッハ騎士爵領へと移籍した。

これも講和条件に記載されているし、双方が条件を呑《の》んだ以上、領民の移動に中央があれこれ口を挟む権利なんてないというわけだ。

「バカ者！　ブレンメ男爵家の借金はどうするのだ？」

「さあ？」

「『さあ？』とは？」

「それは、ブレンメ男爵家の人たちが考えることですからね。俺に聞かれても困ります」

どうせ、今ある領地の経営すらできなくて借金が増えるばかりだったんだ。

すべての領地を奪われても大した問題ではない。

むしろ今の状態の方が、ろくな担保もないので商人が金を貸さないだろうから借金が増えることもなく、いいことずくめだな。

金利？　俺は知らないな。俺の借金じゃないんだから。

「ブレンメ男爵家を潰さず、マインバッハ騎士爵家が完全にブレンメ男爵領を併合しなかったのは、商人たちが借金を返せと言ってこないようにするためか？」

ブレンメルタール内務卿がまるで脅すかのように低い声で聞いてきたが、正直なところ脅しにはなっていない。

たとえ文官でも怖い貴族は怖いが、典型的な小役人であるブレンメルタール内務卿に凄みはないからだ。

昔は上司にヘコヘコしていた俺だが、大分貴族らしくなったものだ。

「それは下種《げす》の勘繰りですよ。もしブレンメ男爵領を完全に併合したところで、マインバッハ騎士爵家がブレンメ男爵家の借金を返さなければならない法的根拠はありません」

もし領地が消滅しても、ブレンメ男爵家自体が残っていれば、借金の返済義務はブレンメ男爵家にあるからだ。

領地に借金をつけてしまうと、貴族の領地移転や、在地貴族から法衣貴族へと変わる者も稀《まれ》に存在するので、話がややこしくなってしまう。

もしブレンメ男爵家を完全に潰してしまうと、お金を貸している商人たちがマインバッハ騎士爵家を恨むかもしれない。

嫌がらせで、『領地を継承したのだから、ブレンメ男爵家の借金を代わりに返せ！』とか言い出しかねない。

そんな言いがかりが通用するはずはないが、もしブレンメルタール内務卿が問題視すれば調査などで無駄な時間と手間がかかり、マインバッハ騎士爵家への嫌がらせにはなるな。

「そもそも、ブレンメ男爵家を潰すなと言ったのはブレンメルタール内務卿では？　言われたとおり潰していませんよ」

実質小規模農家にされてしまったけど、家と領地は残っている。

あの広さの農地だと、二人が食うので精一杯だな。

ブレンメ男爵領を制圧した時、屋敷から逃げ出そうとしたので竜の炎の幻術で気絶させたイーヴォと、なぜか屋敷の中で縛られていた現ブレンメ男爵、この二人のみで住んでいただく。

実質農家になり、戦争を仕掛けたせいでさらに借金が増えたブレンメ男爵家に嫁ぐ者などいないので、いずれブレンメ男爵家は断絶するであろう。

イーヴォは逃げ出すかもしれないが、逃げたら仲が悪い父親が彼を勘当するはずで、そうなれば彼は貴族ではなくなる。

あと一代か二代で、ブレンメ男爵家は継承者不在で確実に断絶するわけだ。

遠戚で継ごうと思う奴は……いないだろうな。

「それとも、ブレンメルタール内務卿が養子の斡旋でもしますか？　苗字《みょうじ》が似ているから親戚なのかなって思いまして。ほら、やたらブレンメ男爵家を庇うので」

「そんな事実はない！」

そっちの繋《つな》がりはないが、実はブレンメ男爵家に金を貸している商会が、ブレンメルタール侯爵家の御用商人なのは、ブライヒレーダー辺境伯から聞いていた。

自分の家の御用商人の利益のため、ブレンメ男爵家の取り潰しに反対していたという事情もあったというわけだ。

「ところで、ゾンバルトというブレンメ男爵家の執事はなにか言っていなかったか？」

「彼がですか？　ブレンメルタール内務卿は、その執事が具体的にどういうことを言うと思っているのです？」

「いや……なにも言っていないのならいいのだ」

それにしても、あのゾンバルトという男はなかなかの策士だな。

彼が、ブレンメ男爵家に金を貸している商会とブレンメルタール内務卿との関係を知らないはずがない。

それなのに、絶対にその関係をこちらに知らせず、俺たちが後腐れなくブレンメ男爵領の解体を進められるようにしたのだから。

「そういえば、あそこには娘もいたはずだが、貴殿が嫁に貰うのかね？」

「よくご存じですね、たかがいち田舎貴族の家族構成を。さすがは、ブレンメルタール内務卿だ」

「……」

俺が皮肉ばかり言っていたらブレンメルタール内務卿の顔がますます強張《こわば》ってきたので、話を切り替えることにした。

ブライヒレーダー辺境伯によると、貴族を管理する内務卿は地方貴族に嫌みを言われるのも仕事のうちだそうで、度が過ぎなければこのくらいは問題ないそうだ。

「どうして他の貴族の方々は、俺の傍に未婚の女性がいると、その人と結婚するのではないかと疑うのでしょうか？　イヴァンカ殿は、サウスマインバッハ騎士爵家の当主であるカール殿と婚約しましたよ」

ブレンメ男爵の娘にして、イーヴォの妹でもあるイヴァンカという女性は、屋敷の中で無事に保護された。

＊＊＊

『イヴァンカさん！　どこですか？』

『カール！　先に一人で突入するな！』

イーヴォを気絶させたあと、俺についてきていたカールが屋敷の中に飛び込んでしまった。

イヴァンカ嬢が心配なのはわかるが、まだ屋敷の中には彼に従う家臣や領民がいるかもしれないというのに……。

もし彼になにかあったら、アマーリエ義姉さんに申し訳が立たない。

『旦那！　任せてくれ！』

『すまない、カチヤ！』

大貴族である俺も、不用意に屋敷の中へ飛び込むわけにはいかない。

スピードがあり、双剣の使い手であるカチヤが、すぐに屋敷の中に飛び込んだカールを追いかけてくれた。

『みんなも、不意打ちなどに気をつけてくれ』

続けて、マインバッハ卿やその家臣たちと共に俺も屋敷に突入する。

『……どうやら、潜んでいる敵はいないようですね』

『ブレンメ男爵やイーヴォ殿と、運命を共にする者はいないと思いますが……』

マインバッハ卿たちと共に屋敷の奥に入っていくが、領地は貧しいのに内装や家具などはかなり整っていた。

これも貴族としての見栄なのかな?

そのせいで、領民たちに見捨てられてしまったのは皮肉かもしれない。

『ブレンメ男爵である! マインバッハ卿、私を助けるのだ!』

『……』

屋敷の中で、縛られていたブレンメ男爵と思われる人物が俺たちに救助を求めてきたが、ウザイのでマインバッハ卿たちに任せてカールを探す。

念のためと思ってカチヤをつけたが、屋敷の中に抵抗する家臣や領民たちは一人もいなかった。

あの父親と息子なら当然かと思いつつ、とある部屋の入り口の前に立つと、カールともう一人、少女と思《おぼ》しき女性の会話が聞こえてきた。

『イヴァンカさん! ご無事でしたか?』

『カール様……。はい、私はこの屋敷の中に籠《こも》っていただけですから』

『イヴァンカさんがご無事でなによりです』

『カール様、私のような者を心配していただけるなんて……。その格好……。カール様のせっかくの初陣がこのような形になってしまって、ただ申し訳ないです』

『いえ、僕にとっては忘れられない初陣になると思います。だって、イヴァンカさんが無事だったのですから』

『カール様……』

ちょうど会話の区切りがついたと思い部屋の中に入ると、二人は抱き合うわけでも、ましてやキスをしているわけでもないけど、少し顔を赤らめながらお互いを見つめ合っていい雰囲気だ。

なんだろう？　この甘酸っぱい感覚と、俺の本能に訴えかけてくる敗北感は……。

傍にいたカチヤも、『初々しくて微笑《ほほえ》ましいけど、恥ずかしい会話』を間近で聞いていたせいか、なんとも言えない表情を浮かべていた。

そして、俺に小声で一言。

『(旦那、アマーリエさんがいなくてよかったな。二人のこんな会話を聞いたら……)』

『(そうだな……)』

確かに、将来の嫁・姑《しゅうとめ》戦争の発端にもなりかねないので、俺とカチヤはこの場にアマーリエ義姉さんがいないことに心から安堵した。

世界は違えど、嫁と姑の関係ばかりはねぇ……。

それにしても、カールは立派になってしまって……。

＊＊＊

あのあと詳しい事情をイヴァンカさんから聞くが、カールに手紙を送ったのは当然として、ゾンバルトをマインバッハ卿の下《もと》に走らせたのも彼女の差し金だったこととの確認がとれた。

万が一にも、こんな下らない紛争で彼を失いたくなかったからだそうだ。

ただ、自分たちがしたことが貴族的にあまり褒められたことではない事実も理解しており、結局イヴァンカさんはカールの強い意志もあって、サウスマインバッハ騎士爵家へ嫁ぐことが決まった。

ゾンバルトも、サウスマインバッハ騎士爵家の家臣となる。

どうせ、小規模農家となったブレンメ男爵家に家臣を養う余力はないからな。

そして残りのブレンメ男爵家の家臣たちだが、まともな人は領地が広がるマインバッハ騎士爵家に雇われることとなった。

イーヴォの言いなりだったような人たちは、帰農するか、領地を出ていってもらう予定だ。

いくら人手不足でも、無能はかえって足を引っ張るからな。

そして紛争に参加した貴族の娘たちは……誰がマインバッハ騎士爵家の嫡孫に嫁ぐのか？

本人を巻き込んで駆け引きが続いているらしい……アマーリエ義姉さんの甥《おい》だけど、まだ若いのに可哀想《かわいそう》に……。

これも、併合した旧ブレンメ男爵領を安定化させるためだから仕方がないけど。


「それにしても、イヴァンカ殿は非常に聡明《そうめい》な女性でしたね。サウスマインバッハ騎士爵家にブレンメ男爵家の血も残りますし、これで万々歳では？」

「マインバッハ騎士爵家の領地が大きすぎると思うが……」

「そうですか？　バウマイスター騎士爵家なんて、領地分割前は広大な領地を持っていましたよ」

開発できないから放置されていたが、それでも広大な領地だった。

つまり、騎士爵家が広い領地を持つ前例が存在しているのだ。

お役人は、前例があればいいんだろう？

「それに貴族法には、騎士爵はこれくらいの領地までしか持てない、なんて書いてありませんでしたよ。間違っていませんよね？」

「ああ……」

これは法の不備というより、あえて記載していないのだ。

もし地方で広大な領地の開発に成功した人がいたとして、特別なことでもなければ最初は騎士爵しか与えられない。

ここでもし持てる領地に制限があると『じゃあ、制限を超えた領地は没収なのか？』という話になってしまう。

そんな地方の余った土地なんて王国は必要ないわけで、だから爵位による持てる領地の制限が貴族法に書かれていないのだ。

「これであの地域も落ち着きますよ。俺も暇じゃないので、度々紛争の助っ人に呼ばれても困ります。所詮《しょせん》は、南部の田舎領地の話じゃないですか。ブレンメルタール内務卿が深く気にすることはありませんって」

「……」

ブレンメルタール内務卿はまだ納得していないように見えたが、他の方策があるわけでもなく、なにより陛下が了承したので、マインバッハ騎士爵家は王国でも一、二を争う広さの領地を持つ騎士爵家という状態が、これから数十年も続くことになるのであった。

＊＊＊

「うわぁ、移転した発着場は広いなぁ。旦那、相変わらず凄え」

紛争とその後処理も無事に終わり、俺は旧ブレンメ男爵領の整備に奔走していた。

まずは魔導飛行船の発着場を、広くなったマインバッハ騎士爵領の中心、旧ブレンメ男爵領に移転させる。

以前あった発着場は小さかったので、今度は大型船も運用可能な広さにした。

発着場が大きくなったことで魔導飛行船便の増加にも対応可能となり、紛争でマインバッハ騎士爵家を救援した貴族たちも利用できるようにした。

次に、旧ブレンメ男爵領を魔法で大々的に開墾した。

大昔、ブレンメ男爵は大規模開墾に失敗したそうだが、俺は伊達《だて》に毎日のようにローデリヒから扱《こ》き使われてはいない。

ちゃんと水源となる川もあったので、用水路も掘って一週間ほどで広大な農地は完成した。

以前、温泉の試掘に失敗して川に有害物質が流れるようになっていたが、これも魔法でため池を掘って川に流れないようにしている。

大幅に増えた農地には、周辺の貴族領からも自作農になりたい人たちが集まり、旧ブレンメ男爵領を中心とする新マインバッハ騎士爵領と周辺領域は、魔導飛行船便の強化も決まって順調に発展するであろう。

「男爵どころか子爵領レベルの領地を持つ騎士爵って……陞爵《しょうしゃく》しないのかな？」

「それは無理だな」

カチヤの疑問に俺は答えた。

マインバッハ騎士爵家は、準男爵家や男爵家に比べるとまだ足りないものが多いからだ。

領地は俺が魔法で大分開発したけど、特に問題なのは家臣層の薄さだ。

旧ブレンメ男爵家の家臣たちが大分合流したが、分家扱いであるサウスマインバッハ騎士爵家への合流を希望する者たちも多く、だからといってあまり外様《とざま》の家臣を増やすと、マインバッハ騎士爵家自体の力が落ちてしまう。

ここは根気よく、自前の家臣団を育てる必要があった。

それが解決して完全に領地が落ち着いたら、マインバッハ卿は準男爵か、上手くすれば男爵になれるかもしれない。

その前に、当主が代わるかもしれないけど。

「ヴェル君、私の実家のためにありがとう」

「いえ、お礼を言われるほどのことでは」

あのイーヴァが、よからぬことを考える度に呼び出されては堪《たま》らない。それが面倒だから、強引にブレンメ男爵家を解体しただけなのだから。

「それに、領地が広がると大変ですからね。いいことばかりではありませんよ」

大貴族が大変なのは、俺やブライヒレーダー辺境伯を見ればわかるというもの。

騎士爵であるマインバッハ卿は、これから男爵レベルの領地の統治で大変な日々を送ることになるのだ。

「これから大変でも、しっかりやれば確実にマインバッハ騎士爵家は躍進できるもの。魔導飛行船の発着場も広がって、大型魔導飛行船も離発着できるようになったわ」

多少の領地の広さの差なんて、貴族の経済力に大きく関係するわけではない。

魔導飛行船の発着場には、当然、降ろした荷物を一時保管する倉庫なども作られるため、そこに本店を置く地元の商人たちが増え、彼らはマインバッハ騎士爵家に納税するようになる。

集積された荷が周辺の地域に運ばれるが、現在はその道も広げている最中だ。

農業生産力がなければ人は養えないが、生産量を増やしてもそんなに儲《もう》かるわけではない。

流通経路、インフラを握っている方が儲かるという仕組みだ。

そして、この地域でそれを握ったのはマインバッハ騎士爵家であった。

「ギードも大変ね」

「アマーリエさんの甥だろう？」

「ええ、マインバッハ騎士爵家の跡取りよ。ほら、紛争のとき邪魔だからって、応援に来た貴族のご令嬢たちを屋敷に連れ帰ったじゃない」

俺がアマーリエ義姉さんに頼んだのだが、彼女たちは俺と結婚できそうにないとわかると、一斉にマインバッハ卿の嫡孫ギードに群がった。

大型船も寄港可能な発着場と、そこから周囲に伸びる街道を押さえているのがマインバッハ騎士爵家のため、側室でもいいから娘を嫁がせたいと、親である貴族たちが方針を変えたのだ。

「カールはもう婚約者が決まってしまったし、オスカーは事前に逃がしたけど……」

実はマインバッハ騎士爵領が急激に広がったため、俺の二人の甥たちを分家当主にして統治を手伝ってもらう、という案が急に出てきた。

だが、この二人には俺が別の家と領地を与え、バウマイスター辺境伯家の準一族兼寄子《よりこ》にすると事前に約束してある。

すでに領地も決まっており、先に元マインバッハ騎士爵家の領民と家臣たちが移住して、領主カールと従士長オスカーを迎え入れる準備を懸命にしていたので、それは不可能だった。

「まさかこんな事態になるとは思っていなかったから、新領地に送り出してしまった家臣の子弟や領民たちがいてくれたらと、父は頭を抱えているみたい。でも、ヴェル君にそれは言えないから」

まあ、それもそうか。

余っている家臣の子弟や領民たちを、新領地の運営要員として引き取ってもらったのに、今度は人手が足りないから返せと言うわけにはいかない。

マインバッハ卿は常識人なので、余計に言えないのであろう。

「でもいい機会よ。兄も次期領主として張り切っているみたいだし」

アマーリエ義姉さんのお兄さんはまだ三十代前半なので、マインバッハ騎士爵家躍進という将来に希望を抱いているのであろう。

その代わり、自分の息子は貴族のご令嬢たちに囲まれて大変らしいけど。

「現金な感じもするけどな」

「カチヤ、それは仕方ないさ」

これからは、もしマインバッハ騎士爵家の機嫌を損なうと発着場を利用できず、魔導飛行船にも乗れないし、交易、移動、商売も非常に限定されたものになってしまう。

だからこそ、側室でもいいからと、マインバッハ騎士爵家に娘を送り込もうとしているのだから。

「頑張れ、ギード殿」

俺も大変だったからなぁ。

でも、その時が過ぎればいい思い出に……なるということにしておこう。

「ところで旦那」

「なんだ？」

「あの『幻術』の化け物だけど、どうして触れたんだ？」

イーヴォの奴が、『幻術』だから触るとすり抜けると言い放ち、違ったので家臣たちに見捨てられたアレか。

「妾も気になるの」

「ええ、幻術には触れないのが普通ですからね」

「触れる幻術とは、魔法の革命なのでは？」

テレーゼ、リサ、エリーゼも、触れる幻術に大いに興味があるみたいだ。

「そんなに難しい仕組みじゃないさ」

アレは、簡単な土器みたいなものだからな。

「地面の土で竜の形だけ作ってな。色づけと、あの炎は『魔法』だけど」

イーヴォは、本物の竜の表皮になんて触ったことがないはず。

だから、なんでもいいので触感があればよかったのだ。

できの悪い、焼き物の竜だと思ってくれたらいい。

「触ったら感触があったから、『幻術』じゃないってビビったのか」

「そういうこと」

遠くから見せるだけなら『幻術』だけで十分。

便宜上『幻術』って言っているけど、俺の魔法のイメージに合わないから、実は原理的にはプロジェクターに近いと思う。

「偽物でも、ぱっとあのデカイ化け物が出せるのはいいな。あたいも覚えてみようかな？」

「難しいぞ。偽物でも竜は竜だからな」

カチヤは身体強化系、特にスピードアップに特化した魔法しか使えないからな。

『幻術』の習得は難しいかもしれない。

「ところで、旦那。さっきから竜って言っているけどさ」

「竜でしょう？」

俺は古《いにしえ》の物語に出てくる偉大な魔法使いのように、巨大な竜を召喚して敵の心胆を寒からしめたのだから。

「あの小山のような巨体に、硬そうなウロコ、太い尻尾、鋭い牙と爪。あれを竜と呼ばずになんと呼ぶ？」

「なんか、よくわからないけど、デカくて怖い化け物」

「ちゃんと炎も吐いたじゃないか。たとえ敵を怖がらせるためだけの『幻術』とはいえ、俺は苦労してあの竜を作り出したんだぞ」

ドラゴンバスターである経験を生かし、というか俺ほど間近で様々な種類の竜を見てきた男はいないのだから。

「その経験が、ふんだんに生きた竜じゃないか」

「そうか？　あのさぁ……旦那には悪いけど、少なくともあたいには竜に見えなかった」

「そんなバカな。あれが竜でなく、他のなにが竜だというのだ！」

さすがのカチヤも、怖かったからちゃんと見ていなかったのかな？

「あたいも冒険者としては、飛竜やワイバーン専門の殺し屋だから、竜はよく見ているぜ」

「ならば、ここに小さく竜の『幻術』を再現しよう。アマーリエ義姉さんも、エリーゼたちも判定してください」

俺は、目の前に全高五十センチほどの小さな竜を『幻術』で出した。

「見てください。この精悍《せいかん》な竜を」

実際、多くの敵がこの竜を見て逃げ出しているのだから。

大きさもあったと思うが、この世界の住民はみんな竜を強い生き物だと認識している。

目の前に竜が出現すれば、戦闘力がない素人なら即座に逃げ出すのが常識だった。

「……これって竜なの？」

「しまった、アマーリエ義姉さんは冒険者じゃないから、竜なんて見たことないですよね？」

となると、エリーゼたちの判定が頼りだな。

「私も本の挿絵や、他の貴族のお屋敷に飾られていたワイバーンの頭部のはく製とかは見たことあるけど、ヴェル君のは竜に見えないというか……毛がない熊？」

「熊かな？　あたいは、カエルだと思ったんだけど……」

「そうか？　毛のない犬ではないのか？」

「魔物に、ああいった種類がいたでしょうか？　未知の魔物に見えました」

「……大きな豚ですよね？　あなた」

「……あはは、そんなハズはない！」

アマーリエ義姉さんも、カチヤも、テレーゼも、リサも、エリーゼも、俺は苦労して、『幻術』に使う竜の容姿を研究してきたのだ。

竜に見えないなんてあり得ない。

「他の人にも聞いてみるから！」

俺は慌てて他の人たちにも、俺の『幻術』を見てもらった。

きっとみんな、これを竜だと認めてくれるはず。

「竜？　ヘビでは？」

「トカゲ？　ヤモリ？　イモリ？　その辺のやつですか？」

「敵軍を敗走させた化け物ですな。竜なのですか？　新種の竜とかでしょうか？」

「がぁ――――！」

駄目だ！

誰に聞いても、俺の作った竜は竜じゃないと言う。

俺、そんなに美術系の科目が苦手だったたか？

……ああ、苦手だったな……。

ちゃんと作品を提出し、筆記試験で頑張っても、ず――――と五段階で三だった。

「クソぉ――――！　神様、俺に美術の才能を！」

「ヴェル君、相手を怖がらせる意図なら、あれでいいと思うわよ」

アマーリエ義姉さん、俺を慰めてくれるのか。

「そうそう、みんな『化け物だぁ――――』って怖がっていたじゃん」

カチヤもか……。

「実際に役に立ったのじゃ。細かいことを気にするな」

「あれだけ巨大なら、多少の造作の違いなんて関係ありませんからね」

「そうですよ。あなたの幻術を見て、敵はみんな逃げ出したのですから」

みんな褒めてくれて、それはとても嬉《うれ》しいんだが……。

「目的はちゃんと達していても、竜の『幻術』だと思われたい」

「どうしてなの？　ヴェル君」

「だって、格好いいから」

「「「「……子供だ」」」」

「子供じゃない！」

こうして、アマーリエ義姉さんの実家が巻き込まれた紛争は、無事こちらの勝利で終了した。

なお、俺は完璧な竜の『幻術』を目指して改良を重ねていくのだが、最後まで『なんかよくわからないけど、不気味で怖い化け物』と評価されるのみであった。

来世は、芸術家に生まれ変わりたいと思います。

＊＊＊

「カール様、ここがサウスマインバッハ騎士爵領なのですね」

「まだまだ開発途上だけど、移住した家臣と領民たちが頑張ってくれているし、叔父上も助けてくれる。ただ、僕は騎士で、イヴァンカさんは男爵のご令嬢だから、地位的に釣り合いが取れないかも……」

「カール様、そのようなことはお気になさらないでください。ブレンメ男爵家など、名ばかり男爵家でとても貧しかったのですから。それに、これから頑張ればいいのです。カール様と私と、ゾンバルトや他の家臣たち、領民たちと共に」

「イヴァンカさん……」

「カール様、私はカール様に嫁ぐ身です。これからは、イヴァンカと呼び捨てにしてください」

「……えっと、イヴァンカ」

「はい、カール様」


ここはリーグ大山脈の南、パウル兄さんの領地の近くにある、サウスマインバッハ騎士爵領。

そこで、初々しい夫婦……になる予定の二人が楽しそうに話をしていた。

俺の甥にして、サウスマインバッハ騎士爵家の当主となるカールと、その婚約者であるブレンメ男爵家のご令嬢、イヴァンカさんであった。

彼女は、小規模農家レベルになったブレンメ男爵領に居場所がなく、サウスマインバッハ騎士爵家に仕官したゾンバルトと共に、サウスマインバッハ騎士爵領に住むことになった。

カールも、予定を早めて新しい領地に居住し、早速領主見習いとしての仕事を始めることが決まっている。

『婚約者と一緒に住みたいから』……と。

まだマインバッハ騎士爵領に残って教育を受けているカールの弟、オスカーがそう言っていた。

『叔父上、僕、あそこに交じるのは……そのぉ……』

『とてもよくわかる』

オスカーとしても、兄と義姉になる女性がイチャイチャ楽しく暮らしている傍ってのも辛《つら》いだろうからな。

その代わりと言ってはなんだが、マインバッハ卿の命令で、例の貴族令嬢たちの中から婚約者を決める手はずとなっている。

サウスマインバッハ騎士爵領で一人という状況は回避できるものの、基本的にオスカーにも逃げ道はないんだなぁ、これが。

「こんなことを言うと無礼なんだろうが、ヴェルの兄貴の息子とは思えないよな」

二人の様子を見守る俺とエルは、カールはまったく父親似ではないなと確信していた。

いつの間にか隣の領地のご令嬢と知り合い、文通を始め、その文通相手が実家の悪巧みを告発してきて、そんな彼女を責任を持って奥さんに貰うと断言し、彼女を救うべく敵領地に攻め込むことを躊躇《ためら》わなかったのだから。

「本当、ヴェルの甥とは思えないな」

「……事実だけに言い返せない」

でもいいんだ。

カールが一人前の貴族としてちゃんとやっていけるよう、俺は彼と弟のオスカーを見守り続けることを決意したのだから。

＊＊＊

「もっと効率よく畑を耕せ！」

「……口先ばかりで、手を動かさない無能が」

「言わせておけば！　僕はこんなところで終わる男じゃないんだ！　そんな僕にそういう口を利くとあとで後悔するぞ！」

「言うことだけは立派だな」


南方のとある場所に、非常に小さな男爵領が存在しました。

粗末でとても貴族が住むとは思えない家には父親とその息子が住み、わずかな広さの畑を耕す日々。

この畑で採れる作物の量は二人分のみで、この親子には家臣も領民も一人も存在せず、しかもお互いに仲が悪く、借金だらけで貧乏なので他人は誰も近寄りません。

こんな家に奥さんが来るはずもなく、数十年後、この男爵領は息子の死で完全に断絶し、残されたわずかな領地は、ヘルムート王国も管理が面倒だからと、すでに男爵になっていたマインバッハ家へと引き渡されたのでした。

第七話　ホールミア辺境伯家騒乱

「しかしまぁ……。知らなかったとはいえ、せっかくの魔法を争いと破壊に用いても、君たちの生活はよくならないだろうに」

「そうそう、破壊は富を生まないからね」

「調子のいいことを言って、リンガイア大陸における技術職、魔法使いを安く使おうとする駄目貴族となんて関わらない方がいいよ。そういうところは、ゾヌターク共和国の暗黒企業経営者と同じだから」

「なるほど……」

「我々は、間違っていたのか……」

「社会が悪いのだと諦めて国内に閉じこもらず、新たなフロンティアを目指す姿勢はいいと思う。我々もそうだった」

「だけど、そこで傭兵《ようへい》になっても未来はないよ」

「上手《うま》く稼いで、楽しく暮らそうじゃないか」

「なるほど……」

マインバッハ騎士爵領での騒動と後始末が終わった翌日。

俺は、ブライヒブルク郊外に新設された施設にある広大な庭にいた。

この施設はブライヒレーダー辺境伯家警備隊の新駐屯所として完成間近だったが、領主の鶴の一声で別の施設に流用されている。

このところ世間を騒がせているハグレ魔族たちが、ここで生活しているのだ。

郊外にあるので、隔離しやすいのも好都合だった。

俺、ブライヒレーダー辺境伯、魔王様の合弁で新しい事業を始めており、簡単に言うと『魔族の派遣業』である。

地方の零細貴族が、魔法使いを常雇いするのは財政の都合で難しい。

そこで、魔法使いにやってほしい仕事の依頼を貴族から受け、こちらが見積もりを出し、魔法使い（魔族）を派遣。

その仕事が終了したら事前に契約していた報酬を頂き、そこから手数料を引いた報酬をハグレ魔族たちに給金として渡すという仕組みだ。

本当は、ハグレ魔族個人が条件や報酬を交渉して依頼を引き受ける方がいいのだが、己のちっぽけなプライドや、どうでもいい先祖の宿願を果たすためなどと抜かし、ハグレ魔族を紛争に用いる貴族があとを絶たず、結局こういう形になっている。

バウマイスター辺境伯家とブライヒレーダー辺境伯家の寄子《よりこ》たちが魔法使いに仕事を頼みたい場合、必ずここを通すことが決まった。

経営に魔王様たちも参加しているのは、同朋としてハグレ魔族たちの相談に乗れるようにだ。

今はブランタークさんと導師が説得、屈服させたハグレ魔族たちのみだが、そのうち必要な人材をゾヌタータ共和国から連れてきてもらう予定だ。

リンガイア大陸では、魔法使いの需要などいくらでもあるのだから。

「しかしまぁ……ヴェンデリンはよく考えるものだね」

「確かに……。ハグレ魔族の流入はもう防ぐことはできない。ならば、こちらで適切に管理して利益とする。さすがだ、バウマイスター辺境伯」

「（派遣業なんて、前世では珍しくもなかったしなぁ……）」

こうして始まった魔族の派遣業だが、まさか勝手にやるわけにいかないので、当然、事前に陛下とヴァルド王太子に許可を取っている。

あと、ペーターにこんな方法で対処すると連絡したら、『一度見ておきたい』と言われたので、今日は視察と称してヴァルド王太子と共にこの場にいた。

「本当に、バカな貴族たちには困ったものだよ。せっかくの魔法を、紛争で勝利するために用いようとするケースが多すぎる」

ペーターが呆《あき》れるのも無理はない。

ハグレ魔族を用いて少しばかり領地や利権を得たとて、最終的な損得を計算したら大赤字になるのは確実だからだ。

なにより、いくらその時だけ世間知らずなハグレ魔族を雇えたとしても、じきに彼らは自分が安く扱《こ》き使われている事実に気がつき、相応の待遇にしなければ逃げられてしまうだろう。

もし魔法使いがいなくなったら、前回紛争で負けた貴族が必ず仕返しをするので、結局は同じことなのだ。

紛争に際し、どうして決着をつけないのか。

先祖の知恵を理解できていない貴族が多すぎるというか、増えてきたような気がするな。

「整地、農地の開墾、治水、道の整備。魔法使いにやらせる仕事なんていくらでもありますから」

「そうだな……。そこに考えが至らない貴族たちには困ったものだ」

ヴァルド殿下も、魔法使いを手に入れたらすぐに紛争を起こす貴族たちの対処で忙しく、彼らに呆れていた。

「中古魔道具と中古魔導飛行船の売却をしていた魔族たちにも手伝わせるのか」

「同朋を介して、魔法の訓練やリンガイア大陸の事情を説明させた方が理解も早いですから」

今もモールたちが、集められたハグレ魔族たちに色々と説明をしていた。

一番強調して教えるのは、貴族たちの争いに参加してもお金にはならない点だ。

特に、地方の零細貴族は。

そんな無駄なことに参加するのなら、ここで魔法の訓練を受けながら、開発、土木工事などの依頼を受けた方が圧倒的に金になると。

魔族は現代人にメンタルが似ているので、こういう時はお金で説得するのが一番であった。

「派遣業なので手数料は取られるけど、依頼先に向かう時には必ずブライヒレーダー辺境伯家か、バウマイスター辺境伯家の人間が同行する。だから君たちは頼まれた仕事だけすればいいし、依頼主に無理な要求をされる心配もないから安心だ」

「仕事がなくても、この寮の中にいれば、基本的な衣食住は無料で、魔法の訓練も受けられるよ」

「そしてなにより、この会社のボスはこのお方だ！」

ラムルに促され、ハグレ魔族たちの前に姿を現したのは、魔王様その人であった。

「この『魔法使い派遣社』の会長である、エリザベート・ホワイル・ゾヌターク九百九十九世である！」

ライラさんが社長を務める非営利団体や農業法人、中古魔道具・中古魔導飛行船販売業、アキツシマ島《トウ》やバウマイスター辺境伯領内での農業を始めとする技術指導……随分と規模が大きくなって、すでにグループ企業化しているな……。

新たに魔族を派遣する会社の会長にもなって、早速ハグレ魔族たちに挨拶をすることとなった。

「前に新聞で見たことがあるぞ、魔王様だ！」

「おおっ！　尊い……」

「実物は、もっと可愛《かわい》かった……」

やはりというか、美少女である魔王様は大人気であった。

自分たちに職を与えてくれないゾヌターク共和国の爺《じい》さんたちよりも、尊い魔王様に支持が集まるという構図であろう。

「みなの者、魔族は大きく変わりつつある。ついにフロンティアへの道が開かれたのだ！」

魔王様は、ライラさんが作成した原稿どおりに演説を始めた。

「ゾヌターク共和国内に閉じこもる者たちと、余たちのように外の世界に活路を見出《みいだ》す者たちに分かれつつあるのだ。太古の魔族であれば、双方は血みどろの争いを始めたであろう。だが、余たちは新しい魔族を目指す！」

「新しい魔族ですか？」

「そうだ。諸君らも今回の件で十分理解できたであろうが、昔の魔族のようにただ戦っても意味はない！　それは、むしろ骨折り損なだけである！　余たち魔族は、全員が魔法使いという恵まれた資質を持っている。ゾヌターク共和国では宝の持ち腐れだが、リンガイア大陸では高度な技能者として重宝され、豊かに暮らすことも可能である。昔のように暴力に頼らず、魔法と進んだ技術を用いて人間たちから富を頂く。ゾヌターク共和国の連中は、引きこもりたければ好きにすればいい。放置しておけばいい！　しかし余たちは、新しい魔族となるであろう。諸君らの奮闘に期待する！」

「新しい魔族……」

「そうだよなぁ。戦って人間が住む場所を占領したところで、どうやって支配したらいいのかもわからないし……」

「それなら、魔法で貢献して高給を貰《もら》った方が得だよな」

「さすがは魔王様だ」

「まだ幼いのに賢い」

「そして尊い……」

魔王様の演説は効果的だったようで、ハグレ魔族たちは『魔法使い派遣社』の趣旨に賛同……魔王様の忠実な家臣になってしまったような……。

まあ、そこを気にしても仕方あるまい。

「バウマイスター辺境伯」

「はい」

「一見上手に収まったように感じたのですが、これは魔族の国の分裂に手を貸したことになるのでしょうか？」

「あはは……ブライヒレーダー辺境伯は大げさですねぇ……」

ゾヌタータ共和国の支配下というか庇護《ひご》下から離れた魔族たちを、魔王様が糾合したように見えるけど、彼女たちにゾヌターク共和国を打倒しようなどという意図はない。

「人間の国も分かれているのですから、将来魔族の国が分かれても不思議ではありませんよ」

それに、戦争によって分かれるわけではないし、魔王様の王国が復活する確かな保証だってないのだから。

「ゾヌターク共和国から出た魔族たちは、魔王様たちに管理してもらう。こうしておいた方が安全ですって。じきに、ゾヌターク共和国も黙認するようになりますよ」

「黙認ですか……」

自主的に国外に出てしまった魔族たちの管理は、一万年以上も外の世界に関わってこなかったゾヌターク共和国にはできないはず。

もし外に出た魔族たちが人間の国で悪さをした場合、自分たちが責任を問われ、最悪戦争にでもなったら大変だ。

「だからこそ、ゾヌターク共和国の外に出た魔族たちの管理を魔王様がしてくれるのであれば、これを黙認すると思います」

「黙認ですか。許可ではなくて」

「許可すると、ゾヌターク共和国政府が魔王様たちの分離・独立を認めることになりますから」

「なるほど。魔族が二つに割れたことを公的には認めたくありませんか……」

「とはいえ、これは将来の話ですからね。どうせゾヌターク共和国は、ハグレ魔族についてほとんど把握していませんよ」

なぜなら、いまだゾヌターク共和国と人間は外交交渉の真っ最中なのだから。

「ゾヌターク共和国は、ハグレ魔族を調査する人員をリンガイア大陸に送り込めないのですね」

「ええ」

魔族のエリートたちからしたら、人間が住む未開の地に行きたくないって本音もあるのだろうけど。

人間と魔族が接触したその瞬間から、魔族は二つに割れる運命だったのだ。

「とはいえ、しばらくは混乱が続くでしょうね」

「そうだね。魔族って、大人しい文明人が多いイメージだけど、全員がそうとは限らないでしょう」

「昔の魔族のように、己の欲望のために暴力と殺戮《さつりく》に手を染めることを厭《いと》わない者もいるだろう」

ペーターとヴァルド殿下の考えは間違っていないのかもしれない。

魔族の中にもヤバイ奴がいて、そいつが水面下でなにやらよからぬことを企《たくら》んでる可能性がないとは言えないのだから。

「ブランタークと導師は、しばらく任務から外せませんね」

「帝国も、魔法使いのチームを複数作って対応しているよ。帝国にも、魔族の派遣会社を作らないと……。うちは復興がまだ終わっていないから、もっと仕事があるんだよ」

「王国南部は、バウマイスター辺境伯とブライヒレーダー辺境伯のおかげで安定している。東部は、ちゃんとブライヒレーダー辺境伯に助けを頼んでくれたので安心だ。だが、他の地域はハグレ魔族に対応できるのだろうか？　問題は山積している」

ヴァルド殿下は大変そうだが、俺もそうそう他の領地のことに構っているわけにいかない……と思っていたら、まさかあのような大事件が起こるとは……。

神様！

俺に、フリードリヒたちとノンビリ過ごせる安息の日々をください！

＊＊＊

「安心しなよ、ヨッヘム様。俺たちの魔法で、あんたを新しいホールミア辺境伯にしてやるからよ。その代わり、俺たちはホールミア辺境伯家のお抱え魔法使い様ってわけだ」

「ホールミア辺境伯領を完全に掌握したら、次はリンガイア王国北部でも、王都でも、南部でも、どこからでもいいからすべて併合して、あんたが新しいヘルムート王国の王様だぜ」

「最後には帝国も攻め落として、リンガイア大陸の支配者様って寸法だ。いや、ゾヌターク共和国も攻め落として、他の未知の大陸も支配して世界の王になるってか。夢が広がるな」

噂《うわさ》によると、魔族とは理性的で大人しい種族だと聞いてたが、中には例外もいるようだな。

このハグレ魔族たちの言う世界征服には同調しかねるが、先日の騒動でなんら成果を得られず、無駄にホールミア辺境伯家の財政を悪化させた我が異母兄は引きずり降ろさなければならない。

今、私の志に賛同してくれる家臣や寄子たちを探しているが、予想していた以上に賛同者が多かった。

先年の出兵で、諸侯軍をホールミアランドやサイリウスに派遣したり、補給物資の運搬や街道の警備などを担当した寄子たちは多いが、結局持ち出しばかりで、彼らの財政も大幅に悪化している。

それでも、応援にやってきたバウマイスター辺境伯の領地がある南部との交易が盛んになれば、彼らから不満は出なかったはずだ。

ところが異母兄は、バウマイスター辺境伯家との関係を強化しなかった。

別に以前から悪い関係ではないが、寄親《よりおや》であるブライヒレーダー辺境伯はともかく、以前に紛争を起こした東部のブロワ辺境伯家とまで盛んに交易をするようになったというのに、西部だけが置いてけぼりなのは、異母兄が領主として無能だからだ。

領有権を持つテラハレス諸島を魔族に奪われたのでその対応が忙しいと言いたいのであろうが、結局魔族は、いまだホールミア辺境伯領本領に侵攻していない。

ならば、領内の経済状態を改善するのが最優先のはず。

それを、いつ終わるとも知れない外交交渉の手助けばかりに奔走して！

ホールミア辺境伯家の当主が、魔族のテラハレス諸島侵攻で落ち込んだ西部地域の経済状態改善を優先しないでどうするというのだ。

ゆえに、私は立つことにした。

異母兄を強制隠居させ、魔族のせいで落ち込んだ西部の経済を立て直さなければ。

幸いにして、大きな力を得ることができた。

魔族の国からやってきた、魔法使い三人を雇うことに成功したのだ。

今回のクーデターで、私が用意できる兵力は少ない。

ならば、その質には拘《こだわ》るべきであろう。

魔族は全員が魔法使いだと聞く。

魔族を雇うと周囲から文句が出るかもしれないが、私は知っている。

今や王国と帝国の多くの貴族たちが、ハグレ魔族なる、魔族の国からやってきた魔法使いたちを雇っている事実をだ。

その力は大きく、若干発言が危ういが、こういう連中を使いこなしてこそ、新しいホールミア辺境伯家の当主に相応《ふさわ》しいというもの。

「まずは、ホールミア辺境伯領の完全掌握が最優先だ」

「それもそうか」

「我らに任せてくれれば、ホールミア辺境伯家のお抱え魔法使いなど余裕で倒せるさ」

「任せてくれ」

三人のハグレ魔族たちは元軍人だと聞いた。

魔族では防衛隊とか言うらしいが、他のハグレ魔族たちに比べると、魔法の習熟度が桁違いなのが売りだそうだ。

即戦力なので、多少血の気が多くても無視できる要素だな。

「で、ヨッヘム様。他のお仲間は？」

「当然揃《そろ》っているさ」

残念ながら、ホールミア辺境伯家の家臣に私の支持者は少なかったが、寄子たちには賛同者が多かった。

その中でも使えそうなのは、アルニム騎士爵家の連中だ。

彼らは、バウマイスター辺境伯家の重臣になっている、エルヴィン・フォン・アルニムの父親と兄たちだからだ。

ホールミア辺境伯家に仕えている者たちもいて、彼らもクーデターに参加してくれることになった。

「アルニム卿、大いに期待しているよ」

私は、この場にいるアルニム卿に声をかけた。

なにしろ彼の息子は、バウマイスター辺境伯家の重臣だ。

戦後、バウマイスター辺境伯家との交渉で大いに役に立つだろう。

しかし、どうして異母兄は、アルニム卿やその息子たちに街道警備などというくだらない仕事を任せ、バウマイスター辺境伯家との交渉に用いなかったのだ？

アルニム卿に渡りをつけてもらえば、交易などでの優遇処置を簡単に受けることができるというのに……。

やはり異母兄は、人を見る目がないのだな。

「アルニム卿は、バウマイスター辺境伯家にいるエルヴィン以外の息子たち全員が私に賛同し力を貸してくれると言っている。その働きには十分に報いよう。戦後も、交渉の主役を任せることになる」

「お任せください。子供は父親の言うことを聞くものです。必ずや、ヨッヘム様の期待に応えましょう」

「そうですとも。弟が、兄の言うことを聞かないなどあり得ないのです」

「必ずや、ヨッヘム様のホールミア辺境伯家当主への就任をバウマイスター辺境伯に認めさせますよ」

「エルヴィンを介せば、バウマイスター辺境伯も簡単に認めるはず」

「我らに比べれば大した能力もない弟ですが、どういうわけかバウマイスター辺境伯のお気に入りだそうですから」

「そうか！　大いに期待しているぞ！」

これで手駒は揃った。

あとはホールミアランドの領主館を奇襲して、異母兄を強制隠居させるだけだな。

＊＊＊

「……えっ？　クーデターですか？　ホールミア辺境伯家で？」

「ええ……。以前から危惧していたことが、現実のものとなりました。クーデターを起こしたのは、ホールミア辺境伯の異母弟のヨッヘム。そして彼の傍《そば》には、魔法に長《た》けたハグレ魔族三名がいるそうです。さらに……」

「さらに？」

「このクーデターには、先年の魔族騒動で財政負担が大きく、いまだ続く西部の不景気で困窮した一部貴族たちも参加しているのですが、その中にアルニム騎士爵家が……」

「親父！　兄貴たち！　一体なにをしているんだよ？」


エルが叫ぶのも無理はない。

自分の父親と兄たちが、クーデターに参加してしまったのだから。

西部では、いまだに魔族がテラハレス諸島を占領したままで王国政府との外交交渉も終わらず、完全な戦時体制は解かれたものの、いつ魔族がホールミア辺境伯領に侵攻しても問題ないよう準戦時体制が敷かれたまま。

流通も人の移動も減り、以前俺たちが滞在したサイリウスの港は、今は魚が売れず、観光客も来なくなって不景気の真っただ中だそうだ。

そんな事情があるにしても、クーデターを起こしていい理由にはならないと思う。

そもそも、大半の西部貴族たちはクーデターに参加していないのだから。

「本当なら、クーデターは成功しなかったはずです。ですが……」

「ハグレ魔族ですか？」

「フードを深く被《かぶ》った魔法使いが三名。ほぼ確実ですね。しかも、いくら奇襲を受けたとはいえ、ホールミア辺境伯家が雇っている魔法使いたちが負けてしまいました。相当の実力者ですよ」

「戦い慣れている……元軍人か？」

魔法を練習しないとされている魔族の中にも、防衛隊や警備隊のように例外は存在する。

ハグレ魔族たちはいわゆる無職、ニート、元暗黒企業勤め、非正規雇用者が大半を占めたが、元軍人がいたとしてもおかしくはない。

「もしくは、テラハレス諸島を占領している魔族の軍勢が、ホールミア辺境伯領に手を出してきた可能性もあります」

「非正規戦ですか……」

ホールミア辺境伯家を自分たちの意のままに操れる当主にするため、元軍人と偽ったハグレ魔族たちを送り込んだ可能性もあるのか……。

「ですが、魔族たちが今行われている交渉を危うくするような真似をするでしょうか？」

「ヨッヘムの傍にいる三人のハグレ魔族たちが、魔族の軍に所属している証拠があがらなければ問題ないと思ったのかもしれません。もしくは……確か魔族の国は政権交代したばかりなのでしょう？　軍が政府の意向を無視して、勝手にやっている可能性はありませんか？」

日本の戦前のような軍の暴走か……。

俺はその可能性は低いと思いたいが、一部軍人の中には功績狙いの連中がいないという保証もない。

「どちらにしても、早期に鎮圧する必要があります」

「そうですね」

もし、これに乗じてテラハレス諸島から魔族の軍勢が侵攻してきたら……。

「魔族の防衛隊は人手不足で、占領地を増やしたくないはずですが……」

「ホールミア辺境伯領をヨッヘムに掌握させてしまえば、わずかな援軍のみで、ホールミア辺境伯領を押さえられます。さらに、ホールミア辺境伯領の掌握が一時的なものだとしたら？」

魔族が外交交渉で優位に立つため、期間限定でホールミア辺境伯領を占領する可能性もあると、ブライヒレーダー辺境伯は思っているのか。

「俺が行くしかないんですね？」

「ええ。実はヘルムート王国の実力のある魔法使いたちの多くが、ハグレ魔族への対処で出払っているのです。ブランタークと導師も同じです」

残りは、俺とその奥さんたちというわけか。

「わかりました。すぐにホールミア辺境伯領に向かいましょう」

とはいえ、うちだって魔法使い全員を出すほど人員に余裕はない。

俺はブライヒレーダー辺境伯からの依頼を引き受け、エル、エリーゼ、ヴィルマ、テレーゼ、リサを連れ、『瞬間移動』でホールミア辺境伯領へと向かうのであった。

しかし、魔法に慣れている魔族かぁ……。

これは厄介かもしれないな。

＊＊＊

「バウマイスター辺境伯様、わざわざ御足労いただき感謝の言葉もありません。ホールミア辺境伯領の統治の代理をしている家臣のハイネケンです。現在、このサイリウスが臨時の領都となっておりまして……」

「ホールミアランドは、完全にクーデター軍に押さえられているのですか？」

「クーデター軍は数が少なく完全に占領されたわけではありませんが、下手に彼らを刺激したくないのです。お館《やかた》様とそのご家族、主だった重臣とその家族、お抱えの魔法使いたちも捕らえられておりますので……」

「人質か……」

「ええ……」


現在のホールミア辺境伯領はサイリウスに臨時の領都が置かれ、たまたま視察でホールミアランドにいなかった重臣ハイネケンが臨時で統治をしていた。

すぐにでもクーデター軍を鎮圧したいところだが、問題はホールミア辺境伯とその家族が人質になっていることだ。

下手に攻め込むと、元々数が少ないクーデター軍が無茶をするかもしれない。

そんな事情があり、今は様子見だとハイネケンが俺たちに説明した。

「それで、クーデターに手を貸した貴族たちですが……」

「数は少ないですが、兵を率いて領主館に籠《こも》っております。その……アルニム卿とそのご子息たちも……」

ハイネンケンの視線が、俺の隣にいるエルへと向かった。

「父も、兄たちも全員ですか？」

「ええ、特にホールミア辺境伯家に仕えていたレクスとサムル。この二人は、ヨッヘムが率いるクーデター軍に与《くみ》し、彼らを手引きしたことが判明しています。三男と四男も、アルニム卿が率いる諸侯軍に加わっているのを確認しました」

「……なんてバカなことを……」

エルは、ガックリと肩を落としていた。

せめて一人ぐらい、クーデターに同調しなかった親族がいるのではないかという淡い期待が完全に打ち砕かれてしまったからだ。

「エルヴィン殿にはなんの罪もないのですが……。魔族によるテラハレス諸島への侵攻。これが切っ掛けとなり、ホールミア辺境伯家の前途は多難です」

当主とその家族がクーデター軍によって捕らえられ、領内の統治を家臣が代理でやっている有様《ありさま》なのだ。

クーデター軍に参加した寄子たちもいて、彼らの領地への対応も必要だ。

なにより、いまだテラハレス諸島は魔族の占領下にあり、王国、帝国を交えた外交交渉が続いている最中なのだから。

「ホールミア辺境伯家の影響力は大幅に低下するでしょう。実は……ハグレ魔族ですか。彼らを雇って紛争をしている、西部貴族たちもいるのです」

「こんな時にですか？」

「こんな時だからですよ。要は、寄親であるホールミア辺境伯家からなにか言われないうちにやってしまえと。ドサクサ紛れというやつです」

本当、自分たちの利益を優先しがちな我儘《わがまま》貴族たちをコントロールするのは大変なんだな。

「とにかく今は様子見なので、その間にエルヴィン殿にお願いがあるのです」

「アルニム騎士爵領の制圧ですか？」

エルは、ハイネケンが自分になにを頼みたいのかすぐにわかったようだ。

「そうです。現在のアルニム騎士爵領ですが、どのようになっているのかよくわからないのです。なにしろ、統治をしているはずのアルニム卿と四人の息子全員が、クーデターに参加しているので……」

「わかりました。すぐにアルニム騎士爵領に向かいます」

「お願いします」

「俺たちも行くよ」

残念ながら、ホールミア辺境伯とその家族がクーデター軍によって人質にされているため、家臣たちは手を出せずに様子見に徹しているようだ。

しばらく状況が動かないと判断した俺たちは、エルの実家アルニム騎士爵領へと向かうのであった。

＊＊＊

「あんれまぁ、エルヴィン様じゃねえですか。お久しぶりです。本当にご立派になって。里帰りですか？」

「……はあ？　今、親父たちがやらかして、それどころじゃないんだぞ。理解しているのか？」

「ああ、お館様が、若様たちと主だった家臣たちを連れてホールミアランドに挨拶に出かけたと聞いております。そのうち、お戻りになられると思うんですが……」

「エル、これはどういうことなんだ？」

「ヴェンデリン、そんなことは決まっておろう。クーデターを成功させるため、参加者以外には誰にも伝えていないのであろうな」

「ヴェル様、ほとんど余所者《よそ》が来ない領地の人たちに隠す意味ある？」

「逆に聞くが、クーデターに参加しない者たちに余計な情報を教えて、ヴィルマはなにかメリットがあると思うか？」

「ない……情報が漏れる危険しかないから」

「であろう？　作戦の性質上、ゾロゾロと諸侯軍を連れていくわけにもいくまい。それに……」

「それになんだ？　テレーゼ」

「地方の零細騎士とその息子たちじゃ。不便で実入りが少ないアルニム騎士爵領よりも、ヨッヘムとかいう男のクーデターに参加した功績で、重臣にしてもらう方がいいと思ったのであろう」

「領地を捨てて、もしくは他人に任せて、自分たちは都会であるホールミアランドの暮らしを夢見ているわけですね。あまりに無責任すぎます」

「本当、エリーゼの言うとおりだ。無責任にもほどがあるぜ……」

ホールミア辺境伯家の家臣ハイネケンの依頼でアルニム騎士爵領の制圧にやってきた俺たちであったが、領地の外れの農地を耕していた老人は、エルの里帰りを心から喜んでいた。

自分たちの領主とその家族が、クーデターに参加した事実を知らないようだ。

「今、この領地は誰が見ているんだ？」

「ボイル様です」

「はあ？　ボイルだって？　だってあいつは……」

「エル、ボイルって誰だ？」

「アルニム騎士爵家の従士長の四男で、そんな大役を任せられるような格はないぞ」

「まあ、四男だしな……」

もしかしなくても、将来実家を出ていかなければならない立場の人のはずだ。

だって四男だものなぁ……。

「エルヴィンさん、他の家臣やその跡継ぎたちはいないのですか？」

「わからないので、実家に行ってみよう」

農民の様子から見て、アルニム騎士爵領の領民たちがクーデターに参加しているようには見えないからな。

領地に残っている人たちは、参加者たちの栄達のために見捨てられてしまったのであろう。

「私たちが様子を見に来なければ、クーデターに参加していると見なされ、問答無用で鎮圧されていたかもしれないのに……」

エリーゼは、自分たちだけのために領地と大半の領民たちを見捨てたアルニム卿たちに怒っていた。

「とにかく、ボイルに事情を説明しないと……」

「えっ？　お館様たちが、ホールミア辺境伯様の異母弟ヨッヘム様が起こしたクーデターに参加して、この領地も鎮圧対象になっている？　どうしてですか？　お館様と若様たちと主だった家臣……私の父と兄たちもですけど、ホールミアランドには陳情に向かったと聞いています。先年の出兵の負担で借金が増えてしまい、ホールミア辺境伯家に援助を求める予定だと。それがどうして？」

「俺にもよくわからんが、今ホールミア辺境伯家を差配している家臣たちから見たら、アルニム騎士爵領は敵の領地なんだ。本当なら問答無用で鎮圧されるはずだったんだが、俺が説得できれば無用な血は流れないと思ったんだろう。だからここに来た」

「そんな……私たちはなにも聞いていません……」

いつの間にか、自分たちが反逆者扱いされてしまった。

しかも、その原因が自分の領主や父親たちだったのだ。

若輩の身でアルニム騎士爵領を預かっていたボイルは、見てわかるほど落ち込んでいた。

「こんな質問をするのは変だと思うが、降伏するよな？」

「勿論《もちろん》です！　今のアルニム騎士爵領に戦う力なんてありませんよ。誰が領民たちを指揮するんです？」

「ボイルが？」

「お館様が領内の男手をまったく動員していないので数は集められますけど、指揮する人が私以外にいません」

「みたいだな……」

アルニム卿は、自分の息子たちと従士長とその息子たちなど、要するに、自分を支持するトップに近い男たちだけを率いてクーデターに参加したようだ。

作戦の性質上、諸侯軍を引き連れていくわけにいかないのはわかるが、留守を預かるボイルと領民たちにはなにも教えず、無責任にもほどがあった。

「ホールミア辺境伯家の重臣になれても、いい思いができる者は少ないからの。ボイル殿も、残された領民たちも見捨てられたのであろう」

「ひでえ話だな」

「領主の風上にもおけません」

「あなた、すぐにこのことをハイネケン殿に報告しませんと」

「そうだな……」

ハイネケンも魔導携帯通信機を持っていたのですぐに状況を報告したのだが、アルニム騎士爵領の様子を聞いた彼は、あきらかに不機嫌そうだった。

「小なりとはいえ領主なのに、あまりにも無責任すぎます」

「それで、アルニム騎士爵領はどうします？」

「本当なら、アルニム卿の統治に重大な支障ありなので、領地を没収して王国から派遣してもらう代官か、ホールミア辺境伯家の家臣が代理で統治するのですが、我らにとてもそんな余裕はありません」

領主とその家族のみならず、家臣たちもクーデター軍に捕らえられてしまったホールミア辺境伯家に代官を送る余裕なんてないか。

王国から代官を送ってもらうにしても、時間がかかりすぎてしまう。

「となると、ボイル殿に任せることになるのかな？」

「残念ながら、ボイル殿の身分では安心してアルニム騎士爵領の代理統治は任せられません。そこで提案なのですが、エルヴィン殿はアルニム卿の子息たちで唯一クーデターに参加していない身です。是非とも、アルニム騎士爵領の代官職を引き受けてもらいたいのです」

「俺がですか？」

「一番の適任者だと思いますが」

ハイネケンの言うとおりであった。

父親と兄四人がクーデターに参加している以上、残った息子であるエルが、アルニム騎士爵領の統治を行うのが妥当だろう。

「（どうする？　ヴェル）」

「（仕方ないだろう。それに……）」

こう言っては悪いが、父親と兄四人がクーデターになんて参加してしまったのだ。

間違いなく、アルニム騎士爵領は取り潰《つぶ》しとなるだろう。

エルが代官をする期間はかなり短くなるはずだ。

「（エルも、まさかアルニム騎士爵領が存続できるとは思わないだろう？　一時的なものだから。いい経験にもなるし、引き受けておけば？）」

「（確かになぁ……。こんなくだらない理由で、俺の故郷が消えるのか……）　わかりました。一時、アルニム騎士爵領をお預かりします」

この状況で要請を断るわけにもいかず、降伏？したアルニム騎士爵領はエルが預かることになり、彼は俺の護衛から外れて、慣れない代官の仕事を始めるのであった。

＊＊＊

「……本当に、防衛隊に勤務していた者たちが、ホールミア辺境伯領でクーデターに参加しているのか？　最前線であるテラハレス諸島を守る、このアーリートン三級将が知らないとは……」

「国外に逃げ出した若者たちが、人間たちの争いに傭兵として参加している事例が多くあるそうでして……。その対応に人間たちが苦慮しているそうです」

「魔族は魔法の名手だからな」

「いえ、人間たちの苦慮とは、魔族に魔法で制圧されることではなく、もし人間が魔族を死なせてしまうと、ゾヌターク共和国政府が報復に出るのではないかという……」

「そっちか……」

「政府の方々は、さぞや大騒ぎするでしょうな」

「余計な仕事を増やしおって！」

「それもあるが、偵察艦を人間の土地に近づけさせるな！　私がテラハレス諸島防衛の責任者のはずなのに、勝手に船を出したバカは誰だ！」

「彼らは、防衛隊本部直轄の部隊だそうで、アーリートン三級将の命令に従う義務はないと……。まあ有り体《あ　てい》に言えば、政治家に媚《こ》びて出世を狙う連中です」

「……クソ共が！」

こっちが苦労してテラハレス諸島を維持し、無駄飯ぐらいの軍属たちを預かり、政府と人間たちの一向に終わらない外交交渉でよからぬことが起こらないよう、神経質なほどに警備して忙しいというのに、余計な仕事を増やしやがって！

指揮系統が違うなどと抜かして、勝手に船を出してホールミア辺境伯領の港町サイリウスをうかがっているらしいが、連中の魂胆は見え透いている。

ホールミア辺境伯領で反乱が起こり、首謀者の側に元防衛隊に所属していた者たちが傭兵として参加しているので、ドサクサに紛れて得点を……この場合、反乱勢力に同調して、ホールミア辺境伯領を占領してしまうつもりだろう。

「政治家に媚びるバカたちは、そんなことをしたらどうなるのか理解しているのか？」

「理解はしていると思います。それを切っ掛けに、リンガイア大陸の完全占領を狙っているのでしょう」

「そんなこと、無理に決まっているだろうが」

人員も、予算も、装備もまるで足りていないのだ。

すぐにジリ貧になるに決まっている。

「そんな計算もできない奴らが、防衛隊にはいるんだな」

「そんなバカたちだから、政治家に媚びてその威を借り、出世を狙うのでしょうね」

「で、反乱に参加している元防衛隊の連中、本当に元なのか？」

そこが一番の問題だ。

もしこれが、防衛隊上層部の謀略の類《たぐい》だったとしたら……。

「さすがに防衛隊のトップは、現実を理解していますよ」

「ならいいんだ」

もし理解していなかったら、そんな連中の下で働くなんて辛《つら》いじゃないか。

「反乱に参加している元防衛隊員とやらは、どんな連中なんだ？」

「まあ、随分と血の気が多いというか、野心家というか……」

「理解した」

戦わない軍隊、防衛隊に不満があり、だから辞めてゾヌターク共和国を脱出したわけか。

「つまり、反乱に参加しているのは、防衛隊上層部の命令ではないんだな？」

「ええ。ただ彼らのことを知って、一部政治家と彼らの意を受けた連中が、勝手に偵察艦でリンガイア大陸に接近しているのです」

「……ふう……。船を出して、連中がやらかさないか見張っておけ」

「すぐにでも船は出せます。ですが……」

「さらに忙しくなるのは仕方がないな」

「ええ……」

まったく、余計な仕事を増やしやがって！

もし人間たちが反乱鎮圧の過程で元防衛隊の連中を死なせてしまった場合、バカな政治家たちが報復を言い出しかねない。

願わくは、人間たちがその連中を死なないように捕らえてくれんことを。

頼むから、これ以上私たちの仕事を増やさないでほしい。

＊＊＊

「エル、大丈夫？」

「古くからの知り合いが沢山いるし、バウマイスター辺境伯家からも助っ人は送ったから大丈夫だと思う。それよりも……」


ハイネケンの依頼でアルニム騎士爵領の鎮圧――そもそも向こうはクーデターに加わっている自覚すらなかったけど――に成功した俺たちは、ホールミアランドの中心部、領主館を包囲するホールミア辺境伯家諸侯軍の本陣内にいた。

アルニム騎士爵領に向かう前までは様子見だと聞いていたのに、戻ってきたら今すぐにでも攻め入らん勢いに状況が変化しており、俺たちは驚きを隠せない。

エルの代わりに連れてきたヴィルマも、ハイネケンの要請で魔銃を用意していた。

「いつの間に、強行突入というお話になっていたのでしょうか？」

「わからん……」

エリーゼも俺も、状況の急激な変化に戸惑っていた。

「実は、うかうかしていられない状況になってきました。サイリウスの漁師たちからの報告なのですが、サイリウスの沖合に見たこともない小型船が数隻、ホールミア辺境伯領をうかがっているようでして……」

「むむむっ、それは厳しいの。魔族たちの工作員である可能性が高いか……」

珍しく、テレーゼが顔を歪《ゆが》めた。

「ええ……。そこで彼らがなにかを仕掛けてくる前に、クーデター軍を鎮圧しなければいけなくなったのです」

ハイネケンは勿論、ヘルムート王国の考えはこうだ。

クーデターを起こしたヨッヘムに手を貸しているハグレ魔族三人は、これまでの、実戦どころか魔法慣れしていない魔族たちとは違う。

上級魔法使いが一人もいなかったにしても、ベテラン揃いのホールミア辺境伯家のお抱え魔法使いたちを魔法で圧倒し、拘束することに成功しているからだ。

つまり彼らは、ハグレ魔族に見せかけた魔族の軍の工作員たちで、その目的はホールミア辺境伯領をゾヌターク共和国の影響下に置くこと。

突然クーデターを起こしたヨッヘムは、魔族の傀儡《かいらい》である可能性が高いと踏んでいるのか……。

「外交交渉がなかなか進んでいないので、なにか変化を求めたのではないかと」

「魔族が外交交渉で有利になるようにか……。ないとは言えないなぁ……」

紛争で勝利した貴族が、同じ貴族や領民たちに対しその功績を自慢げに誇って大きな顔をしたいように、魔族の政治家の中にも、人間相手の戦争で勝利するという功績を求めた者たちがいても不思議ではない。

なにしろ今の魔族の国は、政権交代して運動家みたいな人たちがトップに立っている。

一見言っていることはリベラルなんだけど、政治家は人気商売だ。

支持率を上げるため、軍に命令して無茶をやらせる可能性がゼロではなかった。

「ヴェンデリンが前に言っていた、シビリアンコントロールか……。逆に考えれば、いくら現場の軍人たちが嫌がっても政府の命令には逆らえない。とにかく、魔族が介入してくる前にケリをつけることにする」

「ヴァルド殿下！」

「やあ、ヴェンデリン」

今回の早期鎮圧案は、ヴァルド殿下の立案らしい。

まさか、ここに来ているとは……。

「ですが、魔族の軍が今回のクーデターに関わっていない可能性もありますよね？」

「勿論その可能性もあるが、そうでないとも言いきれない。ならば為政者としては、先に手を打つという選択肢も十分にあり得るのさ」

エリーゼの疑問に答えるように、ヴァルド殿下が語った。

「でも、ホールミア辺境伯とその家族が殺されてしまうかも……」

強行策なので、人質にされているホールミア辺境伯とその家族、家臣、魔法使いたちが死んでしまう可能性が高かった。

ヴィルマは、みんなが言いにくい指摘をあえてヴァルド殿下にしてくれた。

「確かに犠牲者が出る可能性が高い。だが、このまま様子見というわけにいかないのだ」

「ホールミア辺境伯領に、魔族たちの影響が及ぶと大変だからですか？」

「そうだ。クーデターに参加しているハグレ魔族たちと、魔族の軍との本当の関係はわからない。だが、もしヨッヘムがクーデターを成功させても、三人のハグレ魔族たちの力がなければ領主で居続けることは難しいだろう。それはすなわち、ホールミア辺境伯領が魔族の影響下に入ったに等しいのだ」

とにかくヨッヘムのクーデターは絶対に成功させられないし、ハグレ魔族たちを捕らえる必要があるというわけか。

「元々、ヨッヘムのような不穏分子を放置し、クーデターを起こされた挙句、家族ごと捕らえられてしまったホールミア辺境伯に一番の責任がある。ホールミア辺境伯家の家督を継げる者は、他にも探せばいるのだ。悪いが、もし死んでしまったら諦めてくれとしか言えないな」

「……」

ハイネケンは口の端を噛《か》みながらも、ヴァルド殿下に対しなにも言わなかった。

もしクーデター鎮圧の過程でホールミア辺境伯が亡くなったとしても、それは仕方がないと言い放つヴァルド殿下に対し言いたいことはあるだろうけれど、ホールミア辺境伯の家族が全滅しても、一族の誰かに継がせて改易はしないと言ってくれた。

ハイネケンのみならず他の多くの家臣たちも、失業する心配がなくなったのでヴァルド殿下に文句も言えず、正直複雑な気分なのだと思う。

「ヴェンデリン、任せる」

「はい……」

任せるって言われてもなぁ……。

しかし、ここでヴァルド殿下の命令を断れるくらいなら、俺はバウマイスター辺境伯というヘルムート王国の社畜をやっていない。

とはいえ、まずは偵察だと、俺たちはクーデター軍に占拠されたホールミア辺境伯邸へと移動した。

クーデター軍は少ないので大半は館の中に籠っていたが、当然見張りに立っている者たちもいる。

「見たことがある顔が……」

「一番下っ端だから？」

「だろうな……」

見たことがある顔とは、先年一度だけ顔を合わせたことのあるエルの父、アルニム卿と兄たちであった。

クーデター軍の中で一番の下っ端のため、最初に攻撃されるかもしれない、外の見張りを任されているのであろう。

「聞けば、ホールミア辺境伯家に仕えていたエルヴィンの兄たちは、館の中にクーデター軍を誘い入れた功績があったと聞く。それでもこの扱いとは、零細貴族とは哀れよの……」

「クーデターという違法行為に加担しても、爵位の壁が立ち塞《ふさ》がるものなのですね」

「そういうことに無意味に拘るような輩《やから》だからこそ、このような成功の目がないクーデターを起こしたのであろう。ニュルンベルク公爵よりも遥《はる》かに劣る首謀者よ」

「制圧できたのは館のみで、とても成功したとは言えませんからね」

「数を集められなかった者の悲劇じゃの。その割にえらく強気なのは、ハグレ魔族たちがいるからなのじゃが……」

貧乏騎士とその子供であることに耐えられないから、一発逆転を狙ってクーデターに参加したはずなのに、なぜかクーデター軍の中でも一番の下っ端という。

テレーゼとリサの会話を聞いていると、アルニム卿たちが哀れに思えてきた。

「……バウマイスター辺境伯か！」

「覚えていたのか」

「当然だ！」

館の外で見張りをしているので狙撃されるかもしれず、もし攻められたら最初に応戦しなければいけないアルニム卿とその息子たち——名前は忘れた——は、館の様子をうかがう俺たちの存在に気がついたようだ。

それどころではないはずなのに、なぜか俺に声をかけてきた。

「去年はよくも、この私の要求を無視しおったな！　今に見ているがいい！　ヨッヘム様が新しいホールミア辺境伯となり、お前などとは比べ物にならない実力を持つ魔法使いたちが、バウマイスター辺境伯領を一気に攻め落としてくれる」

「無理じゃないかな？」

館の占拠がせいぜいな少数なのだから。

もうすでにヴァルド殿下が鎮圧命令を出しており、もしホールミア辺境伯が死んでも問題ナシということになってしまった。

つまり人質などいても無意味ということであるが、自暴自棄になられると困るから、これは教えない方がいいんだろうな。

「大体、お前はおかしいのだ！　どうして五男でしかないエルヴィンばかり優遇するのだ？」

「そうだ！　あんな剣しか能がない弟よりも、兄である俺をバウマイスター辺境伯家の重臣にすべきなんだ！」

「兄より優れた弟なんていない！　それなのに……まあいい。じきに、間違った判断をしたお前に報いをくれてやる！」

「ヨッヘム様自慢の魔法使いたちによって、お前は死ね！」

エルの兄たち四人だが、言いたい放題だな。

そして、その根拠のない自信はどこから湧いてくるのか……。

さらに、自分たちはエルの兄だから彼以上に優れており、自分たちを差し置いて彼を家臣にした俺への不満と先見性のなさをバカにしてきた。

「そのような言葉を、貴族であるはずのあなた方が口にするのですか？　第一、エルさんに失礼です」

「まあ、エリーゼ」

珍しくエリーゼが怒っていたが、実は俺もそうだ。

「去年もそうだったが、あんたらはなにを勘違いしているんだ？　エルは、今の地位と功績を全部自分で努力して積み上げてきたんだ。コネでバウマイスター辺境伯家の家臣にしてくれなどという、他人頼りのお前たちに劣るわけがないだろう」

「うぐぐっ……貧乏騎士の八男だったくせに生意気な！」

「ふんっ、本音が出たな」

要は、こいつらは俺を成り上がり者だとバカにしているのだ。

下に見ているから、エルを差し置いて自分たちを雇えなどという無茶なことを言ってくる。

「エルがいなくてよかった。あんたらの言い分なんて聞きたくないだろうからな。知っているか？　お前らの領地は、今お前らがバカにしているエルが治めているんだぞ。それにな……」

エルが代官をしているアルニム騎士爵領だが、アルニム卿以下、クーデターに参加した人たちを偲《しの》ぶ領民は一人もいなかった。

「長年アルニム騎士爵領を治めていて、ここまで領民たちに慕われないのも珍しい。きっと領主として無能なんだろうな」

「なんだと！」

「父上をバカにするのか？」

「八男風情が生意気な！」

「魔族たちに倒されてしまうがいい！」

「エルヴィンも同罪だ！　そのうち罰をくれてやる！」

アルニム卿とエルの兄たち四人は、館に敵が侵入しないように見張っていたくせに、俺が少し挑発したらすぐに持ち場を離れてしまった。

「(みんな、いくぞ)」

実は俺の最初の仕事は、館の外で見張りをしていたアルニム卿たちの注意を集めることだ。

なぜなら、その隙《すき》にヴァルド殿下が連れてきた王国軍の精鋭と、ホールミア辺境伯家の精鋭が館へと突入する予定だったからだ。

だがその前に……。

「あんたらは、そこで痺《しび》れていてもらおうか。『エリアスタン』！」

敵を麻痺《まひ》させる魔法を、館内のすべてを範囲としてかけた。

これにより、アルニム卿たちは一瞬で麻痺して動けなくなってしまった。

館の中にいる者たちも、人質ごと痺れて動けなくなっているはずだ。

多少威力を強めにしたが、これくらいなら犠牲者も出ないはずだ。

「ただ、これはキツイ……」

ほぼ魔力を使い切ってしまったので、急ぎ予備の魔晶石で魔力を回復させる。

あとは、すでに館に突入したであろう王国軍とホールミア辺境伯家諸侯軍の精鋭たちに続いて、館に突入するのみだ。

「エリーゼは、怪我《けが》人の治療を頼む」

「わかりました」

「ヴィルマは、エリーゼの護衛として残ってくれ」

「わかった」

エリーゼはお留守番というか、怪我人への対応を任せる。

ヴィルマはエリーゼの護衛だ。

「で、俺たちはハグレ魔族三人か……」

「旦那様、どうやら『エリアスタン』はレジストされてしまったようです」

「やっぱりな」

リサは、ハグレ魔族らしき上級魔法使い三名に『エリアスタン』の効果がなく、館内で唯一動いていることを教えてくれた。

「まあ、俺とリサとテレーゼでなんとかするさ」

「ほう、妾《わらわ》も戦力として期待されておるようじゃの」

先日のマインバッハ騎士爵領の事件でもそうだったが、そうそうフルメンバーで他の貴族たちの助っ人をしている余裕がないので、今回はテレーゼにも頑張ってもらわないと。

「ブランタークさんが言うには、これから魔法使いとしてやっていきたいのだったら、そろそろ場数を踏んでもらわないと、だそうだ」

「よかろう。公爵様をやっているよりも楽しそうじゃからの」

「では！」

「旦那様」

「向こうは、俺たちの存在を『探知』しているようだな」

どうやらハグレ魔族たちは、俺たちと戦いたがっているようだ。

戦闘ジャンキーなのか、創作物のような熱いバトルを期待しているのか。

こちらとしては、手間が省けて好都合だ。

俺、リサ、テレーゼは、ハグレ魔族たちと接敵すべく、急ぎ館へと突入を開始したのであった。

「やってくれるではないか。凄腕《すごうで》の魔法使いたちよ。だが俺様たちは、他の温《ぬる》い同朋たちとは一味も二味も違うぞ」

「そのようですね。随分と戦い慣れているような」

「そなたら、軍人か？」

「元だよ。ゾヌターク共和国の防衛隊などというところは、とにかく退屈なのでね」

「我々は、血沸き肉躍る戦いを求めているのだ。戦わないことを褒められる防衛隊など、こちらから辞めてやったさ」

「(うわぁ……、いかにも魔族っぽい)」

＊＊＊

初めて、戦いに貪欲な魔族たちに出会った。

三人のハグレ魔族たちは、館のホールで俺たちと鉢合わせした瞬間、深く被ったフードを脱ぎ去り、挑発的な発言を繰り返す。

防衛隊で魔法を習っていたが、実戦がないので退屈になり、防衛隊を辞めてハグレ魔族となった……といったところか。

安定した公務員を辞め、遥か東方にある人間の住む大陸までやってきて傭兵になるとは……。

彼らはとても魔族らしいのに、現在では希少種だというのだから、正直なところ微妙な心境だ。

「ヨッヘムや、クーデターに参加している仲間たちを助けに行かなくていいのか？」

「お前ら三人が最大戦力なのだ」

「先にお前らを倒せば、あとはどうとでもなるさ」

「他は雑魚《ざこ》だからな」

王国軍は、現在国内のハグレ魔族対応のために王宮の魔導師たちを総動員しているため、優れた魔法使いたちを連れてきていなかった。

先に俺たちさえ倒してしまえば、確かに対処するのはそう難しくないだろう。

「他の同朋たちとは違って、俺様たちは優れた魔法使いの存在に敏感なのでね。そういう訓練をしているのさ。それにしても、三体三か……。対等……ということにしておこうか」

「引っかかるの？　そなた、なにが言いたい？」

「そちらは、女が二人いるからな」

「ほう、魔族は男女平等だと聞いたがの」

ハグレ魔族のリーダーっぽい人物に対し、テレーゼが皮肉をぶつけた。

「そういう物言いをする政治家や運動家は多いが、現実はそう甘くはあるまい。実際にだ……バーモント！　ダンカン！」

リーダーっぽい人物は、他二人に命令を出す。

「おう！　女たちは任せろ！」

「リュースは、そのリーダーらしき男をやれ！」

「我ら三人は、手品のように魔法を見せて相手を脅かすなどという、まどろっこしいことはしないのさ！　防衛隊仕込みの魔法軍隊格闘術では、どうしても女性の方が不利になる。文句は、綺麗事《きれいごと》ばかり言うゾヌターク王国の政治家たちにでも言ってくれ」

「ああ……そう言う……」

「ヴェンデリン！」

「必ず距離を置くんだ。リサなら重々承知だと思うが……」


突入した館のホールで、ハグレ魔族たち三人と顔を合わせてすぐ、三対三での戦いに突入した。

フードを外したハグレ魔族たちは坊主頭であり、いかにも元軍人といった風貌だ。

元軍人と名乗っているが、実は防衛隊の命令で特殊工作に従事しているという疑惑は晴れないが、真実はこいつらを捕らえて尋問するしかない。

残念ながら、彼らは他のハグレ魔族たちのように暴力の行使に躊躇《ためら》いがなかった。

さらにこれまでの魔族とは違って、放出魔法ではなく、魔力で身体能力を増して戦うタイプである。

リーダー格のリュースという男性魔族が、一気に俺との距離を詰めて蹴りを入れてきた。

すぐさま腕に『魔法障壁』を纏《まと》わせて防御するが、思った以上に攻撃が重たい。

導師ほどではないが、彼と修行していなかったら初手で腕の骨が折れていたはずだ。

「(テレーゼとリサは、上手く距離を置いているな)」

二人は、バーモントとダンカンと名乗った、やはり軍人っぽいハグレ魔族たちを決して接近させなかった。

ルイーゼやヴィルマとは違い、魔力を用いた格闘戦に持ち込まれたら、確実にハグレ魔族たちに負けてしまうからだ。

敵から必ず一定の距離を置き、向こうが攻撃のために距離を詰めたら、魔力で体の速度を上げて距離を広げる。

さらに相手の魔力を込めた攻撃を空振りさせ、魔力の消耗を狙う作戦だ。

とにかく相手の攻撃を直接受けると危険なので、リサがテレーゼに指示を出しながらハグレ魔族たちを足止め、翻弄《ほんろう》していた。

「ふんっ、つまらぬ遅延戦法だ。これだから女は……」

「戦いに男女の差も、面白いもつまらないもない。これだから、実戦経験がない軍人は……」

「抜かせぇ――――！　人間の惰弱な魔法使いのくせに！」

俺の挑発でリュースが激高し、怒濤《どとう》の連続攻撃を仕掛けてきた。

魔力を無駄遣いしないよう、両腕にのみ『魔法障壁』を纏わせ、彼の拳と足から繰り出される連続攻撃を防いでいく。

やはりかなり重たい攻撃だが、導師に比べればどうということはない。

攻撃を受け続けることで、次第に彼らの欠点が見えてきた。

「(真面目に訓練を受けたおかげか、攻撃力はピカ一だけど、攻撃パターンが単調だな。やはり実戦経験は少ないようだ)」

そのせいもあって、リサとテレーゼが相手にしているハグレ魔族二人の攻撃も、一撃も彼女たちに届いていなかった。

「(攻撃に入る前に、わかってしまうんだよなぁ……)」

リサは二人が攻撃に入る前の予備動作を見抜き、彼らが攻撃に入ろうとすると、すぐに後ろに下がってしまう。

テレーゼもリサの指示で同じ動きをしているので、やはりハグレ魔族からの攻撃を一度も食らっていなかった。

「しかし、どうしてホールミア辺境伯家の魔法使いたちは……」

確か、ホールミア辺境伯家のお抱え魔法使いたちは中級しかいなかったはず。

それでも、魔力量がブランタークさんレベルしかないハグレ魔族三人に対し、ろくに抵抗できずに捕らえられるなどあり得ないはずだが……。

「どんなに優秀な魔法使いでも、眠らせてしまえば無力さ！　『スリープダスト』！」

「ああ、そういう……」

人を眠らせる眠りの霧……。

魔法格闘技の他にも、こんな魔法が使えるのか。

だが、俺もリサもテレーゼも、『ウィンドカッター』を応用した魔法で霧を吹き飛ばしてしまった。

「魔法格闘技以外は、魔法の名前を言わないと発動しないのか。未熟だな」

「ガキのくせに！」

俺は、もう子持ちなんだけどな。

「(リサ、気がつけ)」

俺は踵《かかと》で床を三回『コン、コン、コン』と叩《たた》いて音を鳴らした。

同時に、水魔法と風魔法で水蒸気の霧を発生させ、それをハグレ魔族たちのいる場所へと飛ばす。

「まさか、人間も眠りの霧を？」

俺が使うのは『眠りの雲』だが、霧とそう違わないのですぐに改良することができた。

というか、どうせこの霧を浴びても眠くはならない。

なぜなら、そう見せかけたただの水蒸気だからだ。

リサとテレーゼに攻撃しようとしていたハグレ魔族たちも、俺の偽装に引っかかり、慌てて後ろに下がった。

「(身体能力、対応力は高めだから、『眠りの雲』で眠らせるのは不可能だな)」

ありとあらゆる偽装魔法で彼らを後ろに下がらせて、魔力を消耗させ続けるしかないか。

「(一気にケリをつけようとすると、かえって不利になるからな)」

ハグレ魔族たちの攻撃力は高いので、一発も食らわない方がいいに決まっている。

連中との距離を保って攻撃を回避するか、空振りさせて魔力を消耗させていく。

決して派手ではないし時間がかかるが、ヴァルド殿下の命令どおりにするには、こうするのが一番であった。

そして……。

「なるほど。お前らはもう負けだな」

突然、リュースが俺たちにそう言い放った。

「どうしてそう言い切れる？」

「お前たちが逃げてばかりなのは、俺様たちを倒せる攻撃手段がないからだ。どうだ？　図星であろう？」

「それはどうかな？」

「そのようにはぐらかしても無駄だ。いつまでも逃げ切れるわけはなく、お前らは俺様たちに敗れ去るのだ！」

別に攻撃方法がないわけではないのだが、とにかくなるべく殺さずに捕らえるというのが難しい。

上級魔法使い同士が派手に攻撃魔法を撃ち合うと、死者が出る可能性が上がるので、こんなまどろっこしい方法で戦っているのだが、お前らがそう思うのであればそうなんだろうな。

「（好都合なのか？）」

と思ったら、突然リュースたちの攻撃パターンが変わった。

「こちらの攻撃をかわすしか能がない女たちなど無視だ！」

「まずは、お前を倒す！」

なんと、バーモントとダンカンはリサとテレーゼを無視して、三人で一斉に俺に襲いかかったのだ。

「三対一ならば！」

ハグレ魔族たち三人は俺を囲み、次々と拳と蹴りによる攻撃を繰り出した。

「無駄だ！」

「リュース、こいつの『魔法障壁』は硬いぞ！」

「もっと魔力を込めて攻撃をするんだ！」

「なんだ、三人とも大したことないな」

「抜かせぇ――――！」

ムキになった三人は、さらに魔力を使って攻撃力をあげ、その回数も増やしていった。

「(怒った分、攻撃がキツイが……導師と修行していて助かった)」

『魔法障壁』を節約しているせいで、すでに体のあちこちが痛いが、骨には異常がないので治療はあとだ。

とにかく、この三人の攻撃を俺に集中させるのが作戦だ。

リサとテレーゼとはまったく作戦の打ち合わせをしていないが、リサなら気がつくだろう。

「(まだだ……)」

「反撃できずか！」

「『魔法障壁』も薄いな！」

「時間の問題か？」

「(もっと俺に集中しろ)」

ハグレ魔族たちは、やはり実戦経験が少ない。

ちゃんと訓練しているだけ他のハグレ魔族たちよりもマシだが、俺が三人の集中攻撃を受けて不利な状況に追いやられているフリをしているのに、それに気がついていないのだから。

そして、彼らはもう一つ大切なことを忘れていた。

「(リサとテレーゼもいるんだけどなぁ……)」

先ほど、リサとテレーゼはバーモントとダンカンの攻撃を避《よ》けることしかしていなかったので、彼女たちが攻撃するかもしれないという考えがスッポリと抜け落ちてしまったようだ。

そして……。

「(俺に集中しているからか、背中がお留守だぞ……)」

俺を攻撃しているリュースは、俺を挟んで正面にリサとテレーゼが見えている。

だが、俺への攻撃に集中するあまり、リサの偽装に気がつかなかったようだ。

「バーモント！　ダンカン！　もっと攻撃を強めろ！」

リュースはバーモントとダンカンに、さらに攻撃を強化するよう命令を出した。

「くっ、これ以上は『魔法障壁』が……」

「お前が一番優れた魔法使いらしいが、お前さえ倒せば、あとの二人など……」

「そうかな？　油断は禁物だけどな」

「どういうことだ？」

俺はリュースの質問に答えなかった。

なぜなら、その前に俺とハグレ魔族たちを標的とした強烈な『エリアスタン』が発動したからだ。

そして俺たちは、そのまま痺れて床に崩れ落ちてしまった。

「なっ、なぜ……女二人は、俺様たちとの距離が……」

「よく見てみるんだな。あそこには、一人しかいないぞ」

「そ……二人じゃあ……」

リュースは、俺を挟んだ正面にリサとテレーゼの姿を確認しており、さらに距離もあったので、攻撃はされないと安心していた。

ところが気がつけば、そこにはテレーゼしかいない。

なぜなら……。

「ヴェンデリンが先日使った幻術。妾は意外と相性がいいの」

なんのことはない。

リュースが目視していたのは、テレーゼとテレーゼが作ったリサの幻影だったのだ。

では、リサはどこに行ったのかといえば、死角から上手に俺たちに接近し、俺ごと『エリアスタン』でリュースたちを麻痺させたわけだ。

「女だと舐《な》めたのが、あなたたちの敗因です」

「完敗……だ……」

「「……」」

ただ、レジストされないように強力な『エリアスタン』を使ったため、リサも魔力が尽きてしまったようだ。

そして……。

「レジストしようとして、リュースたちに『エリアスタン』を悟られるのもどうかと思ったので、そのまま『エリアスタン』を受けたら……」

俺も体が痺れて動かないという。

俺の隙を狙うリュースたちに、テレーゼの意図を悟られないようあえて攻撃姿勢を崩さずにいたのだから仕方がない。

「エリーゼに、治癒魔法をかけてもらわぬとな。それまでは、妾の膝枕で休むがいい」

ハグレ魔族たちほど体が動かないわけではないので、大人しくそのお誘いに乗りたい気分だ。

最大戦力であるハグレ魔族たちを生きたまま倒すことに成功したのはいいが、これはキツイ。

今後、ヴァルド殿下にどうにかしてもらわないと。

そもそも、増え続けるハグレ魔族たちを生かして捕らえろなんてこと自体が難易度が高すぎるのだから。

＊＊＊

「アルニム騎士爵領であるが、継承する者がいるのだ。潰す理由がないではないか」

「いやしかし……。アルニム卿とその子供たちは、クーデターに参加したのです。領地とお家は取り潰すのが常識では？　現に、他のクーデターに参加した貴族たちは全員改易されているではないですか！」


ブレンメルタール内務卿にしてやられた。

どうやら、ブレンメ男爵家の件で恨まれてしまったようだ。

ハグレ魔族たちを捕らえた時点で、ホールミア辺境伯領で発生したクーデターは失敗に終わった。

ヨッヘムたちは、俺が最初に放った『エリアスタン』に抵抗すらできず、麻痺したまますぐに突入してきた兵士たちによって捕らえられてしまったそうだ。

そして俺たちが苦労して捕らえたハグレ魔族たちだが、さすがにこいつらは危険なので、王国政府が裏から手を回して防衛隊の船が引き取っていった。

彼らが本当に防衛隊と繋《つな》がっていないのか、結局わからなかったな。

ヴァルド殿下いわく、『防衛隊が責任を持って管理すると約束している。再びリンガイア大陸に姿を見せたら、それこそ彼らは大恥をかくことになるのだから』だそうだ。

『だが、ハグレ魔族に見せかけた魔族の政府や軍の工作員という可能性は確認できた。王国軍に対処させる』とも言っていたので、あとは任せるしかないな。

そして、ヨッヘムとクーデターに参加した貴族たちは、全員が牢屋《ろうや》にぶち込まれている。

クーデターに参加したので死刑か終身刑らしいが、実は彼らを裁く権利が王国政府にあるのか、ホールミア辺境伯家にあるのかで揉《も》めているらしい。

それが決まるまで、彼らはとある教会で厳重な監視下に置かれるそうだ。

父親と兄たちの結末を聞いたエルが肩を落としていたが、代官をしているアルニム騎士爵領にハルカたちを送ったので、じきに元気になると思う。

それはいいとしてだ。

運よく？　殺されなかったホールミア辺境伯とブレンメルタール内務卿というコンビに呼び出されたと思ったら、なんと改易が妥当な処置のはずのアルニム騎士爵領を、エルに継げと無理難題を言い始めたのだ。

「バウマイスター辺境伯殿、私は西部の小さな騎士爵領の行く末についてもちゃんと考慮しているさ。エルヴィン殿は、クーデターに参加したアルニム騎士爵領を損害ナシで鎮圧し、代官として上手く統治している。確かに彼はアルニム卿の息子だが、クーデターには参加していないのだから、アルニム騎士爵領を継ぐのが妥当だと思うがね。ホールミア辺境伯殿もそう思うだろう？」

「そうですね。エルヴィン殿が継いだアルニム騎士爵領を介して、バウマイスター辺境伯領他南部との交易や交流を促進したいものです」

完全にしてやられたな。

ブレンメルタール内務卿はブレンメ男爵家の件での仕返しで、ホールミア辺境伯はクーデター騒ぎでさらに力を落とした領地を盛り返すため、エルにアルニム騎士爵領を継がせてバウマイスター辺境伯家との仲介役にしたい。

双方の思惑が一致し、常識ではあり得ない、クーデターに参加したアルニム騎士爵領の継続が決まったというわけか。

「バウマイスター辺境伯殿、エルヴィン殿は大切な重臣だと聞く。すぐにでもアルニム騎士爵領を継げとは言わぬよ。しばらくの猶予を与えよう。私は優しいのでね」

「エルヴィン殿を介して、バウマイスター辺境伯家との交易と交流が促進されるのは素晴らしい！ところで私には娘がいてね……」

「……」

王国のため、他の貴族領で発生したクーデターを見事鎮圧したにもかかわらず、褒美と称して大切な重臣にして、冒険者仲間にして、親友を奪われつつある。

ハグレ魔族への対処もこれから増えるであろうし、結局大貴族になっても社畜時代となにも変わらないじゃないかと、俺はただため息をつくしかできなかったのであった。

＊＊＊

「同志カイツェル！　例の装置の修理は順調なようだな」

「ええ、現状で七十パーセントの進捗《しんちょく》状況といった感じでしょうか？　やはり、この装置を支持者たちに見せたのが功を奏しましたな」

「魔道具に詳しい元技術者たちが、中古魔道具から取り出した部品を送ってくれたり、修理方法を教えてくれるので大いに助かっている」

「彼らは、魔道具メーカーからリストラされたそうで……」

「会社の収支の帳尻を合わせるため、彼らのような若く優秀な技術者たちをクビにする愚かな企業家たちが大きな顔をしているゾヌターク共和国など、もはや必要ない！　それにしても、この場所はとてもいいな。人間が一人も来ないではないか」

「人間たちが『ギガントの断裂』と呼んでいる場所です。その昔、古代魔法文明を滅ぼした巨大魔道具の大爆発によってできた深い亀裂で、ここならこの巨大装置も見つからないでしょう」

「そうだな。いくら平和ボケしたゾヌターク共和国の防衛隊や警備隊でも、国内でこの装置を修理し、使用するのは危険だ。しかし楽しみだな」

「ええ。この装置が作動したら、どれほどの力を発揮してくれるか……」

苦労して北の大陸で手に入れた装置だが、一旦《いったん》ゾヌターク共和国に持ち帰り、支援者たちに見せて多くの支持を得ることができた。

やはりどうしても、言葉より現物、証拠が支援者たちを突き動かすようだ。

彼らから多くの支援を受け取った私たちはリンガイア大陸に戻り、この巨大な装置をギガントの断裂の底に設置して修理を続けている。

元魔道具技術者たちの協力もあり、装置の修理作業は順調に進んでいた。

これなら、もうすぐこの装置を稼働させることができるはず。

「ところでこの装置は、なにをするためのものなのでしょうか？」

「それについては現在、魔道具技術者たちが解析中だが、一つだけわかっていることがある。この装置で世界中に漂う魔力を大量に集めることができ、その影響で、魔法使いの魔力量がほぼ半減してしまうそうだ」

「大量の魔力を集める……もしや、この装置は！」

「同志カイツェルの想像どおりであろう。この装置の暴発が、古代魔法文明を崩壊させたのだ。これは大きな力なのだ！」

「しかし、我らがこの装置を使用して大丈夫なのでしょうか？」

「心配性だな、同志カイツェルは。考えてもみたまえ。いくら技術力に優れていた古代魔法文明の連中とはいえ、所詮《しょせん》は下等な人間だ。だから失敗して文明が滅んだ。だが、我ら優れた魔族ならば、必ずやこの装置を有効活用できよう」

「確かに……。優れた魔道具技術者たちも手を貸してくれていますからね」

「なにより、この装置を動かした瞬間から、我らの覇業は始まるのだ。これがあればな……」

「ああ、装置と一緒に手に入れた指輪ですね」

この指輪があれば、この装置の副作用である魔力量と回復量の半減を防ぐことができる。

「さらに、この装置で集めた魔力を大量に蓄えることも可能だそうだ。これを用いれば我らは無敵の存在となる！　この力を用いてリンガイア大陸と人間たちを征服し、そのあとこの装置の真の効果をどう有効活用するか、じっくりと考えればいい」

「なるほど！　この装置が動きさえすれば、我らはもう勝利したも同然なのですね」

「そうだ。我らはこの世界を制するのだ！」

「同志オットー！　同志カイツェル！　食事の時間です！」

「すぐに行く！」

装置の設置と修理に重きを置いているため、いまだキャンプ生活が続いているが、去年の氷の大陸での試練により、付近の獲物を狩って食べることや、支援者たちから贈られた賞味期限切れのレトルトパックの食事にも慣れてきた。

「まあこのような食事も、将来のご馳走の前菜だと思えば悪くはないさ」

「その時こそ、勝利の美酒に酔いましょう」

そのためにも、一日でも早くこの装置を稼働させなければ。

そしてそれが達成された瞬間より、我らによる世界征服の第一歩が始まるのだから。

八男って、それはないでしょう!

MFブックス

八男って、それはないでしょう！ 24

2021年12月25日　初版第一刷発行

著者　Y.A
発行者　青柳昌行
発行　株式会社KADOKAWA
〒102-8177　東京都千代田区富士見2-13-3
0570-002-301（ナビダイヤル）
印刷・製本　株式会社広済堂ネクスト
ISBN 978-4-04-680993-3 C0093

企画　株式会社フロンティアワークス
担当編集　小寺盛巳／下澤鮎美／福島瑠衣子(株式会社フロンティアワークス)
ブックデザイン　ウエダデザイン室
デザインフォーマット　ragtime
イラスト　藤ちょこ

本シリーズは「小説家になろう」（https://syosetu.com/）初出の作品を加筆の上書籍化したものです。

MFブックス新シリーズ発売中!!
MFブックス
酔っぱらい盗賊、奴隷の少女を買う
Drunk thief × Slave girl
新巻へもん
Aramaki Hemon
Illustration むに
STORY
外聞の悪さから疎んじられることの多い盗賊職を務める、冒険者のハリス。孤立して酒浸りの生活を送る彼は、ある日酔った勢いで奴隷の少女ティアナを買う。
最初は酒の失敗だと後悔していたハリスだが、ティアナと暮らし始めたことで彼の日常はみるみる変わっていき――？
第6回
カクヨム
Web小説コンテスト
異世界ファンタジー部門
大賞

MFブックス
MFブックス新シリーズ発売中!!
偽聖女!? ミラの冒険譚
〜追放されましたが、実は最強なのでセカンドライフを楽しみます！〜
櫻井みこと
Illustration 茲助
story
「偽聖女」だと追放された聖女ミラは、自分の国に帰る事を決意し、護衛のイケメン剣士と初めての旅を楽しむことに。すると眠りながら【結界】を張ったり、【浄化】で凶悪なドラゴンをトカゲに弱体化させたりと、彼女の桁違いの強さが判明し——!?
実は最強聖女ミラの楽しい冒険譚、ここに開幕!!
追放!? それでは国に帰ろうと思います♪
伝説聖女のドキきゅん!? チートな冒険はじめます!!

銭《インチキ》の力で、戦国の世を駆け抜ける。
ついにコミカライズ！
未来人介入の痛快戦国記！
過去にタイムスリップした光輝は、
未来技術を駆使して荒ぶる戦国時代を
銭の力で駆け抜ける…！
FWコミックスで検索！
FWコミックスにて
大好評連載中!!
漫画：広石匡司／原作：Y.A／キャラクター原案：lack
編集：株式会社フロンティアワークス
©Y.A 2020
©HIROISHI TADASHI/Frontier Works inc.

MFブックス既刊

お茶屋さんは賢者見習い ①〜②
著：巴里の黒猫／イラスト：日下コウ
精霊の加護を受けたお茶屋さん、異世界で商品開発はじめます!?

十年目、帰還を諦めた転移者はいまさら主人公になる ①〜②
著：氷純／イラスト：あんべよしろう
赤雷を駆使する人類最強の冒険者は、異世界で気ままにいきたい！

ウィッチ・ハンド・クラフト ①〜②
〜追放された王女ですが雑貨屋さん始めました〜
著：富士伸太／イラスト：珠梨やすゆき
追放された元王女は、異世界の魔導書でチートな雑貨屋さんはじめます!?

転生無敗の異世界賢者 ①
〜ゲームのジョブで楽しいセカンドライフ〜
著：蒼月浩二／イラスト：福きつね
追放されたけど、最強職『賢者』で楽しいセカンドライフはじめます！

辺境の錬金術師 ①
〜今更予算ゼロの職場に戻るとかもう無理〜
著：御手々ぽんた／イラスト：又市マタロー
無自覚な最強錬金術師による規格外な辺境生活スタート！

勇者パーティーを追い出された補助魔法使いは自分の冒険を始める ①〜②
著：芝いつき／イラスト：カオミン
しがらみから解放された賢者は、奴隷たちと冒険に出る！

劣等紋の超越ヒーラー ①
〜無敵の回復魔法で頼れる仲間と無双する〜
著：蒼月浩二／イラスト：てつぶた
最弱と呼ばれる劣等紋の伝説《レジェンド》は、追放から始まる。

無能扱いされてパーティーから追放された──けど、なぜか女勇者が「君が必要だ」と言って一緒についてきた!? ①〜②
著：アネコユサギ／イラスト：羽鳥ぴよこ
不遇な最弱スキル『死んだフリ』には、とんでもない力が隠されていた!?

逆行の英雄 ①
〜加護なき少年は絶技をもって女勇者の隣に立つ〜
著：虎馬チキン／イラスト：山椒魚
逆行した加護なき少年は、今度こそ幼馴染の女勇者を救う──！

女鍛冶師はお人好しギルドに拾われました ①
〜新天地でがんばる鍛冶師生活〜
著：日之影ソラ／イラスト：みつなり都
お人好しに囲まれて、彼女は今日も鉄を打つ！

生産魔法師のらくらく辺境開拓 ①
〜最強の亜人たちとホワイト国家を築きます！〜
著：苗原一／イラスト：らむ屋
最高の生産魔法師、頼れる仲間たちと最強ホワイト国家を築きます！

俺の『全自動支援《フルオートバフ》』で仲間たちが世界最強 ①
〜そこにいるだけ無自覚無双〜
著：epina／イラスト：片倉響
自動で発動するユニークスキルで仲間を強化、敵を無力化！

偽聖女!? ミラの冒険譚 ①
〜追放されましたが、実は最強なのでセカンドライフを楽しみます！〜
著：櫻井みこと／イラスト：茲助
追放されましたが、伝説の聖女の力で国に帰ろうと思います♪

酔っぱらい盗賊、奴隷の少女を買う ①
著：新巻へもん／イラスト：むに
二日酔いから始まる、盗賊と少女の共同生活。